于谦————

著

于谦
人间烟火

湖南文艺出版社
HUNAN LITERATURE AND ART PUBLISHING HOUSE　博集天卷
CS-BOOKY

图书在版编目（CIP）数据

于谦：人间烟火 / 于谦著 . -- 长沙：湖南文艺出版社，2021.8
ISBN 978-7-5726-0209-2

Ⅰ.①于… Ⅱ.①于… Ⅲ.①散文集－中国－当代
Ⅳ.①I267

中国版本图书馆 CIP 数据核字（2021）第 110210 号

上架建议：畅销·文学

YU QIAN: RENJIAN YANHUO
于谦：人间烟火

作　　者：于　谦
出 版 人：曾赛丰
责任编辑：匡杨乐
监　　制：董晓磊
特约策划：李青尘
特约编辑：潘　萌
营销支持：杜　莎　王咏坤
版式设计：潘雪琴
封面题字：anusman（王烁）
封面设计：尚燕平
封面绘图：红花 HONGHUA
内文排版：百朗文化
出　　版：湖南文艺出版社
　　　　　（长沙市雨花区东二环一段 508 号　邮编：410014）
网　　址：www.hnwy.net
印　　刷：三河市百盛印装有限公司
经　　销：新华书店
开　　本：680mm×955mm　1/16
字　　数：264 千字
印　　张：20
版　　次：2021 年 8 月第 1 版
印　　次：2021 年 8 月第 1 次印刷
书　　号：ISBN 978-7-5726-0209-2
定　　价：59.80 元

若有质量问题，请致电质量监督电话：010-59096394
团购电话：010-59320018

目录

一

五味

二

吃出趣味

三

老北京味儿

四 寻常滋味

五

五湖四海之味

导言

玩儿呗

喂，喂，喂……噗，噗，噗……嘣，嘣……嘣，嘣，嘣……噗，噗……嘣，嘣……喂，喂，喂……后面的同学，听得见吗？后面的同学，听得见吗？都听得见，是吧？

那小胖子，你闲得没事儿，揪人家女同学辫子干什么?! 闲的呀?! 真要是闲得慌，你上来，站我旁边，让全校同学好好认识认识你。哎，那位同学，说你呢! 对，就是你! 瞎跑什么，赶紧坐下! 满操场，就显你一人了。还有那女同学，你猫着腰，躲人家身后头，往嘴里塞什么呢?! 也不怕噎着! 赶紧收起来，待会儿再吃!

哈哈哈，各位好，我是于谦。跟家待了几个月，准时准点，又跑这儿找您聊天儿，扯闲白儿来了。

刚才给您来了个模仿秀。模仿的是过去学校开大会，教导主任站在台上，拿着那种连电线的老麦克风，麦克风上多数还得裹着块红布，广播讲话，维持秩序。

估计很多学生已经开始返校了，来这么一段，也算应景。我记得我小时候上学那会儿，学校里有那么三种"职业"，特让人羡慕。说"职业"可能不大合适，反正就是那个意思，您领会精神就行。具体都哪三种"职业"呢？一个是升旗手、护旗手，全得是漂亮人儿，品学兼优的好学生。

再一个呢，就是每天上午十点来钟，做广播体操的时候站在前边的那个领操员。最后一个"职业"，是我当初最羡慕的，什么"职业"呢？学校广播站的广播员。那时候每个学校好像就俩广播员，一男一女，都得是全校老师同学公认的好学生，德智体美劳，全面发展。

我们学校男广播员就是我们班班长。每回学校有个什么大事小情，打算广播广播，教导主任来我们班门口一招呼，班长屁颠儿屁颠儿，就奔广播室去了。等再过个五分钟、十分钟的，班长跟广播匣子里就有动静儿了："老师们，同学们，大家好……"

我那时候做梦都想，哪天，也拿着话筒，在全校开大会的时候跟大伙白话①白话。那多牛呀，多得劲呀。可惜就是学习不成，老师不待见，老没这么个机会。没想到离开学校一晃小四十年，托您各位的福，能以写故事的形式跟大伙聊天，圆了我当年当广播员的梦，在此我还是要谢谢各位。

2019 年，我在喜马拉雅做了个音频脱口秀节目，叫《谦道》。聊了聊人生吃喝玩乐四件大事，全是老百姓生活里的大俗事。您各位抬爱，还都挺愿意听，有朋友留言说抑郁症都差点儿治好了。我觉得很欣慰，冲着这疗效，咱也得接着聊啊！今年，咱宗旨不变——"玩儿呗"。我带着您，聊聊美食，聊聊小动物，聊聊小时候的那些好玩儿的回忆，聊

---

① 方言，说、讲。如无特别说明，后文脚注均为编者注。

聊坊间的风土人情、野史民俗。咂摸咂摸人情世故，品品为人处世的道理。得空的时候，再云旅游一把，说说全国各地、世界各地，那些有意思的地方。

话说回来，"玩儿呗"，其实是老北京人性格里边，挺健康的那么种心态。人活一辈子，生老病死，总得是有高峰，有低谷，有顺境，有逆境，每个人都差不多。要不老话怎么讲，三十年河东，三十年河西呢。

人跟人真正不一样的地方，是看待生活的态度。愁眉苦脸是一天，快快乐乐，也是一天。都是来世上走一遭，咱们干吗不乐乐呵呵，非得拧着眉毛、瞪着眼，让别人瞧着不痛快，自己也不痛快呢？

老北京人，骨子里就有那么点儿乐天知命的豁达劲儿。甭管多大的事儿，到了北京人嘴里，"玩儿呗"，连儿化音全算上，总共三个字，全概括了。这三个字，翻译成学校里边，考试之前老师安慰学生的那句话：战术上，您得重视，战略上呢，您得藐视。团结、紧张、严肃、活泼，让自己有个好心态。

人活着得有个好心态，这样才能咂摸出日子的那个甜味儿来。要不然，就算让您住别墅、开豪车，卡里装着好几千万的存款，您也未见得能觉得幸福。我呢，作为从小生在北京、长在北京的这么一个闲散艺人，发自内心地愿意把老北京人这股乐观、豁达的劲儿传递给您。

咱们侃遍三山五岳，聊透五湖四海，一起玩儿，一块儿乐，品味平凡人生，品味烟火气里含着的那点儿幸福。

我这人一辈子最大的爱好就是交朋友。甭管各位眼下是个什么境遇，过得如意，还是不如意，您都记住了，有个叫于谦的朋友，永远站在您的身后，替您守着这么一个避风的小港湾。

咱们聊聊天儿，解解闷，顺便也养养心里的伤。每个人都高高兴兴，鼓起心气儿，把自己的日子过得有滋有味儿。当一把人生的玩家，活出普通人的精彩。

我是于谦，欢迎您有空来玩儿，咱们不见不散。

兴风作浪的于大爷

最近一段时间，乘风破浪的姐姐们挺火，有人说，准确地形容，该叫乘风破浪的姑奶奶们。

听说哥哥们也酝酿着要披荆斩棘了。

我一想，你大爷呢，大爷们不配拥有姓名吗？

哈哈，说这些个，没别的意思，是因为我觉得现在咱们越来越多关注除了年轻人外的群体了，真挺好。所以我今儿，也准备聊聊大爷。

大爷这个群体，咱们之前聊过，但没尽兴，今天接着聊。

从哪儿开始聊呢？

眼下青年男女搞对象、结婚，手续挺麻烦。我说的不是去民政局领证啊，那个手续简单，到了地方，手续费一交，相片一照，身份证一验。工作人员拿着大红的公章，嘴里还得问一句："都是自愿的吗？"男青年说，自愿。女青年说，我也自愿。人家"啪啪"一盖章，就算齐活，成两口子了。

关键是领证之前有好多手续，挺复杂，俩人得互相讨价还价，得谈判。具体都谈什么呢？比方说，结婚以后，存折放在谁手里掌握着；家里边的大事小情，谁说了算，谁负责最后拍板；每月给丈母娘那边多少钱，给婆婆那边多少钱。小两口有了孩子以后，归婆婆带，还是丈母娘带。最重要的问题，每天的这三顿饭，咱们是轮流值日，还是固定就归谁管，拉钩上吊，一百年不许变。这些事儿，反正都得掰扯清楚了。

有的小两口，刚结婚的时候，那叫蜜里调油，好得跟一个人似的。家务活，谁多干点儿，谁少干点儿，都无所谓。工夫一大，就不成了，就该现原形了。今儿你懒得炒菜，明儿我懒得刷碗，两口子谁都不吃亏，最后干脆就谁都甭干了。

谁都甭干了，也不能饿着呀，索性就点外卖吧，吃完一抹嘴，连碗都不用刷。所以要我说啊，外卖这个行业，在维护中国夫妻关系和谐这个问题上，那可算积了大德了。

以前两口子过日子没这么多问题，老北京有这么个说法儿，说是谁家的媳妇好，好到什么程度呢？那是上炕一把剪子，下炕一把铲子。意思就是说这媳妇手巧，女红针织，全都玩儿得转，做饭的手艺也好，这就算一等一的好媳妇。

我们家原先就是这样。小时候，下午放学，跟外头疯够了，肚子也饿了，这才想起来要回家。背着书包到家一推门，每天固定的景儿，肯定都是我母亲跟厨房，喊里咔嚓，煎炒烹炸。

桌子上有俩小凉菜，拍黄瓜、拌豆腐什么的，最不济也得来包花生米，弄几个开花豆，我父亲呢，坐在那儿，滋喽一口酒，吧嗒一口菜，等着我回来，正式开饭。老头儿几乎没有自己下厨房的时候，除非是我母亲临时有事儿不在家，再不就是逢年过节，打算改善改善生活，临时露那么一手。

后来我就发现这么一个规律。中国的大爷，您甭看平常轻易不下厨房，油瓶子倒了都不知道扶，可是他们多少都有点儿绝招，会做几个拿手菜，一般还都是横菜。

原先我住白塔寺的时候，有个街坊大爷，旗人。老爷子一辈子，最爱吃饺子。搁平常日子，厨房对他来说，那就跟女厕所、女澡堂子一样，绝对不能往里边迈步，哪怕说路过，隔着门看一眼都不成。说句文言，这叫君子远庖厨。

唯独吃饺子，必须亲自动手，别人不能随便跟着掺和。为什么呢？老爷子有个特别的讲究，爱吃刚出锅的热饺子。咱们平常吃饺子，一般都是走俩极端。有人爱吃凉的，热饺子不吃。有的人呢，还就爱吃口烫嘴烫心的，恨不得饺子从锅里捞出来，当时就得往嘴里塞。烫得满嘴都是泡，回头再拿牙签挑开，没关系，人家要的就是这劲儿。

我们这街坊大爷就是后一种人，爱吃热饺子。他这爱吃热饺子，跟别人又不一样，单一个路数。平常咱们煮饺子，都是二三十个一起下锅，煮熟了，一起捞出来装盘上桌。头几个是热的，越往后吃，那肯定越凉。老爷子呢，用现在时髦的话讲，追求的是吃第一个饺子的口感，跟吃最后一个饺子的口感，必须一样，不走形。

怎么就能让它都一样了呢？现在咱们家里喝水，用的是饮水机、电水壶。以前老百姓过日子，家里多数都得预备两个烧水壶。一种就是好多朋友都有印象的，那种老的铝水壶。还有一种是拿白铁皮打的，圆柱形，上下一般粗，正好能塞到蜂窝煤炉子的炉膛里边去。这种水壶，有个专门的说法儿，叫水汆子，又叫汆儿壶。

老的铝水壶，坐水的时候，只能是壶底受热，里边装的水也多。一壶凉水，要想烧开了，起码得二十分钟。水汆子呢，装的水少，差不多就是那种搪瓷大把儿缸子，一缸子的量。塞到炉膛里边以后，等于还是三面受热，用不了几分钟，水就开了。

以前大伙的日子都不富裕，家里的茶叶有限。咱们中国人的老礼儿呢，讲究的又是来客了，得沏茶。这里边就有学问了。比方说，来的这位跟您关系不是特别近，面子上又得糊弄糊弄。您就可以拿那种老的铝水壶接一壶凉水，然后跟人家说："坐啊，我给您坐水，沏茶去。"

一般人，您想想，谁屁股那么沉，为了喝这口茶，连着跟您这儿耗二十分钟、半个小时？把事儿说完，他就走了。这么一来，面子圆了，茶叶还省了。要是说来的这位，跟您关系近，您实心实意就想留人家喝口茶，那就得用水氽子，它快呀。

我们街坊大爷，喝水用水氽子，煮饺子也用水氽子。水氽子小，里边最多就能装两三个饺子。人家吃饺子，走的是涮羊肉的路数。戴着老花镜，一边包，一边煮，一边吃。包两个饺子，扔到水氽子里，煮熟了，捞出来，马上趁热就吃。

吃完这两个，再包，再煮，再吃。连吃带玩儿，一顿饺子恨不得能吃一个下午。最后一个饺子跟第一个饺子，造型一样，分量一样，口感一样，温度呢，也一样。这饺子不用吃，光看着就觉得那么讲究。

话说到这儿，就有意思了，为什么爸爸多数都比妈妈做菜好吃、上品、有讲究呢？这里边的道理，掰扯起来，其实也简单。妈妈做菜，说句得罪人的话，那属于本职工作。爸爸抽冷子下厨房做一回菜呢，那叫玩儿。打根儿上说，心态不一样。

真正的大师、高手，多数其实都是玩儿出来的。就拿唱京剧，梨园行来说，回头您有空可以查查资料，早年间那些真正叫得响的名角儿，十个里边，最起码得有八九个是票友半道下海，不是正经科班出身。人家当初干这行，纯就为了玩儿，耗财买脸儿，不为挣钱，不计成本，最后才能把自己手里的活儿玩儿到极致。

西城大爷住的月坛那片儿，再往西走，北京西四环五棵松，301 医院南边有条西翠路，西翠路有个翠微大爷。老爷子姓徐，老家是山东那边的，十几岁来北京，学的是做酱猪蹄、酱肘子，各种酱货的手艺，后来去 301 医院食堂当大师傅。徐大爷做菜的手艺，尤其做酱货的手艺，那是蝎子拉屎——独一份，一门儿灵，怎么做怎么好吃。用我们相声行的话讲，人家这是打小儿练的童子功。

这几年老爷子岁数大了，干不动了。前些年，您去西翠路那边看，每天上午，大概九点来钟，好多人就开始跟徐大爷他们家小区门口排队。真有买机票，坐着飞机过来，就为寻摸这口酱肘子、酱猪蹄的。前两天，岳云鹏他们还特意跑过去凑热闹，排了半天队，买徐大爷的肘子、猪蹄。不光自己吃，吃完还给郭老师打包带了一份。

老爷子每天下午三点，准时准点儿，骑着小三轮出来，带一盆肘子、一盆猪蹄，最多半个钟头，卖完就收摊。有那吃主儿就说，老爷子，您这肘子、猪蹄，大伙这么爱吃，干吗不多做点儿呀，还能多挣俩钱儿呢，是不是？人家老爷子讲话，我干这个不为挣钱，就是退休了，图个乐，玩儿，多了弄不过来，弄出来也不是那个味儿。

我小时候，卖酱肘子、酱猪蹄的大爷少，看大门的多。卖冰棍的老太太，看门的老大爷，这都算那时候的固定搭配。您要是倒过来说，卖冰棍的老大爷，看大门的老太太，谁听谁觉得别扭。

眼下好多单位、学校都换成保安了，让年轻小伙子看门、看传达室。我小时候，甭管是单位还是学校，门口必定得放个五十来岁、六十稍微出点儿头的那么个老大爷。

看门的老大爷，多数都是退了休，闲得没事儿干，自己找这么个事儿，半为挣钱，半为解闷。说到底，也是为了玩儿。所以平时跟学校也是特别敢说话，特别较真，不怕得罪人。看校长不顺眼，训得跟三孙子似的，校长还没脾气。看见学生淘气，拽住就敢训，你还别跟他犟嘴，惹急了老大爷，直接拽着你就找老师去，连老师一块儿训。

说起看门大爷，您知道历史上最牛的看门大爷是谁吗？这个事儿吧，得按东西方文化分。

西方文化里边，最牛的看门大爷叫圣彼得[1]。您要不知道圣彼得是谁，最起码也听说过意大利罗马那边有个梵蒂冈吧？汤姆·汉克斯演的那几部大片，像什么《达·芬奇密码》《但丁密码》《天使与魔鬼》，老离不开那地方。

整个梵蒂冈最重要的建筑就是圣彼得大教堂。西方民间的传说里提到过，耶稣总共收了十二个徒弟，圣彼得是大师兄。这个人升天以后，负责在天堂看大门。按西方文化的说法儿，人死了以后，坏人下地狱，好人上天堂。甭管谁，想进天堂的大门，都得先过圣彼得老大爷这关。

中国文化跟西方文化不一样，咱们不管天堂叫天堂，叫天宫。天堂就一个门，圣彼得老大爷一人就能照顾得过来。天宫呢，有东西南北四个大门，那就得放东西南北四位看门大爷。

哪四位看门老大爷呢？东方持国天王、南方增长天王、西方广目天王、北方多闻天王，老百姓管他们叫四大天王。换到《封神演义》里边，就叫魔家四兄弟：魔礼海、魔礼青、魔礼寿、魔礼红。

话说到这儿，好较真的朋友就该问了，《西游记》里边有四大天王，负责看着天宫的四个大门。还有四大金刚，负责看着西天佛祖，灵山胜

---

[1] 又称西门彼得，为基督教早期领袖人物之一。

境，东西南北的四个大门。这四大天王跟四大金刚，是一回事儿吗？

还真就是一回事儿，四大天王，其实是从四大金刚那边化过来的。

为什么这么说呢？中国土生土长的就是道教，像什么玉皇大帝、王母娘娘、太上老君，这些都是道教里头的神仙。佛教，是汉朝才从印度那边传过来的。传过来以后，就跟道教互相串乎，你用我一点儿东西，我也用你一点儿东西。

比如说，关羽，关老爷，在道教这个系统里边，就是关圣人，还是武财神；要是放到佛教系统里呢，关羽又是一位重要的护法伽蓝。佛教里边有位观音菩萨，您都知道。可您要是有工夫去道观里边转转，也能看见观音菩萨的神像。只不过到了人家那边，观音菩萨就不叫观音菩萨了，叫慈航道人。

《西游记》里边的四大天王和四大金刚也是这样。在佛教那边就叫四大金刚，到了道教那边，就叫四大天王。话说到这儿，爱较真的朋友又该问了，既然四大天王跟四大金刚是一回事儿，那《西游记》里边，连灵山带天宫，总共八个大门。总共四个看门大爷，这班儿得怎么排呀？

这话怎么说呢？反正写小说的人就是那么一写，您呢，就那么一看，不能太认真。

四大天王，四大金刚，这四位看门大爷，说来说去，都是神话传说。中国历史上确实也有一位白纸黑字、有据可查、特别牛的看门大爷，可以说是改写了中国历史。

《信陵君窃符救赵》这篇课文，您差不多都在中学语文课上学过。话说是在公元前 257 年，秦国发兵攻打赵国。赵国没打过人家，最后连都城邯郸都让秦兵给包围了，眼瞅着就要亡国。

赵国实在没辙，只能派人去魏国求救，请援兵。魏国国王派了拨儿援兵过去，没想到走半道上又后悔了，下令按兵不动，打算眼睁睁看着赵国完蛋。魏国当时有个信陵君，明白唇亡齿寒的道理。赵国要是完了，前后脚，魏国也就快了。他心里特别着急，跟那儿掰开了，揉碎了，讲道理。魏国国王呢，你爱怎么说，就怎么说，反正我就是不听。

就在这个紧关要节的时候，魏国都城大梁，差不多就是今天河南开封那块儿地方，有这么一位看门大爷，当时已经七十多岁了，叫侯嬴。这位侯嬴大爷就给信陵君出主意说，老这么干耗着也不是个事儿呀。要不这样吧，明的不成，咱们来暗的。你把国王的兵符印信给偷出来，先救了赵国，别的事儿以后再说。信陵君觉得这话挺有道理，就把魏国的兵符给偷出来，假传圣旨，带兵救了赵国。

偷完兵符以后，信陵君有家也回不去了，后半辈子就留在了赵国。侯嬴大爷一看，该办的事儿也办成了，信陵君也回不来了，要是接茬儿留在大梁看门，国王将来得着消息，知道是他给出的主意，他也落不着好。干脆，甭等别人动手，拔出宝剑，他就抹脖子自刎了。从此侯嬴因忠义之名流芳百世。

要不是这位看门大爷，秦始皇他爸爸没准能提前扫灭六国，统一天下，中国历史可能真就改写了。

在这里附歌词两篇：

第一篇：兴风作浪的于大爷

哎哟！What's Up！
这里是你的大爷　于谦　来自德云 Club
从北京到天津，从货运到码头

AKA 就是你大爷
Bang Bang Bang

你有 free style 吗？

OK，DJ 找补点儿 Beat

未泯的童心　正随着年龄不断在加深
你体会不到
是因为你保持虚伪却丢了天真
我不想当真
那些无所谓的争议
宁愿仗剑天涯浪江湖
没有多少压力
从小到大　也打过些鱼　摸了些虾
潘家园买了串菩提还带回了家
也偶尔学人逃课　假装朋克
现在来喜马拉雅做了播客
吃、喝、玩、乐
从没落下一个

电影里面演过老师
谦道里面教会你吃
活着不能走肉行尸
愿你尽快找到组织

2004 年我加入德云社

日子过得刚好

每天都很嘚瑟

抽烟喝酒又烫头

摇滚数我最风流

人到中年不能颓废

玩儿无止境

你管我现在是几岁

他们说

这位大爷你有点儿未老先衰

你拿年龄定义大爷

是真的有点儿悲哀

他们说

这位大爷你有点儿玩物丧志

我不想生活之中

每天过得都很励志

他们说

这位大爷你有点儿兴风作浪

姐姐都在乘风破浪

大爷不能被后浪拍在沙滩之上

我笑玩在江湖之中

从来不靠武功

和悟空大闹过天宫
潇洒地唱海阔天空

第二篇：

我曾从南走到北
德云社里面有我一位
相声摇滚我全都会
喝酒从不怕醉

人到中年不能颓废
学无止境管他几岁
相声只是其中一个门类
多会一门手艺永远不是累赘

电影里面演过老师
谦道里面教你们吃
吃喝玩乐里面有知识
掌握了门道钱才花得值

玩儿是一种态度不是无知
活着不能做僵尸
甘于平庸消费时日
老了你就后悔迟

三条大道都无所谓

有酒有菜谁还想睡

人生不过几十岁

谁知道其中多少滋味

活得精彩你不懂得累

见着困难别低头就跪

兴风作浪我于大爷

问你又算哪一位

原谅我这一生不羁放纵爱自由

也会怕有一天会跌倒

背弃了理想谁人都可以

哪会怕有一天只你共我

五味

一

酸甜苦辣咸，
人生五味皆是诗

酸

黄腊丁搁酸汤里咕嘟咕嘟，
就叫液体寿司

黄腊丁翻身记

我年轻那会儿，跟北京西直门外，高粱河边上，住过一段时间。住在高粱河边上，有件事儿，特别方便，什么事儿呢？钓鱼。出门下楼，走不了两步就到河边了。

那时候我钓鱼，这么跟您说，清早起来下楼，跟河边猫到中午十一点五十再收竿回家吃饭，到家都过不了十二点。就这么方便。

要是赶上一块儿钓鱼的人多，里边有认识的朋友，那就更方便啦。鱼竿什么的都不用收拾，钩上挂好了食往河里一甩，就回家吃饭去吧。吃完了饭，再眯一觉都成。没准睡醒了回去，鱼壶里还能多两条鱼。躺着就把鱼钓了。

高粱河没什么正经鱼，多数都是小白条、小麦穗、小泥鳅。大草鱼、大鲤鱼什么的，轻易见不着。稍微上点儿档次的鱼，就是小鲫瓜子，再就是鲇鱼、嘎鱼。

嘎鱼，就是现在酸汤鱼火锅里的那个黄腊丁。这种鱼学名叫黄颡鱼，老北京叫嘎鱼，江浙地区叫昂刺鱼，湖南、湖北那边管这种鱼叫黄鸭叫。为什么叫黄鸭叫呢？

嘎鱼跟河豚差不多，肚子里有个气泡。离开水，让人钓上岸以后，嘎鱼一生气，心里一别扭，就开始往外吐气，嘴里边"咕咕"地叫。所以得了个名儿，叫黄鸭叫。

这种鱼，长得跟小号的鲇鱼似的，食性也差不多，不是吃素的，就爱吃荤食，智商还不高，挺实在。弄截蚯蚓，再不就是到了河边，临时捞个螺蛳，把肉挖出来，挂在鱼钩上。嘎鱼只要看见，当时就能一口闷，咬上就不撒嘴，特别容易上钩。

容易上钩归容易上钩，直到二十世纪九十年代，嘎鱼在北京都没什么用。钓着了，也就是过过手瘾，然后再扔回河里去。嘎鱼为什么没用呢？

北京有个老妈妈论：身上不长鳞的鱼有毒，吃下去容易坐病。所以老北京人压根儿就不吃鲇鱼、嘎鱼这些无鳞鱼。黑鱼，虽说身上有鳞，可是猛一看就跟没鳞似的，老北京人也不吃。不光北京人不吃，以前好多北方人都不吃无鳞鱼，倒找钱都不吃。

无鳞鱼有毒这个事儿，用传统中医的话说，大概意思就是，这类鱼长年累月跟河底下的淤泥里边待着，见不着太阳，阴气重，性寒。这种鱼，本身没毒。不过身子骨弱的人把它吃下去以后，容易把老病根给勾起来，所以不能吃。

要是用西医的话说呢，这类鱼，老跟淤泥里边待着，脏，寄生虫多。要是加工不到位，煮的火候不够，吃下去就容易得病。

嘎鱼真正在北方翻身，也就是头十来年的事儿。二〇〇几年那会儿，全国各地开始流行吃贵州酸汤鱼。眼下您去酸汤鱼馆子吃饭，吃酸汤鱼火锅，每桌差不多都得来盘黄腊丁。

老北京有这么句俏皮话儿，说是"四两嘎鱼，炼了半斤油"。现在您跟馆子里吃的黄腊丁都是人工养殖的，个儿长得还稍微大点儿。河沟里边，野生的嘎鱼，个儿更小，能长到手指头那么长就算大的。"四两嘎鱼，炼了半斤油"这句话，翻译成天津话，那就叫"吹大梨"，满嘴跑火车，说大话，使小钱儿。

嘎鱼个头小，也有小的好处。什么好处呢？容易熟，开锅就烂。所以吃酸汤鱼火锅的时候，黄腊丁都是随吃随涮。拿筷子夹着搁在汤里一涮，几分钟就成。

吃这种鱼，吃的就是那个嫩劲儿。再就是鱼刺少，就中间一根主刺，没什么小刺，跟个肉滚子一样，吃着方便。所以吃黄腊丁正确的打开方式，就是拿筷子夹着鱼，鱼头朝下，鱼尾巴朝上，往嘴里一塞。然后拿嘴把鱼身子抿住了，往外一撸。鱼刺拽出来，鱼肉留在嘴里。

吃酸汤鱼，说酸汤话

说起酸汤鱼，肯定绕不开一个地方，就是贵州凯里。

按咱们这帮外行人的想法，酸汤，说到底都是酸的，吃的就是个酸味儿，最多也就是色儿分红白两种。真正到了贵州，您就吃去吧，每个地方都有每个地方的酸汤，恨不得这个村跟那个村的味儿都不一样。不光是鱼，但凡能吃的东西，到了贵州，差不多都可以搁在酸汤里咕嘟咕嘟。

黔东南，就是贵州挨着湖南那块儿，有个天柱县。天柱县还有个酸汤族，又叫酸汤苗。酸汤族平常说的话，叫酸汤话。什么叫酸汤话呢？说白了，就是古时候贵州版的汉语普通话。

贵州那地方，您都知道，少数民族多。不光外地人到了贵州听不明白当地人说话，土生土长的当地人也听不明白别的族说话，恨不得上自由市场买俩土豆都得带着翻译。

贵州的老百姓觉得这么着不方便，大伙一合计，要不咱们互相就合就合吧。最后就把汉族话跟当地少数民族的各种话掺和在一起，连发明带创造，弄出来这么一种贵州版的普通话。

好几百年以前，谁要是想去贵州做生意、旅游，先得报班参加培训。培训完了，还得考试，考"贵普四六级"。考试合格，才有资格去贵州。要不然的话，真有什么事儿，跟那边落难了，一路要饭都要不回来。当地人听不懂您说的是什么呀。

酸汤鱼是液体的寿司

贵州的酸汤，甭管口味儿有多少种，按色儿分，就两大类：红酸汤和白酸汤。红酸汤里边，必须得有那种当地特产的小西红柿，又叫毛辣果。这种小西红柿长得跟圣女果差不多，就是特别酸。没法儿直接吃，做酸汤正合适。

《谦道》第一季刚开播的时候，我和大家聊过一回西红柿。这玩意儿的原产地在美洲，明朝那会儿才经洋人的手传到中国来。中国老百姓开始把西红柿当菜吃，那得是二十世纪三十年代以后的事儿。贵州人吃红酸汤，大概也在这个时间段。

白酸汤比红酸汤的年头老多了。贵州人的白酸汤的制作原理跟陕西、甘肃的浆水差不多。浆水是把掺了面粉的水倒在坛子里，慢慢发酵。发酵的时候，还可以往里边放点儿萝卜缨子、芹菜什么的。陕西人管这叫"窝"，窝浆水菜。

贵州人做白酸汤，用的是米汤。把米汤凉凉了以后倒进干净的坛子里，再加点儿以前剩下的老酸汤当引子，就相当于发面的时候搁点儿老面肥。然后也是慢慢发酵，不过，发酵的时候不能再往坛子里搁别的东西。

贵州人怎么就琢磨出来酸汤鱼这么种吃食呢？这事儿要想掰扯清楚了，根儿，先得往日本那边捯捯。

在离日本奈良没多远的地方有个湖，叫琵琶湖。这地方就跟秦皇岛北戴河一样，很多年以前，就是日本人喜欢逛的旅游景点。《聪明的一休》，好多朋友都看过。一休、新佑卫门那帮人动不动就说想去琵琶湖划船。

琵琶湖里边，有一种日本特产的小鲫瓜子。每年春天，周围的渔民就会划着小船上湖里捞鱼去。捞上来的小鲫瓜子，活蹦乱跳。您知道最地道的琵琶湖吃法儿是怎么吃的吗？

那位说了，日本人爱吃生鱼片，肯定就是刮了鳞，开了膛，切成薄片，弄点儿绿芥末，蘸着吃呗。

我跟您说，真不是这么个吃法儿。琵琶湖的渔民把小鲫瓜子捞上来之后，先给鱼开膛，刮鳞。要是母鱼的话，鱼子就留在鱼肚子里，不用往外掏。把鱼收拾干净以后，拿当地的好大米，焖一锅香喷喷的大米饭。

大米饭凉凉了，也是找个干净的坛子。先在坛子底铺一层大米饭，然后铺一层小鲫瓜子，撒一层盐；再铺一层大米饭，再铺一层小鲫瓜子，再撒一层盐。这么倒着班儿地来，等于是把鲫鱼都给埋在了米饭里边。

跟贵州人做酸汤的路数差不多，坛子装满之后也是盖严了盖儿，搁在那儿闷着。连着闷好几个月，打开盖儿，提鼻子一闻，嚯，那叫一个酸爽。酸里边带臭，臭里边带酸，仔细闻闻，还有股子鱼腥味儿。

发酵透了的米饭和鱼，就凝到一块儿了，饭里边有鱼，鱼里边有饭，跟三明治似的。鱼骨头、鱼肉已经都让发酵的那个酸给沤烂了，大米饭呢，是黑黄色的。

您甭看就这么个破玩意儿，吃的时候，还挺讲究。米饭就不要了，光吃鱼。把沤烂了的鲫鱼从米饭里边刨出来，切成小块儿，直接吃就成，再加工一下，做个汤，炒个菜什么的，也可以。

按日本人的说法儿，这种搁在大米饭里边沤烂了的臭鲫鱼，就是日本寿司的老祖宗。日本人吃这种寿司祖宗，最地道的吃法儿，是拿新蒸的大米饭拌臭鱼。然后拿来一壶新沏的、喷鼻香的热茶，往上一浇，用茶泡饭。您就琢磨这玩意儿，吃到嘴里得什么味儿吧。

日本寿司祖宗这个吃法儿，您要想见识一下，连出国都不用，去趟海南岛就成。海南黎族，有种吃食叫鱼茶。

鱼茶，应名儿叫鱼茶，实际跟茶叶一毛钱关系都没有。这种吃食，是把河沟里捞的各种小杂鱼，配上大米饭、盐、酒曲，按日本寿司祖宗那路数，搁在坛子里边闷十天半个月闷出来的。

海南岛比日本热，闷十天半个月，鱼就有味儿啦。这时候，再把鱼从米饭里边刨出来，整整齐齐地码在大碗里边，跟沏茶似的，哗啦，拿开水一浇。然后您就吃去吧。

海南老百姓有这么个说法儿，说是吃鱼茶的最后这道手续跟沏茶差不多，所以这种吃食就叫鱼茶。其实吧，鱼茶这个名儿，十有八九，是有口音的人误读了，一传十，十传百，慢慢传出来的。

这种吃食，正名儿应该叫鱼鲊。什么叫鲊呢？

老北京也吃刺身

脍炙人口，这个成语的"脍"，指的是切细的肉，用日本话讲，那就叫刺身。

中国人吃刺身的历史，比日本人年头长得多，好几千年以前就吃。孔子有句话，说"食不厌精，脍不厌细"。大概意思就是说，切鱼、切肉的时候，片必须切得薄点儿。其实很好理解，因为这么切出来的肉容易入味儿，嚼到嘴里是脆的，不塞牙。

眼下全国各地好多地方都流行吃生鱼片，吃生肉也不新鲜。就拿老北京涮羊肉来说，老式年间，那种传统的涮肉馆里就有。吃主儿进了门，就可以往那儿一坐，二郎腿一跷，嘴一撇，拉着长腔，抖着颤音，问那么一句："你们这儿，有西瓜瓤吗？"

问这么一句，意思就是告诉别人，爷懂行，吃过，见过，不是棒槌。你们小心伺候着，别糊弄我。

涮肉馆里边说的这个西瓜瓤，不是真的西瓜瓤，指的是羊身上最嫩的那两小条里脊肉。七八十斤的大羊身上，最多也就能出两条这种里脊肉，二两多的分量。这肉的色儿是鲜红的，猛一看，跟西瓜瓤差不多，所以得了个名儿，叫西瓜瓤。

您要是说，进了涮肉馆，跟菜单上找，想看看有没有西瓜瓤，那就露怯了。这路好东西，人家根本就不往菜单上写，都是给真正的吃主儿提前单预备着。

吃西瓜瓤，不能跟吃普通的羊肉片一样，下到锅子里边涮。那么着吃的话，就糟践东西了。必须是纯生吃，小料都不用蘸，吃的是羊里脊的鲜劲儿和脆嫩劲儿。吃到嘴里，是冰凉爽口的感觉。除非真正懂行、会吃的吃主儿，一般的人，还真下不去嘴。

生鱼片、西瓜瓤这路吃食，放在孔子那时候，就叫脍。

醋和酱油，寿司到底怎么吃？

孔子那时候，家里没电冰箱，就算有电冰箱，他也找不着插座，您说是不是？鲜鱼、鲜肉放在那儿，怕坏了，怎么办呢？

有一个办法，玩儿的就是日本寿司祖宗的那路数，给鲜鱼加点儿盐，然后埋在大米饭里边。盐能防腐，大米饭发酵以后，出来的是醋，醋也能防腐。按这个路数埋在大米饭里边，半腌半发酵，沤出来的这种又酸又臭的咸鱼，就叫鲊。

鲊是中国人发明的，无独有偶，学会了发酵技术的日本人也用这种技术储存鱼肉，发明出了寿司的祖宗。再后来，日本的老百姓觉得，挺好的大米饭用来腌咸鱼，大米饭最后还不能吃，这么玩儿忒浪费。于是他们就把中国传过去的鲊改良了一下。把各种新鲜的肉和菜配上大米饭攒成团吃，发明了现在的日本寿司。

这两年流行吃日料。吃日本寿司，服务员都会配套着给您端上来俩小碟。一碟是醋，一碟是酱油。弄得好多朋友挺纠结，到处打听，寿司到底是蘸着酱油吃地道，还是蘸着醋吃，显得更地道呢，再不就是两样都蘸点儿？

要我说，最地道的日本寿司应该蘸着醋吃，不蘸酱油。为什么这么说呢？因为日本的寿司祖宗就带点儿酸口儿。日本老百姓吃惯了这个味儿了，吃顺了口儿了，再吃新产品，觉得不够味儿。不够味儿，怎么办呢？那就按饺子的路数来，再蘸点儿醋呗。

万物皆可鲊

现在的日本寿司里边，荤菜、素菜，什么都有。中国的这个鲊，到后来，也是什么都可以往里边放，就不光是鱼了。比方说，湖北武汉那边，有种虾鲊。虾鲊是拿河里捞的小虾米，加上各种作料，埋在米粉里边沤出来的，跟天津塘沽的臭虾酱差不多。

天津老百姓，有道过日子的家常菜，叫虾酱咕嘟豆腐。武汉的老百姓呢，爱吃虾鲊豆腐。虾鲊豆腐就是把虾鲊摊在豆腐上头，放在蒸笼里蒸。出锅的时候，再撒几个葱花，淋点儿香油。虾鲊里边有小虾米，还有辣椒，小虾米是鲜的，辣椒是辣的。虾鲊豆腐吃到嘴里，又鲜又辣，特别下饭。

湖北旁边，湖南湘西有种坛子肉，又叫酸肉。这种吃食怎么做呢？是把整块的猪脖子肉用各种作料腌得入了味儿以后，加清水煮到六分熟。然后把半生不熟的肉捞出来装在坛子里，拿米粉埋上，闷那么几天。米粉还不能磨得太细，得跟棒子面似的，能吃出来一粒一粒的口感。

肉闷得酸了以后，把它从坛子里挖出来。用刀把肉上头挂着的米粉刮下来，单留着。把闷得带酸味儿的肉，切成大厚片。热油、葱花、干辣椒炝锅，下肉片。肉片炒到嗞嗞流油的时候，盛出来。再把刮下来的米粉倒进去，就着肉片流出来的那个油，按炒米饭的路数来炒。

米粉炒得稍微有点儿发黄了，再把肉片回锅，一块儿炒。炒的时候，加点儿青蒜段提味儿，再来一勺当初煮肉时留下的清汤。清汤下锅之后，大火改小火，为的是收收汁，让肉片多入入味儿。

等到汁快熬干了，米粉焦黄，能看见点儿煳嘎巴的时候，出锅装盘。这就是湖南湘西苗族、土家族的炒酸肉。

离开湖南、湖北，越往西南方向走，鲊的花样就越多。不光是荤的，素的也有。

云南临沧那边，老百姓平日里还吃茄子鲊、萝卜鲊。茄子鲊、萝卜鲊就是把茄子、萝卜切成条，先放在太阳底下晒，走走水分。晒蔫了以后，再按湖南人做酸肉的法子，加各种作料，拿米粉埋上，搁在坛子里，闷酸了吃。

云南佤族，还有种酸粥，跟贵州的酸汤差不多，是把剔干净肉的鸡骨头，外带鸡头、鸡爪子什么的，搁在熬得烂烂糊糊的大米粥里边沤。沤得酸臭的大米粥能当作料炖菜、炒菜吃，还能做成酱汁，烤肉的时候，刷在上边。

粉蒸菜是不酸的鲊

有句话，咱们之前也聊过，中国人吃饭的口味儿，那是南甜北咸东辣西酸。越往西南方向走，老百姓就越爱吃口酸的。贵州人还有这么个说法儿，说是"三天不吃酸，走路打颠颠"。意思就是说，人三天不吃酸汤，走路的时候，脚底下就没根儿，不稳，打晃。

贵州人为什么这么爱吃酸的呢？回头您可以查查资料，全国这么多省份，自己不产盐的，拢共没几个，贵州就是其中一个。老百姓过日子没盐吃，只能多吃点儿酸的东西下饭。

鲊，是好几千年以前发明的老玩意儿。中原地区的老百姓吃盐方便，后来做菜的技术进步了，慢慢地就不吃这个鲊了。贵州那边的老百姓呢，平常吃不着盐，只能走复古路线，接茬儿吃这个老玩意儿。

一样都是西南地区，四川、云南自己能产盐，当地老百姓吃这个鲊的时候，就有继承，有发展。

比方说，云南玉溪有种拌汤鲊。这道菜，把闷在坛子里沤的那道手续给省了。直接就用鲜的米粉，加上各种作料，下锅炒。炒的时候，家里存的剩菜，甭管什么酸甜苦辣，全往锅里一倒。

这路吃食，讲究是剩菜的品种越杂越好。越杂，做出来的味儿就越厚，和老北京烫饭有点儿像。这道菜花钱不多，还挺好吃，穷人乐。

赤水河边上，贵州和四川挨着那块儿，当地逢年过节，赶上个红白喜寿事什么的，老百姓们吃席的时候，桌上必须得有一道蒸笼鲊。蒸笼鲊，其实就是眼下全国各地差不多都有的粉蒸菜。各种肉和菜，调上作料，拿米粉拌匀了，搁在蒸笼里边蒸熟了吃。

老北京人吃席，传统的规矩是八碟八碗，拢共十六道菜，这叫二八席。四川老百姓吃席，讲究是三蒸九扣，十二道菜。三蒸九扣这"三蒸"里边，头一道菜就是粉蒸肉。

现在好多美食节目，动不动就说什么"老北京粉蒸肉"，那纯属瞎掰。北京人真正开始吃粉蒸肉，最多也就是三十多年以前，川菜流行的时候。

那时候，谁家要是赶上个红白喜寿事，不讲究去饭馆，都是街坊邻居帮着忙活，跟家吃。1985年，土生土长的北京作家刘心武写了本小说，叫《钟鼓楼》。讲的就是鼓楼墙根底下，有那么个大杂院。大杂院里边，有户人家，儿子结婚娶媳妇，办喜事。办喜事当天，新郎他妈，还特意跟大伙招呼了一句，说是这回咱们吃席，得赶赶时髦，来个粉蒸肉。

街坊大嫂听老太太这么一说，赶紧回屋，从家里提搂出来一小口袋炒米。手里提搂着炒米，大嫂还得卖派①一下，告诉老太太说："我这个炒米，好，地道，是四川那边的亲戚托人刚送过来的。"

减肥套餐"蒸苦累"

南方做粉蒸肉，用的是米粉。北方做粉蒸肉呢，原先用的是面粉。最有名儿的，西安回坊有种小吃，叫粉蒸牛肉。就是把拌上各种作料的白面掺和到切成条的牛肉里边，上笼屉蒸。

牛肉蒸熟了，吃的时候必须得跟吃饺子一样，就着生蒜瓣。右手拿筷子，左手拿蒜瓣。吃一口肉，咔嚓，再咬一口蒜。吃完了肉以后，还得来杯茶砖熬的浓茶，溜溜缝，去去油腻，消消食。

回坊的这个粉蒸牛肉，把牛肉换成土豆，放到陕北那边，就叫洋芋擦擦。不光土豆能粉蒸，只要是菜，好像差不多都能粉蒸。

比方说，春天的槐花、榆钱，从树上撸下来，洗干净了。趁着槐

---

① 方言。卖弄、炫耀之意。

花、榆钱上头还挂着水珠的当口儿，撒点儿白面进去，棒子面也成，给它拌匀实了，上屉蒸熟了就能吃。这叫槐花饭、榆钱饭。

没有槐花、榆钱的季节，随便弄点儿绿菜叶，再不就是去野地里找点儿野菜，也可以。老北京管这种吃食叫蒸苦累。就拿我小时候来说，那时候吃的芹菜跟现在的品种不一样，秆特别细，叶多。吃芹菜，主要吃的是秆，叶没什么用，好多人干脆就当垃圾扔了。

我姥姥把芹菜叶揪下来，黄的、有虫子眼儿的不要，挑嫩的、好的，洗干净了，拌上白面、棒子面，上锅蒸。蒸的时候砸蒜泥，调一碗酱油、醋、蒜的汁，点几滴香油。芹菜叶蒸熟了出锅，撒点儿葱花，把调好的汁往上一浇。连菜带饭就全有了，也不算难吃。

眼下好多朋友每天忙着减肥、控制体重，可是真要节食的话，又管不住嘴，老觉得饿，老想吃东西。蒸苦累，原先是最底层的穷人的吃食，是实在没辙，糊弄肚子的东西。现在看，反倒挺健康，低油、低热量，吃到胃里还挺占地方。想减肥又管不住嘴的朋友，您也可以忆苦思甜一把，多吃点儿这个蒸苦累。

今儿聊得我也馋了，我那菜园子里边，也有几棵芹菜。待会儿赶紧睡觉，明儿早上起来，去菜园子里边拔几棵芹菜，中午我也蒸点儿苦累吃。咱们回头再聊。

甜

不撒糖，不偷蜜，
找点儿歪门邪道的甜

A：我说，三儿，告诉你多少回了，这地方的串儿红，哥罩了。被窝里伸出脚丫子，你算第几把手，敢跑这儿爹翅来?! 看在今儿中午食堂吃排骨的面子上，放你一马。带着这几块料，赶紧走，麻利儿的，别紧着蹭楞子^①!

B：哥! 兄弟我给您面子，叫您一声哥。不过您心里也得有个数，兄弟呢，已经不是当年的兄弟了。想吃独食，没门。这么着吧，您吃肉，多少也让兄弟喝口汤。这地方的串儿红，您六，我四，咱们分了，井水不犯河水。要不然的话，哼哼，回头我找苗老师，承认错误，坦白交代。这事儿，苗霸天要是知道了，谁也甭想落好! 咱们鱼死网破!

---

① 北方方言。慢腾腾之意。

吸串儿红的季节到了，真好！

各位好，我是于谦。开头，又给您来了段模仿秀。

串儿红，是老北京的叫法儿，南方管这种花叫爆竹花、象牙红。眼下这个季节，串儿红正当令。尤其是北京，每年进了九月，大街上就开始摆花。这两年花的品种多了，每年九十月份，大街上什么花都能看见。

我小时候，花的品种少，入了秋以后，最大路货的花，就是菊花和串儿红。直到二十世纪九十年代初，还有这么个规矩。每年进了九月份，街道居委会的老太太，胳膊上戴着红箍，扭着小脚，跟街面上，找公家的单位，再就是私人的买卖铺户，挨门通知："到日子啦！你们门前三包，该摆串儿红了啊！"

单位后勤主事的人、开买卖的个体户，听老太太一吆喝，就得骑着三轮去花市买串儿红。买回来以后，几盆串儿红，跟大门口两边，雁别翅排开。街道居委会的老太太，小脚侦缉队，您甭看不拿工资，还挺负责任的。通知完了大概四五天，还得回访，检查落实情况。

1988 年的老电影《傻帽经理》里边有个桥段，讲的就是街道居委会通知个体户跟门口摆串儿红……

大街上摆上串儿红了，小孩儿就开始激动了。激动什么呢？串儿红能吸。

您注意我说的话啊，一定是吸，不是吃。具体怎么个吸法儿呢？现在不是流行吸猫吸狗吗？和这意思差不多。

串儿红的花跟桃花、杏花什么的不一样，它不分瓣。这种花，开的时候，有个底座似的东西，然后从这个底座里边，吐出一支红箭来。花开败了以后，红箭就掉了，底座还能长一段时间。

小孩儿吸串儿红，找的就是那种刚开始往外吐红箭的花。找着以后，用大拇指和食指轻轻捏住红箭的头，悠着劲儿，往外一拽，千万不能给拽折了。拽出来的这根红箭，上半截是红的，下半截是白的。越往根儿的地方走，越白。您把最底下的那个地方搁在嘴里，使劲儿一吸，能吸出一小口花蜜来，特别甜。

吸串儿红，咱们凭良心说，把那个红箭拔了以后，底座还留着呢。底座也是红的，离远了一看，红乎乎一串儿，实际看不出什么来，不怎么影响观赏性。多数大人看小孩儿吸串儿红，干脆就当没看见，呵呵一笑，觉得挺有意思，也就过去了。

有的人呢，用老北京话讲，事儿妈，闲得没事儿干，非得较这个真。小孩儿跟外边，人家单位门口吸串儿红，让这位给逮着了，那就得拽着胳膊："走，去学校，找你们班主任说道说道去。"

要是吸学校花坛的串儿红呢？别的老师还无所谓，真碰见了，最多也就说一句："别吃啦，多脏啊。"这事儿就算过去了。

最怕的是让教导主任逮着，那这事儿可大了。用教导主任的话讲，吸点儿串儿红本身不是问题，关键是你吸的是学校的串儿红。学校的串儿红是公家的，你这么干是破坏公物。别的先甭说，把你们家长找来，照价赔偿。回去再写个检查，不得少于一千字，深刻反省。

检查写完了，送到教导处，先给教导主任念一遍。教导主任觉得合格了，再带着这学生，串班念检查。

什么叫串班念检查呢？

比方说，这学校从一年级到六年级，总共二十来个班。上课时间，甭管上什么课，教导主任带着这倒霉蛋，随便挑一个班，推门进去，先冲着老师点个头，然后再跟班里的学生说："同学们，耽误大家几分钟时间啊，听这位同学念念他写的检查。"

教导主任说完，这位就开始站在讲台上念，我叫什么什么，几几班的，我干什么什么了，然后我怎么怎么不对，不应该吸学校的串儿红，别的地方的串儿红也不能吸。大概就是这套话，念的时候，声音得洪亮，可是也不能太洪亮，不能让人觉得理直气壮，必须得让人听出理亏的意思来。

跟这个班念完了检查，教导主任冲着老师一点头，再带着这倒霉蛋，推门去下一个班，接茬儿照方抓药。就这种"吸串儿红犯"，我小时候，每年秋天，学校里边都能逮两三个出来。

桐花节吃桐花饼

不光串儿红能吸。喇叭花每天早上要开没开的时候，把那个花骨朵拽出来，吸一下，也能吸出来一小口蜜，跟吸串儿红的原理差不多。再就是春天，泡桐树开的花，也能吸。

泡桐花，要想按串儿红那么吸，就有点儿难度啦。树太高，够不着。吸泡桐花，只能碰运气。必须舍得花工夫，跟树底下猫着，眼瞅着泡桐花刚从树上掉下来，撒丫子跑过去，把花捡起来，把泡桐花根儿的地方含在嘴里一吸。这种花的蜜，比串儿红、喇叭花的蜜稍微还多点儿香味儿。吸到嘴里，那是又香又甜。

南方好多地方都讲究春天吃泡桐花。每年春天，泡桐花开了，家大人就给小孩儿预备一根头上带钩子的长竹竿，出去撸泡桐花。撸泡桐花跟撸榆钱、撸槐花什么的差不多。小孩儿的脖子上挂着兜子，手里举着竹竿，钩住了树杈，大把、大把地往下撸，撸下来就往兜子里塞。

泡桐花本身带点儿毒性，撸回去，收拾干净以后，先得搁在热水里边焯一下，再拿凉水泡半天，为的是去去花里边的毒性。把去了毒性的泡桐花剁碎了掺在面粉里边，再打个鸡蛋进去，就能烙桐花饼吃。这种饼，一点儿糖都不用放，自来带的就那么甜，还有股泡桐花的香味儿。

再往南边走走，台湾地区的客家人，每年阳历四月底五月初，还有个专门吃桐花饼的节，叫桐花祭，只不过人家吃的是油桐开的花。油桐开的花是纯白的，味儿跟泡桐的差不多，也是钻鼻子眼儿的那么香，闻着就觉得甜。

玉皇大帝的"造币厂"，有点儿甜

我小时候住白塔寺那边，胡同大杂院犄角旮旯的地方，都能看见一种野桑树。野桑树，学名叫构树，南方又叫楮树、假杨梅、楮实子。这种树，好多朋友应该都见过。叶是桃形的，毛茸茸的，尖儿上分三个叉儿，拿手一掐，流白汤。

野桑树，古时候能造纸，造出来的纸，叫桑皮纸。您听说书先生说评书，说到练家子出场的时候，都是手拿一把桑皮纸的扇子。这种扇子跟文生公子手里拿的洒金折扇比，差着好几个档次。

桑皮纸，大概就相当于现在的牛皮纸、马粪纸，算是中国古代最便宜的一种纸。价钱便宜，还结实，用的地方就多。在中学历史课上，您都学过，中国古代最早的纸币是宋朝的交子。宋朝的交子就是拿桑皮纸印的。做桑皮纸的野桑树又叫楮树，所以桑皮纸印的交子也可以叫楮币。

古时候，不光阳间的钱拿桑皮纸印，阴间用的钱也可以拿桑皮纸印，这种钱就叫楮钱，就相当于现在清明节，地摊上卖的那种印着玉皇大帝、面值动不动就好几亿的纸钱。元朝，有个叫袁桷的读书人，闲得没事儿，出门给朋友上了回坟。上完坟回家，觉得心里边堵得慌，挺感慨，还留下这么两句诗，说是："丛竹雨留银烛泪，落花风扬楮钱灰。"

造桑皮纸的野桑树，老北京又叫断子绝孙树，不吉利，没有人特意种，都是不知道从什么地方，随便飞来个籽儿，落在有土的地方，自己就发芽，长起来了。

这种树分公母，公树一辈子光长叶。母树呢，每年春天，先长出来一个一个的小绿球，样子跟荔枝差不多。小绿球长到一定时候，长熟了，就红了，炸开了，猛一看，跟杨梅差不多，所以叫假杨梅。

假杨梅，北方没人吃，熟透了以后，噼里啪啦地掉在地上，来来往往的行人给踩烂糊了，粘在鞋底上，还挺恶心。南方小孩儿，每年春天，就摘这个东西当水果吃。这东西吃到嘴里特别甜，水儿还挺足。

大人弄个篮子，多摘点儿野杨梅回家，收拾干净，下水洗几遍。趁着野杨梅外头的水还没彻底干的时候，拌上白面、棒子面，上锅蒸熟。出锅以后，浇上醋蒜、葱花、香菜调的作料吃。咱们之前说过，老北京管这路吃法儿叫蒸苦累。

不孕不育的老玉米是个宝

眼下家家户户差不多都有榨汁机，有的朋友特意花大价钱从网上买那种甜高粱秆，榨汁喝，觉得挺健康。陕西安康有种特产叫甜秆酒，就是拿甜高粱秆榨的汁酿的酒。

甜高粱秆儿，又叫甜秆、甜甜，应该算是我小时候，每年夏天，市面上最便宜的一种零食。农民种甜高粱，都是在田间地头这种没什么用的地方随便撒几个籽儿。

普通高粱主要是产粮食的，穗儿长得特别大，秆里边没什么甜味儿。甜高粱呢，穗儿特别小，结不了几个高粱粒儿，省下来的那点儿力气全憋在秆里，所以就甜了。

农民种甜高粱，一是为了给自己家里的小孩儿当零食吃，疼孩子。再就是为了拿到城里卖，换俩活钱儿。卖甜秆的农民，一般都是骑一辆二八加重的大自行车，自行车后架子上挂个筐，筐里边装着砍成一截一截的甜秆，每截大概一尺来长。七八十年代那会儿，这么一截甜秆大概也就卖两分钱、三分钱，挺便宜。

农民骑着自行车进城，找人多热闹的地方，把车往那儿一支，也不用吆喝，先从筐里边掏出根甜秆来，守着自行车"咔嚓咔嚓"地嚼，自己先解解渴，捎带手就做了广告。

小孩儿看见农民跟那儿嚼，他眼馋呀，就得缠着大人掏钱买。拿到手以后，跟啃甘蔗差不多，先拿牙咬着剥皮，然后再嚼里边的瓤。

甘蔗其实比甜秆甜，唯独有一个地方，特别讨厌。什么地方呢？甘蔗的节多，节那个地方特别硬，根本咬不动。吃的时候，只能把这段节舍了，不要了。

我小时候，馋，吃甘蔗，赶上有节的地方，舍不得，只能玩儿命啃。啃得腮帮子疼，满嘴都是渣子，舌头扎破了，顺嘴角流哈喇子，脸上全是黏汤，那也舍不得扔。

甜秆跟甘蔗不一样，它嫩呀。一根甜秆，只要把外边的皮剥干净，剩下的一整条瓤，您就嚼去吧。从头嚼到尾，一点儿东西不糟践，那才叫痛快！

甜高粱是农民特意种的东西，只要种子没弄错，长出来以后，肯定是根根都甜，保甜。每年夏天的时候，农村还有一种甜秆，想吃的话，只能凭运气，一般还就只有农村小孩儿能吃着，城里人轻易吃不着。什么甜秆儿呢？就是老玉米的秆。

那位说了，农村有的是老玉米，随便去地里撅一根不就完了吗？

这事儿，您有所不知。甜高粱，那是单有这么一个品种，种它就是为了吃甜秆。农民种老玉米呢，纯是为了打粮食。凡是能结棒子的老玉米，肯定就不甜。不光不甜，这种老玉米的秆还是酸的，水儿也少，嚼在嘴里跟棉花套一样。

要想吃老玉米的甜秆，必须特意找那种不结棒子的老玉米，说白了，就是找那种不孕不育的老玉米。不结棒子，不孕不育，有力气没地方便，养分全憋在秆里，所以它就是甜的。有经验的人，一眼就能认出这种老玉米来，为什么呢？因为它的秆，发红。

这种甜秆的老玉米，一亩地里边，不见得能找出来两三根。以前农村小孩要想吃这种甜秆，都得钻到棒子地里边找半天。三伏天，棒子地里边连风都没有，特别闷。棒子叶的那个边，划在身上，刺啦，就是一条血道子。为了找这么根甜秆吃，好家伙，受老了罪了。

老玉米的甜，转瞬即逝

实在找不着甜秆，干脆就掰个老玉米棒子吃，生啃。生老玉米也算是以前农村小孩儿在夏天常吃的一种零食。

现在有一种甜老玉米，又叫水果玉米，那是专门培育的品种，吃到嘴里是甜的，能生吃。

回头您要是有机会去农村，可以试试，把普通老玉米摘下来以后，当时就吃，无论是生啃还是下锅煮熟了再吃，都是甜的。要是摘下来不吃，跟那儿放着，放够了二十四个小时再吃，就不甜了。这里边是个什么道理呢？

老玉米长在玉米秆上的时候，里边有一种果糖。果糖吃到嘴里，就是甜的。只不过老玉米含着的这种果糖不稳定，摘下来以后慢慢地就分解了，也就不甜了。

现在市面上的老玉米，从采摘到运输，再到上市卖，肯定都得超过二十四个小时，甜不了。要想吃这种甜口儿的老玉米，您只能自己去农村。

到了农村以后，赶早起来，蹚着露水去地里掰一个老玉米棒子。老玉米棒子掰回来，农民差不多就该起床做饭了。这时候，您找一个农村老太太，嘴甜点儿，跟人家多说点儿好话。让老太太帮帮忙，把这根老玉米塞到农村的大柴灶里边烤一下。

烤熟了的老玉米，从灶里边掏出来，冒着烟，焦黄焦黄的。趁着这个热乎劲儿，您得赶紧找根筷子，从老玉米屁股那地方，给它插进去。就跟烧烤摊卖烤老玉米要插扦子一样，这样您吃的时候方便拿着。

烤老玉米，还就得滚烫的时候吃，凉了就不香了。您把插着筷子的老玉米举到嘴边，然后把牙伸出去，拿牙尖儿轻轻咬住一排老玉米粒儿，忍着烫，嘴里吸着气儿，使劲儿往下一拽。

一排老玉米粒儿拽到嘴里，老玉米棒子上滋出来一股白气。就连那股白气，钻到鼻子眼儿里，都是甜的、香的。

路边的大麻子，不采白不采

您甭看农村孩子兜里的零花钱少，真要是说想找点儿零食吃，其实比城里孩子容易。之前咱们聊过一回野（山茄）海茄、姑茑。农村的野地里边，还有一种野果子，叫大麻子。

大麻子，学名叫苘麻，有的地方叫它磨盘草、车轮草。这东西虽是野草，但每年七八月份的时候能开小黄花，开的花还挺漂亮。它那个小黄花，稍微带点儿黏性。有的农村小姑娘，爱美，把这种小黄花带着梗掐下来，然后把它当耳坠那么玩儿，倒挂着粘在耳垂上。

大麻子开完了花，结的果跟大料瓣差不多。嫩的时候是绿色的，长老了以后，就干了、黑了。把绿色的大麻子摘下来掰开，里边也是一瓣一瓣的。

每个瓣里边都有一粒跟芝麻差不多大的小白籽儿。把这个籽儿剥出来，搁在嘴里，拿牙一咬，能滋出来一股甜水儿。甜水儿里边，稍微还带点儿涩味儿。以前农村小孩儿兜里没钱买零食，上学、放学的时候，随便从道边上摘一个大麻子，一边走一边吃，也能解闷玩儿。

文艺的黑枣，叫君迁子

眼下这季节，我小时候住白塔寺那会儿，不用出胡同，也能弄着点儿野果子吃。什么野果子呢？黑枣。

老北京人讲究跟院里种果树，种苹果、种海棠、种柿子、种枣树的都有，唯独没有特意种黑枣的。这种树也是，没准就是鸟跟什么地方吃了黑枣了，然后又落在什么地方拉了泡鸟屎。鸟屎里边有黑枣籽儿，生根发芽了，最后就结黑枣了。

黑枣应名儿叫枣，其实是最原始的柿子，古代叫丁香柿。意思就是说，这种柿子长得跟药铺里边卖的一种叫丁香的药材差不多。

一般的柿子从树上摘下来以后，都不能马上吃，得放一阵。黑枣也是这么个路数，跟树上挂着，新鲜，果子里边带汤的时候，看着挺红、挺好看，实际没法儿吃。吃一个，涩得都张不开嘴。把它从树上摘下来以后，先得搁在太阳底下晒，就跟晒柿饼一样。讲究点儿的话，还得拿小刀把里边的籽儿给它挖出去。

晾干了的黑枣，留到冬天，可以穿糖葫芦。一大家子人，吃完了中午饭，迷瞪一觉。下午两三点钟的时候，天儿挺好，太阳挺足，全家人围着炉子，嗑着瓜子，剥着花生，喝着滚烫的茉莉花茶，聊天儿，闲磨牙。聊得高兴了，站起来一位，嘎吱嘎吱，踩着满地的花生皮、瓜子皮出去，捧回来一把自己家晾的黑枣。大伙手倒手，你分一点儿，我分一点儿。

黑枣吃到嘴里，味道跟柿饼差不多。嚼几个黑枣，喝一口茉莉花茶，茶水的苦能解黑枣的甜；黑枣的甜呢，又能解茶水的苦。两下一掺和，正好能跟嘴里起"化学反应"。

要是嘴不急的话，还可以把黑枣搁在炉台上，稍微烤烤，烤干了再吃。这种黑枣吃到嘴里，又甜又脆，还有一股焦香味儿。

话说很久很久以前，东边，特别特别远的地方，有一座仙山，叫堂庭山。这座仙山上头长满了黑枣树。每年秋天，黑枣结果，果子熟了以后，整座山就全是红的，火一样红。

古人看这种果子红得跟火一样，就管这种树叫椋树。两千多年以前，三国魏晋那会儿，有个叫左思的文人写了篇《三都赋》，写的是魏蜀吴三国的国都。《三都赋》聊到孙权他们家的时候，有这么句话，讲的就是椋树，也就是黑枣，说是"平仲君迁，松梓古度"。

您可以查查资料，黑枣，换成特别文的说法儿，就叫君迁子。话说到这儿，左思为什么管黑枣叫君迁子呢？

《本草纲目》中写道："君迁之名，始见于左思《吴都赋》，而著其状于刘欣期《交州记》，名义莫详。"历史上没有记载这个名字是怎么来的。

我猜是读音的问题。汉朝人写赋，讲究的是合辙押韵。有时候，为了押韵，得想办法凑几个字，没话找话，再不就是把正常的语序，给它掉个个儿。

比方说，快板《同仁堂》的开头都得这么唱：内科先生孙思邈，外科的先生华佗高。华佗高这仨字，根本就不通，这是病句。可是唱快板的时候，为了合辙押韵，生凑，也得凑这么一个字上去。

左思说的君迁子，差不多也这意思。我推测，他是把椋树的"椋"字拆开说了。怎么叫拆开说呢？

现在汉字注音，用的是汉语拼音。汉语拼音是二十世纪五十年代以后才有的东西。五十年代以前，中国人给汉字注音，用的是反切。反切，就是用两个汉字给一个字注音。取前一个字的声母，取后一个字的韵母。椋树的"椋"，按反切的路数来，就是各取君迁两个字的声母、韵母，拼到一块儿。

有朋友说了，谦儿哥，你这讲得不对呀。君的开头声母是"j"，拼不出"炎"的音呀。这是因为古人说话的口音跟现在不一样。比如"远上寒山石径斜（xié）"，这句话要按古时候的音读，就得读"远上寒山石径斜（xiá）"。

君子的"君"，放在两千多年以前，三国魏晋那会儿，有的地方就读"尹"的音。梫，君迁切。老百姓不知道怎么回事儿，传来传去，一直用到了今天。

下回您要是想来点儿文艺范，装一把文艺青年，吃完了黑枣的糖葫芦，就可以这么告诉别人："呜呼呀，小生方才，刚刚吃了几枚君迁子。"

苦

黑猫警长卖苦肠，
苦瓜烧肉多喝汤

曲木为直终必弯，养狼当犬看家难。

墨染鸬鹚黑不久，粉刷乌鸦白不坚。

蜜饯黄连终须苦，强摘瓜果不能甜。

文章开头，先给您来段定场诗。今儿这篇，打算跟大伙聊聊那些带苦味儿的吃食。

老北京的苦瓜，只看不吃

说起带苦味儿的吃食，肯定绕不开苦瓜。苦瓜，南方又叫凉瓜，这两年喜欢吃它的人越来越多。尤其是年轻人，讲究节食、减肥，喝苦瓜汁。一根苦瓜，湛青碧绿，去了子儿，搁在榨汁机里边打成汁。

满满这么一杯苦瓜汁，上头泛着绿沫。皱着眉，闭着眼，捏着鼻子，咕咚咕咚灌下去，连脑门都能给喝绿了。好家伙，快赶上灌辣椒水了。想拿这招减肥的主儿，还真得有点儿毅力。要不怎么说，人有时候就得对自己狠一点儿呢。

北方人原先其实不怎么吃苦瓜。就拿老北京人来说，城里人多少可能还吃点儿，农村人直到现在也不怎么吃，连种苦瓜的都少。老式年间，北京人管苦瓜叫癞瓜，文言的说法儿叫癞葡萄，因为苦瓜外头那层皮疙疙瘩瘩的，猛一看跟癞蛤蟆似的，又有点儿像葡萄。

老北京人种苦瓜，纯就是为了看个新鲜，好玩儿。甭管是葡萄架，还是豆角儿架、丝瓜架，随便撒那么几个苦瓜子儿。苦瓜的命贱，容易养活，沾土就发芽。发芽以后，往上爬架，开小黄花，嘀里嘟噜，结苦瓜。

苦瓜跟石榴差不多，熟透了以后，外边的皮一发黄，就炸开了，翻着鲜红的子儿。您站在豆角儿架、丝瓜架底下抬头一看，脑瓜顶上，一大片绿里边缀着这么几点红，觉得挺漂亮、挺好玩儿。古玩瓷器里边有种碗叫癞瓜碗。癞瓜碗上画的图案就是这种当玩意儿看的苦瓜。

北京市面上开始有人卖苦瓜，大概是在二十世纪九十年代以后。老百姓把苦瓜买回去，多数都是做糖醋尖椒苦瓜。苦瓜竖着切成两半，把瓤掏干净，再切成小薄片。苦瓜片不能直接炒，得先拿开水焯一遍，为的是断断生，去去苦味儿。

特别怕吃苦的人，还得把焯过的苦瓜片放到凉水盆里再泡半天，北京话讲，叫拔一下，为的是多去去苦瓜的苦味儿。最后炒的时候，重油、重盐，多搁酱油，多搁醋，多搁白糖。能吃辣的人，还可以多搁点儿辣椒。这些调料的味儿，能遮苦瓜的苦味儿。

这十来年间，北方喜欢吃苦瓜的人越来越多，苦瓜的做法，也越来越简单。有的朋友吃苦瓜，干脆就不炒了，焯完水以后，搁点儿盐、香油、醋什么的，凉拌着吃。

还有的朋友呢，更猛，整根的苦瓜，瓤都不掏，直接蘸酱吃，当黄瓜那么吃。人家吃的就是这个苦味儿，觉得能去火。

突出重围，苦瓜烧肉

甭管怎么吃，在北方，好像还没有用苦瓜和肉一块儿炒的菜，一般都是素着吃。北方人可能觉得，苦味儿跟大鱼大肉掺和到一块儿吃着别扭。就拿我小时候帮家里收拾鱼来说。开膛的时候，大人肯定得嘱咐一句："留神啊，别把苦胆抠破了！要不然就没法儿吃啦！"

大人这么紧着嘱咐，小孩儿要是没留神，还真就有把苦胆抠破的时候，弄得鱼腔子里边全是绿的。苦胆抠破了，也有解决的办法，什么办法呢？炖鱼的时候，多搁点儿白糖，多搁点儿醋。为的也是遮苦胆的那个苦味儿。

饶是这么着，吃这鱼的时候还是觉得味道别扭。怎么吃都能吃出那个苦味儿来。

1999 年，有部电视剧挺火，叫《突出重围》。这部电视剧里边的那位老将军，特别爱吃苦瓜烧肉，吃的时候还得多放胡椒面。

我特意上网查了查。演这位老将军的老先生是辽宁铁岭人，上学在齐齐哈尔，工作以后一直住在哈尔滨。铁岭、齐齐哈尔、哈尔滨，都没有吃苦瓜烧肉的风俗。

对这道菜的评价两极分化，有的人嫌它吃着别扭，有的人就爱这种清爽的口感，觉得苦瓜正好解腻，要不怎么说"一千个人心里有一千种苦瓜的吃法儿"呢。

意外怀不了孕怎么办？来两根苦瓜

苦瓜的原产地在东南亚那边，宋元时期，苦瓜传到中国南方。东南亚野生的苦瓜个儿不大，最大也就能长到乒乓球那么大，模样跟荔枝差不多，所以南方人管这种东西叫锦荔枝，也有叫金铃子的。

苦瓜最早传到中国以后，跟荔枝一样，都算水果。有朋友问了，这玩意儿苦了吧唧的，怎么当水果吃呀？

回头您可以试试，再去市场买苦瓜的时候，特意挑那种长老了的苦瓜。刚才咱们说了，长老了的苦瓜里边的瓤和子儿是红的，带点儿酸甜味儿。宋朝那会儿把苦瓜当水果吃，吃的就是里边的瓤和子儿，外头皮不要，跟现在正好反着。

电视剧《激情燃烧的岁月》里边，有这么个桥段。石光荣他儿子石林，糟改农村人，说人家吃香蕉不知道剥皮，直接上嘴就咬。差不多的这种事儿，宋朝那会儿还真就出过。

四帝仁宗年间，就是八贤王、寇老西、杨家将他们跟北国辽邦打仗的时候，有个叫陈尧佐的人。这哥们儿老家是四川阆中的，打小儿就是学习尖子，后来中进士了。

古代有句话，叫母凭子贵。儿子中了进士，妈的地位也就跟着上去了，陈尧佐的母亲冯氏就被封为诰命夫人了。老太太当了诰命夫人以后，跟着儿子去东京汴梁上班。四帝仁宗他们家也有一个老太太，就是"狸猫换太子"故事里边，祸害李宸妃的那位刘娘娘，刘太后的原型。

您都知道，老太太们平常最主要的爱好，就是和几个老姐们凑在一块儿，东家长西家短，七只蛤蟆八只眼，嘚啵嘚嘚啵嘚，聊呗。刘太后也有这爱好，得空就把手底下这帮诰命老太太招呼到宫里去，一群女眷凑在一起扯闲白儿，聊大天儿。

话说有这么一天，刘老太太把冯老太太叫到宫里去了。老太太聊天儿，全是家长里短、鸡毛蒜皮的事儿。像什么，哪个菜市场的土豆便宜，哪个超市的鸡蛋新鲜，儿子怎么有本事，儿媳妇怎么不对付。说来说去都是这套。

多会儿也不可能说，俩老太太搬个小板凳坐在马路边上聊国际形势：纳斯达克指数怎么还不往上涨，原子弹里边到底放多少火药，留多长的捻儿，能把它给鼓捣响了。您说是不是？

刘老太太和冯老太太聊天儿，玩儿的也是这路数。聊来聊去，用现在的话讲，就开始晒娃了。

刘老太太和冯老太太说："呦，大妹子，您知道吗?! 我们家那小子，眼下可出息啦! 周围那些小国的国王全听他的，都服他。这不前两天，南边有个国，我也忘了叫什么啦，反正那儿的人都长得黑不溜秋的，还不爱穿衣服，老光着膀子。就那小国的国王，好几千里地，特意派人给他送来点儿稀罕玩意儿，叫什么锦荔枝。您说，大老远的，这图什么呢?! "

冯老太太听刘老太太这么一说，那必须得捧呀，要是不捧两句就耽误交情啦。一来二去，把刘老太太给捧高兴了，当场让小太监跑步去御膳房："麻利儿的，给我这老姐们儿拿俩锦荔枝过来尝尝。"

小太监小跑着，把两根苦瓜端上来。冯老太太甭说吃啦，见都没见过。没见过，太后赏的，这叫御赐的东西，她也不能说"我不吃"呀。

冯老太太这人忒实在，也没这么多心眼儿，抄起一根苦瓜来，连皮带子儿咬了一大口。就这一口下去，舌头根苦得都发麻啦。那也不含糊，冯老太太发扬大无畏的英雄主义，坚持着吃，愣是把两根苦瓜全给塞下去了。

刘老太太是太后，有涵养。她明知道老姐们儿露怯了，也绷得住劲儿，肚子里吭哧，脸上连个笑纹都没有。

周围看热闹的娘娘们，沉不住气，当场就喷啦，笑场啦。笑完了，互相还传闲话，甩闲咧子呢："这老太太，嘁，土老帽儿，没见过世面。"

虽说没见过苦瓜，露怯了，但冯老太太到底是大户人家的小姐出身，知书达理，也挺有涵养。她胃里反着苦水儿，脸上跟没事儿人似的，说了这么一句，打算给自己转转面子："呦，老姐姐，您别见怪。

我这么吃苦瓜是有原因的。这里头有文化内涵，你们不知道。"

刘太后听她这么一说，八卦劲儿也上来了，马上跟着问了一句："这里面有什么说法儿呀？"

冯老太太清清嗓子，关子卖够了，慢慢悠悠地说出了自己生吃苦瓜的原委。大概意思就是说，冯老太太跟她家老头儿结婚以后，老没孩子。老没孩子，怎么办呢？那就拴娃娃呗。两口子天天去庙里就烧香，拴娃娃。

去烧了几次香，庙里的老娘娘就显灵了。话说有这么一天夜里，陈老太太躺在炕上睡觉。睡着睡着，梦见老娘娘来了，手里还拿着根苦瓜，跟她说："赶紧吃吧，连皮吃，吃完就有孩子啦。咱可说好了，苦瓜给你吃了，以后甭老往我庙里溜达。"

在梦中生吃了苦瓜，也就是锦荔枝之后，冯老太太连生两子，长子陈尧叟成了状元，次子陈尧佐中了进士。

俗话说，衣服是瘆人毛，话是拦路虎。看热闹的娘娘们，连带刘太后，当场就听蒙了。冯老太太话音落地，这帮人仰着头、瞪着眼、张着嘴，足有一顿饭的工夫没说出话来。

怎么回事儿呢？四帝仁宗虽然嫔妃众多，但到现在都没孩子。刘太后想孙子想得两只眼都喷火了，冯老太太这套话，她能不往心里去吗？

旁边的娘娘们当天晚上就都跟御膳房的厨子打招呼了："今儿晚上，本宫什么都不吃，就吃苦瓜。连皮啊，一定连皮给我送来！"

转过天来，四帝仁宗吃完了早点，跟后宫一溜达。好嘛，后宫女眷那小脸儿，全绿扑扑的。

苦瓜烧肉，大概不苦

哑巴吃黄连，有苦说不出，这句话，您都听过。

"哑巴吃黄连"这句话，和南宋的高僧，杭州灵隐寺的普济禅师有关。普济禅师编了套讲佛理的书，叫《五灯会元》。《五灯会元》里边有这样一段对话：

僧问："如何是默默相应底事？"

师曰："哑子吃苦瓜。"

历史上还有哪位名人和苦瓜有关系呢？古龙先生写的武侠小说《陆小凤》里边，有位得道的高僧，叫苦瓜和尚。苦瓜和尚，历史上确有其人，他俗家姓朱，叫朱若极，是明太祖朱元璋的哥哥朱兴隆的后裔，广西桂林人。朱若极又号大涤子，擅画，是"清初四僧"之一。这苦瓜和尚还有个"笔名"叫石涛（石涛是朱若极的字），喜欢古玩字画的朋友肯定知道。

广西客家人爱吃酿菜。什么叫酿菜呢？就是把各种菜掏空，往里面塞上肉馅。广西最有名儿的十八道酿菜合起来叫十八酿，十八酿里边，就有一道酿苦瓜。

酿苦瓜，就是把整根的苦瓜切成段，把里面的瓤掏干净，再塞入掺了各种配料的肉馅。苦瓜段塞上肉馅以后，下油锅稍微煎一下，为的是让肉馅定定形，不至于漏出来。定过形的苦瓜段，可以上锅蒸着吃，也可以按炸茄合的路数来，配上酱油、蒜末什么的红烧着吃。

广西旁边，广东江门，那是全国产苦瓜最有名儿的地方。北方市面上卖的苦瓜都是长的，跟黄瓜差不多。江门产的苦瓜，是圆的，牛心形的。这种苦瓜的学名叫杜阮凉瓜。

广东人管苦瓜叫凉瓜。广东潮汕老百姓吃凉瓜的法子，跟前文中说的苦瓜烧肉有点儿像。

潮汕地区有种特产的咸菜，是拿芥菜腌的。潮汕人吃的芥菜，是一种叶菜，不是老北京人说的芥菜疙瘩。那种芥菜大概跟保定人说的春不老，和四川酸菜鱼里边的那个酸菜差不多。

芥菜，潮汕那边又叫大菜。每年秋天，农民把芥菜从地里收上来，先得剥。外头那层老菜叶都不要，就要最里边、最紧实的一个嫩菜心。菜心剥出来以后，必须放在太阳底下晒几天，走走水汽。

菜心晒蔫了以后，再给它码到缸里。码一层菜心，撒一层盐。菜心让盐一杀，慢慢地就出汤了。三四天以后，菜心的汤就出得差不多了。再熬一大锅米汤，凉凉了以后，倒在缸里，让汤没过菜心。然后盖紧盖儿，连腌带发酵。

腌得了的芥菜是金黄色的，又咸又酸，特别开胃。这种潮汕咸菜切成丝，配上排骨块、苦瓜块，再来一把水发的黄豆，搁在砂锅里，咕嘟半个钟头。临出锅的时候，稍微撒点鸡精提味儿，就是潮汕人爱喝的咸菜苦瓜汤。

有朋友问了，这咸菜苦瓜汤喝到嘴里苦不苦呀？我觉得，可能不是特别苦。

为什么说可能不是特别苦呢？一是因为潮汕人熬汤用的苦瓜被处理过。下锅以前，先得拿开水焯，焯完水以后，还得下油锅煸。二是因为苦瓜在中国古代又叫君子菜。苦瓜虽苦，跟别的菜一起炒的时候却不会夺味儿，不会把苦味儿传给别的菜，所以称其为君子菜。这样说来，这咸菜苦瓜汤，应该不会特别苦。

老北京熏苦肠，黑猫警长的最爱

刚才聊冯老太太吃苦瓜的时候，顺嘴提到了狸猫换太子。

我打小喜欢养猫。现在养猫，有专用的猫粮、猫罐头，喂着挺方便，猫吃了也挺健康。以前养猫，没这个条件，只能是人吃什么，猫就跟着吃什么。

老北京有种走街串巷卖汉民熟食的小买卖人，叫背红柜子的，又叫卖熏鱼的。背红柜子的，身上背的木头柜子里边，除了猪头肉、酱猪蹄这些给人吃的熟食以外，还有一种猫食，叫熏苦肠。

什么叫熏苦肠呢？苦肠，指的是猪小肠的下半截。猪跟人一样，肚子里有个胆。胆，能往外冒胆汁。胆汁顺着胆管流到肠子里边，能帮着消化各种油大、胆固醇高的东西。

胆管在小肠上有一个开口。猪小肠从胆管开口往下，到盲肠的这段肠子，成天在胆汁里泡着，就跟苦胆破了的鱼一样，怎么洗也洗不干净，多少都得带点儿苦味儿。这截带苦味儿的肠子就叫苦肠。

按老北京的规矩，人一般不吃苦肠。甭管是做卤煮，还是做炒肝儿，都不能用。不吃归不吃，这东西再怎么说也是肉，不能随随便便就给扔了呀。做熟食的铺子就把这截肠子单切下来，按做给人吃的路数搁在锅里煮熟了，再拿烟熏一下。

熏好了以后，把苦肠切成一截一截的。然后几截苦肠算一把，拿其中一截肠子当绳子，把这几截苦肠捆起来，捆成一把，批发给背红柜子的。背红柜子的走街串巷，柜子里装着别的熟食，也装着一把一把的苦肠，论把卖。

家里边稍微有点儿家底、日子过得不错的人家，也就是现在的中产阶层，就可以把熏苦肠买回去当猫食。要是家里条件再好点儿的话，还可以买点儿熏猪肺、猪肝什么的，反正都是便宜的猪下水。把这些东西买回去，切碎了，拌在米饭里边，猫、狗都特别爱吃。

吃苦肠，先拴扣儿

老话讲，十里不同风，百里不同俗。老北京喂猫用的苦肠拿到山东青岛那边，就成了下酒的小菜。

这可不是我瞎说。青岛有个地方叫傅家埠，做苦肠特别有名儿。晚清那会儿，好多德国人都跟青岛待着。德国人爱吃香肠，香肠外头那层肠衣，一般用的就是猪肠子。

做香肠，保不齐就有没留神，把肠衣弄破了的时候。再就是苦肠那段，洋人不吃，做香肠的时候，直接就给切下来了。这些做香肠的下脚料，好歹也是肉。社会最底层的穷人，花俩钱儿买回去，煮熟了吃，能解解馋。

傅家埠的旁边正好是青岛肠衣厂，下脚料有的是。当地老百姓守着这个厂子，天长日久，就发明了一种青岛名小吃，叫傅家埠苦肠。

傅家埠苦肠，跟老北京卤煮火烧里的肠子做法不一样，是用纯白水煮，什么作料都不搁，连盐都不放。猪肠子下到锅里煮，煮到八分熟的时候再捞出来，然后用清水洗。

肠子洗干净以后，得给它来回绕，捆起来，捆成一个大圆柱似的东西。这道工序特别考验手艺，苦肠最后好不好吃，关键就看捆得怎么样。苦肠捆好以后，要重新扔到锅里煮，煮熟了为止。

肠子最好吃、最勾人的地方，一个是那点儿脏器味儿，再一个就是那种特别有嚼劲儿的口感。煮熟了的苦肠，一个大圆柱，放到案板上，切成薄片。拿起一片来，对着阳光一看，那是大肠子绕小肠子，粗肠子套细肠子。肠子跟肠子，互相都打着结，较着劲儿。

最地道的青岛吃法儿，是蘸着咸蒜泥吃这苦肠。夹起一片肠子，蘸点儿蒜泥，搁在嘴里嚼，跟泡泡糖一样，越嚼越香。细细咂摸滋味儿，肠子的香里边还带点儿苦味儿。按老青岛人的说法儿，夏天就着冰镇的青岛啤酒吃苦肠，能排毒，还能去火。

湖南有种跟苦肠差不多的吃食，叫捆鸡。做捆鸡，用的就不光是猪苦肠了。讲究是把猪肠子、鸡肠子、鸭肠子这三种肠子捆到一块儿，也是捆成一个大圆柱。肠子捆的大圆柱，煮熟了以后，凉凉了，也是切成片。吃的时候，浇上湖南口味儿的红油拌着吃。

想节食又管不住嘴？想想人家越王勾践

今儿聊的全是带苦味儿的吃食。老有朋友反映，说听于谦讲美食耽误减肥。听完了以后，管不住嘴，惦记买点儿东西吃。今儿临到最后，我就帮您减减肥。怎么个帮法儿呢？还是讲个传说故事呗。

卧薪尝胆的典故，您都知道。越王勾践卧薪尝胆以前，让吴王夫差给扣在吴国了。那是有国难投，有家难回。

战胜越国以后，夫差纵情享乐，弄出了一身病。于是勾践心生一计，在进宫问安的时候等在夫差手下人的必经之路上，见有人拎着便桶出来立马凑上去，非要来一口。这拎马桶的哥们儿愣了，也没拦着，勾践乐了吧唧地从地上爬起来，把夫差用的便桶的盖儿打开，跟衣服上擦擦手，伸手从桶里捏出一块儿热乎的来……然后呢？您就自己脑补吧，此处打上马赛克，省略三千六百八十二个字。

省略完三千六百八十二个字以后，勾践咂咂手指头，咂摸咂摸滋味儿，说："嗯，不错，不错，味道好极啦！这玩意儿，最地道的味儿，就应该是苦里边稍微带点儿酸口儿。我平时喜欢读药书，书上说了，粪便苦中带酸，正应了春夏之气。大王这个味儿，对啦！味儿对说明什么问题呢？说明他的病，眼瞅着就要好啦！这是大好事儿呀，值得庆祝！"

吴王夫差听说这事儿以后，很感动，觉得这哥们儿没挑了。心眼儿一活泛，就把越王勾践给放了。这么着，才有了后来的卧薪尝胆。

正在减肥的朋友，您要是特别想吃东西，怎么都控制不住的时候，就可以把这个传说翻出来，自己来回念叨几遍。祝您有个好胃口，咱们下回再聊。

辣

吃辣椒不吐辣椒籽，
不吃辣椒倒吐辣椒籽

吃辣牛肉，也得靠捡漏儿

说起吃辣椒，好多朋友最先想起来的，肯定有这么几个地方：四川、湖南、云南、贵州。要不怎么有这么个说法儿呢，说是四川人，不怕辣，湖南人，辣不怕，贵州人，怕不辣。

我小时候跟现在不一样，一说吃辣椒，马上想起来的，是延吉，朝鲜族。为什么呢？

京津冀这一大片地方的老百姓在二十世纪九十年代末以前，都不怎么吃辣椒。就拿老北京来说，眼下那几样有名儿的小吃，您可以掰着手指头算算，哪样是带辣味儿的，没有吧？

像东来顺这些涮肉馆子，涮羊肉的小料里边，倒是都会预备一小碗干辣椒炸的辣椒油。不过您吃涮羊肉的时候，要是碰上好聊天儿的老人，人家就会告诉您："老北京涮羊肉的这个辣椒油，吃的是个香，不是辣。尤其是炸透了的辣椒籽，您就嚼去吧，使劲儿嚼，越嚼越香。"

八十年代中期左右，直到九十年代初，也不知道怎么回事，北方好多大城市的自由市场和马路边上，就开始有摆摊卖朝鲜小菜的。

八十年代大街上卖的朝鲜小菜，就是现在的朝鲜凉拌菜、泡菜。卖小菜的，妇女居多。她们一般都骑个平板三轮，三轮后头放着透明的玻璃柜。玻璃柜分上下两层，摆的全是小搪瓷盆。

小搪瓷盆里边是各种朝鲜小菜：辣白菜、萝卜条、腌的地瓜梗、凉拌的海带丝、海白菜、鹿角菜，再就是桔梗什么的。卖小菜的妇女，有时候还会捯饬捯饬，穿着朝鲜族的衣服，脑袋上裹块红头巾，跟玻璃柜后头站着。玻璃柜里边摆着的小菜有红、有白、有黄、有绿，什么色儿的都有，离着老远就能看见，很惹眼。

朝鲜小菜，都是论斤卖的。最便宜的桔梗，好像就几毛钱。辣牛肉最贵，我也记得最清楚，卖十块钱一斤。为什么记得这么清楚？因为吃不着呀。吃不着，所以就特惦记。特惦记，所以就记得特别清楚。

八十年代那会儿，人民币里边压根儿没有五十、一百的大票。面值最大的钱就是十块钱，这叫一张大团结。当时最好的猪肉，生的，才卖一块多钱一斤。您想想，谁舍得烧包，花一张大团结，跟马路边上买辣牛肉吃？

而且，朝鲜小菜里的那个辣牛肉，外头裹着厚厚一层辣椒面。北京人当年没几个能吃辣椒的，这玩意儿红乎乎一大盆，看着都瘆得慌，让人发怵，所以也没什么人敢买。

那时候有胆买辣牛肉吃的，多数都是练摊的个体户，赶时髦，腰里也横，不在乎花多俩钱儿。每天晚上跟夜市摆摊，赶上夏景天儿，天热，临收摊的时候，先去卖冰镇啤酒的摊儿上，来几瓶啤酒，再去卖朝鲜小菜的摊儿，买一斤辣牛肉，配几个别的素菜。

哥儿几个坐在马路牙子上，耳朵上夹着烟卷，小风一吹。衣服下摆卷起来，一直卷到脖子根那地方。这扮相眼下还有个说法儿，叫"北京比基尼"。

冰镇的啤酒，瓶子外头挂着露水，一人一瓶。开盖儿的时候，就算身上带着现成的起子，也不能用，必须得拿牙咬，要的就是这个劲儿。先是"扑哧"一声把啤酒瓶子盖儿咬开，然后丹田较劲儿，"噗"的一口把瓶盖儿啐出去。

一九八几年那会儿，也没有一次性筷子。朝鲜小菜就在小塑料袋里边装着，搁在马路牙子上，吃的时候直接上手捏。手指头捏起一块牛肉来，高高举起。仰着头，大嘴张开，把牛肉往里边一放。嘴里一边嚼，一边辣得直抽凉气。好不容易，一口牛肉咽下去，再对瓶吹，咕咚咕咚，猛灌两口凉啤酒。

哥儿几个连吃带聊，吃饱喝足，收摊回家。

我小时候，吃得最多的朝鲜小菜就是桔梗、海带丝和鹿角菜，辣牛肉拢共就吃过一回。那回还是家里来客人了，赶上饭点儿，留人家吃饭，临时出去买了几个酒菜。

没想到来我们家串门儿这位，一口辣的都不敢吃。半斤辣牛肉端上桌，压根儿没动几筷子，最后全都便宜我了。

打冷面去也！

眼下全国各地，满大街都是川菜馆子，炒出来的菜一个赛着一个地辣。我小时候，全北京最辣的饭馆在白塔寺东边，叫西四延吉冷面。

打从好几百年以前，就有好多朝鲜族的人住在北京。就拿永乐皇上来说，这哥们儿最爱吃朝鲜小菜。朝鲜的国王后来干脆派了好多大师傅到北京来，算公干出差，专门负责给永乐皇上做泡菜。

朝鲜大师傅来的时候都是拖家带口，恨不得连家具都雇个车拉着。来了以后，干脆就扎根不走了。直到现在，首都机场旁边还有个地方叫高丽营。那儿就是古时候朝鲜族扎堆的地方。

话说1943年，有位姓李的朝鲜族老太太，刚开始也是跟大马路边上摆摊卖朝鲜小菜。老太太生意挺红火，利滚利，挣着钱了，后来干脆叫了几个亲戚，大伙集资，跟西单那边盘了个小门脸，卖朝鲜冷面，外带各种朝鲜小菜。买卖字号叫新生面馆。

1956年，咱们国家搞计划经济，公私合营，李老太太开的这个冷面馆就改成国营饭馆了。门脸呢，后来就换到了现在的西四路口。

我小时候，赶上三伏天，家里大人懒得起火做饭，就给几毛钱，再预备一口带盖儿的小铝锅，让我顺着胡同往东溜达，上西四打冷面去。前脚刚出门，大人不放心，后脚还得追到门口找补一句："回来时候留神，瞅着点儿，别疯跑，回头把锅扣地上。也别紧着玩儿，瞎耽误工夫，汤热了就不好吃啦！"

朝鲜冷面跟南方的好多面条差不多，吃的主要是浇头，再就是喝汤。冷面的那个汤用的是炖牛肉的清汤，配上泡菜的汤，两种汤掺和到一块儿，再加上白醋、白糖，弄得又酸又甜，放到冰箱里镇着。

朝鲜冷面的面条，应名儿叫面条，实际上是荞麦面的压饸饹。荞麦的面条，直接用饸饹床子压到锅里。煮熟了以后捞出来，还得跟洗毛线似的，放到水龙头下边使劲儿冲，来回跟水里投。为的是让它凉，吃到嘴里爽口，还筋道。

把凉透了的面条盘好了，放在朝鲜族的白铜碗里边，浮头摆上三片牛肉，两片苹果，半个煮鸡蛋，一小撮圆白菜泡菜切的细丝，外带一小勺朝鲜族的辣酱，稍微再撒点儿炒芝麻。冷面里边的这两片苹果也有讲究，必须是酸甜口儿的小国光苹果，红富士什么的都不成。

这些配料都码好了以后，再拿大勺子抳①一勺冰凉酸甜的汤，哗

----

① 方言，意同"舀"。

啦，往碗里一浇，就算齐活。要是说觉得汤不够酸、不够辣，人家店里边还预备着醋瓶子和装辣椒酱的小盆。您可以按自己的口味儿，再多放一点儿。

拿小铝锅往家打冷面，说起来，也有点儿门道。那时候国营饭馆卖面条，都是论两卖。饭馆门口有个站柜台的大姑娘，梳着麻花辫，上身白工作服，下身蓝裤子。甭管见着谁，都有点儿爱搭不理的意思。

吃主儿进门，先上大姑娘这儿交钱，自己报，我要几碗面，一碗面几两。大姑娘收完了钱，按他报的数开票，要几碗面就开几张票。然后他再拿着票，往饭馆里边走，找服务员领面去。

冷面论碗卖，这里边就有空子可钻了。什么空子呢？朝鲜冷面的那个碗，大，最多能装半斤面条。最少呢，必须得买二两。这个碗，甭管装半斤面条，还是装二两面条，都只算一碗。给的配料和汤，也全一样。所以您就明白了吧？

比方说，家里大人给的钱拢共够买半斤冷面的，那就得提前算计好了。要是傻实诚，就买一碗半斤的，那人家可就按一碗面的量，给汤、给配料。要是跟卖面的人说，买一碗三两的，再买一碗二两的，给它拆开买，就能多得点儿汤，多得几片牛肉和苹果。

那会儿北方老百姓家里吃的都是带色儿的米醋，白醋特别少见。好不容易逮着这么个机会，可不能轻易放过去。打完了冷面，临出门的时候，还得把人家面馆的醋壶抄起来，"咕嘟咕嘟"倒两下，顺便再扠两勺辣酱。

这套流程走完，捞够了本儿，再把锅盖给它盖严实了。端着小锅，一溜小跑往家赶。怕路上耽搁的时间长了，面汤变热乎了，就不好吃了。

人靠衣装，鱼靠扒皮

我小时候，除了冷面，还有好几样吃食跟朝鲜族沾边。就拿吃鱼来说，七八十年代那会儿，全国各地的国营副食店都卖一种咸鱼干，叫明太鱼。据说这种鱼就产在鸭绿江口那边。老百姓把这种鱼干买回家，当咸鱼蒸着吃，可以。撕成丝凉拌着吃，也可以。

到了八十年代末，市面上各种新鲜海鱼多了以后，明太鱼就没什么人吃了。只有吉林延边那边的朝鲜族还喜欢吃。最地道的朝鲜族吃法儿，是把明太鱼的鱼干喷上点儿水，为的是让鱼干变软和点儿。鱼干软和了以后，把它搁在案板上用大锤子砸，给它砸烂糊。砸烂糊了的鱼干，把外头那层鱼皮撕掉。然后按吃烤鱼片的路数，撕成条，蘸着朝鲜族的辣酱吃。

您要是有机会去吉林延边逛夜市，吃明太鱼干，标配就是一个大扎啤。嚼一小条鱼干，再灌两口啤酒。

现在好多朋友吃四川火锅都愿意点一盘耗儿鱼。我小时候管耗儿鱼叫橡皮鱼，又叫扒皮鱼。为什么叫橡皮鱼呢？因为这种鱼，身上的那层皮特别黑，还特别糙，就跟自行车外胎似的，根本就没法儿吃。

橡皮鱼，原先也是朝鲜族吃得最多，别的地方的老百姓不吃。就拿老北京人来说，六十年代以前，各种海鱼里边，就只认黄花鱼，别的乱七八糟的海鱼，全不吃。六十年代以后，困难时期，实在没别的鱼可吃了，这才开始吃带鱼，吃橡皮鱼。

橡皮鱼不光长得黑，脑袋还跟耗子似的。甭说吃，光看一眼，胃里都能翻腾两下。这种鱼从海里捞上来以后，都得先加工，把脑袋剁了，扒下身上那层皮，剩个光出溜儿的肉身子，再拿到市面上卖。直到现在，四川火锅店卖耗儿鱼，还是这么个套路。

1980 年，上海电影制片厂拍了部悬疑破案片，叫《405 谋杀案》。

电影里边有个小流氓，上海话叫小瘪三，人长得黑，还贼眉鼠眼。大伙给他起了个外号，就叫橡皮鱼阿三。

不吃辣椒，是广州人最后的倔强

老话讲，一处不到一处迷，十处不到总不知。在好多人的印象里，上海人，好像压根儿就不吃辣椒。实际呢，根本不是这么回事儿。

老北京过年，有道传统的凉菜，叫芥末墩儿。说白了就是糖醋酸甜口儿的腌白菜，配上黄芥末。年歇那几天，大鱼大肉吃多了，来这么两口，开胃还解腻。

老上海人过年，有种跟朝鲜辣白菜差不多的吃食，叫酸辣菜。做酸辣菜，讲究用山东产的大白菜。这种白菜运到南方以后叫胶州白，又叫胶菜。整棵的胶州白，切碎了以后，先拿盐腌上，为的是让白菜出出汤，入入味儿。

腌那么两三个钟头，用手把白菜出的汤给攥出去，然后再往里边撒干辣椒面和白糖。放多少要看个人口味儿，能吃辣就多撒点儿辣，爱吃甜就多搁点儿糖。

白菜加糖和辣椒面搅和匀了，装在干净的罐头瓶里边。用白醋兑凉白开按个人的口味儿调汁，往罐头瓶里一倒。这个汁，必须得把白菜都没过去。罐头瓶放在冰箱里镇着，随吃随捞。

不光是上海人，广东人，在咱们的印象里，好像也不怎么吃辣椒。前些日子刮台风的时候，广州老百姓去超市抢购，囤菜。萝卜、土豆什么的，都抢干净了，唯独辣椒，根本就没人买。有网友拍了张照片发到网上，还给配了个标题，说"不吃辣椒，是广东人最后的倔强"。

其实呢，广东人多少也吃点儿辣椒。就拿广式早茶来说，甭管吃叉烧包还是皮蛋瘦肉粥，都得配上一小碟豉油腌的鲜辣椒圈，咸鲜口儿，稍微带点儿辣味儿。这才是最地道的老广吃法儿。

广东旁边儿，福建，好像跟辣椒更不沾边，吃什么东西都是甜口儿的。我原先也是这么以为。前两年，我闲得没事儿干，刷手机的时候看见福建特产的熏鹅了。我也没吃过这玩意儿，那就买俩尝尝呗。

快递到手，打开包装一尝，好家伙，那叫一个辣。舍不得扔，硬撑着往下吃，先是嘴里不舒服，然后是胃里不舒服，再后来呢，上厕所的时候，更不舒服。老北京管这叫辣两头儿。

转过天来，找人一打听才知道，敢情福建最北边，就是武夷山产茶叶的地方，稍微再往北走一点儿，翻过了山就是江西。武夷山当地的老百姓有好多风俗习惯，跟江西人差不多，特别能吃辣。

武夷山的茶农，早上起来，临下地干活以前，都得吃一大盘鬼仔。鬼仔，正名儿应该叫粿仔。南方好多拿米粉做的点心，都可以叫"什么什么粿"。武夷山的老百姓，说话带口音，就把这字念成了鬼。

鬼仔就是米粉搓的圆轱辘块，配上各种作料和大片的五花肉、大块的排骨，上锅蒸。蒸熟了以后，盛到盘里，浇上一大勺红辣椒酱，撒上点儿葱花拌着吃。

吃完了干的，再喝一碗猪骨头熬的清汤，溜溜缝。

去许三多家喝碗牛肉汤

2006年，《士兵突击》热映，主角许三多火了。直到今天，好多"突迷"都不清楚许三多家那个下榕树村到底指的是什么地方。

后来有眼神好的观众发现了，说是《士兵突击》里边有这么个桥段，讲的是许三多放假外出，赶上民警检查证件。他那个证件上写的籍贯是河南洛阳。

《士兵突击》开头讲的是班长去许三多他们家家访。许三多他爸爸特别激动，拉着人家的手，扯着脖子嚷嚷："加红！加大红！"意思就是说，要留班长吃饭，炒菜的时候多放辣椒。

河南人真挺能吃辣椒。就拿许三多他们老家洛阳来说，当地有种吃食跟西安的羊肉泡馍差不多，叫牛肉汤泡馍。

洛阳人吃牛肉汤泡馍，牛肉汤得喝甜汤。甜汤的意思不是说往牛肉汤里边倒白糖，而是指加盐特别少、口儿特别轻的清炖牛肉汤。吃的时候把这种牛肉清汤盛到大海碗里，撒上香菜末和葱花。再来按个人口味儿来点儿蒜末和辣椒面做的油泼辣子。

汤里边放油泼辣子，是洛阳牛肉汤泡馍跟西安羊肉泡馍最不一样的地方。吃西安羊肉泡馍的时候，搁的是辣椒糊，不搁油泼辣子。为什么搁辣椒糊呢？因为西安羊肉泡馍的那个汤本身油就重，再搁油泼辣子就腻口啦。辣椒糊里边没有油，配羊肉泡馍吃正合适。洛阳牛肉汤里的油少，口味儿也淡一点儿，所以当地老百姓配的是加了蒜末的油泼辣子。

喝这个汤，还要配一牙儿刚烙出锅的发面饼，两面带嘎巴，外焦里嫩。河南人管这种发面饼叫锅盔。民间传说，诸葛亮刚出山，火烧博望坡的时候，手底下负责放火的兵丁随身带的干粮就是这种锅盔。

吃的时候，饼和汤分开吃也可以。不过最地道的洛阳吃法儿，还是把饼掰成麻将牌大小的块儿，泡在汤里，让饼吸饱了牛肉汤。然后端起碗来，趁热，大口大口地往嘴里扒拉。

河南辣椒为什么姓秦？

今儿咱们聊的是吃辣椒。辣椒原产于美洲，明朝末年才搭洋人的船到中国来。

全国各地，辣椒的叫法儿也不一样。老北京人管辣椒就叫辣椒，刚摘下来的鲜辣椒，也可以叫青椒。陕西、甘肃、宁夏那边，管辣椒叫辣子。新疆呢，叫辣皮子。四川叫海椒，这就明明白白告诉您了，辣椒是走海路传过来的洋玩意儿，不是国产货。

只有河南，再就是鲁西南，就是山东、河南两省交界那片儿地方，老百姓管辣椒叫秦椒。秦，是陕西的意思。辣椒在河南、鲁西南那片儿，为什么又叫秦椒呢？

说到辣椒得先说说花椒，花椒是中国原产的东西，辣椒的这个"椒"字，在甲骨文里边，最早指的是花椒。古时候花椒最好的产地，跟现在差不多，就在陕西、甘肃、四川交界的这块儿地方。产在四川的叫蜀椒，产在陕西、甘肃的就叫秦椒。

都是花椒，秦椒和蜀椒有什么区别？这个事儿，明朝的李时珍早就研究过了。《本草纲目》里边说，秦椒粒比蜀椒粒稍微大一点儿。

以前，花椒在中国是野生的，产量低，卖的价钱就贵。全国各地的农民一看，种这玩意儿利润挺高，那就多种它吧。大概是三国那会儿，河南、山东的农民，最早开始人工种植花椒。花椒的价钱，从此就慢慢地落下来了。

河南离陕西近，三国那会儿，人工种花椒，最方便的就是从陕西引种，种秦椒。时间长了，当地老百姓习惯成自然，就管花椒叫秦椒。辣椒传到中国以后，刚开始的时候，中国人还是指着花椒说事儿，管这种洋玩意儿叫番椒，意思就是说它是外国传过来的椒。

再后来，大伙吃这种外国椒吃习惯了，就重新给它起了个名儿，叫辣椒。只有河南、鲁西南那边的老百姓，种秦椒的时间太长，印象太深，说顺嘴了，就还叫它秦椒。

不辣的焖子叫灌肠儿

我小时候，副食店最便宜的调味料就是辣椒糊。有的小孩儿，馋，买不起别的零食吃，就去副食店买一分钱的辣椒糊。买完了以后，也没家伙什儿^①盛，干脆就让售货员直接给倒在手心里。拿手这么托着，一边走一边舔。

再往早了说，一百多年以前，老北京社会最底层的穷人，混得连大葱蘸酱都吃不起。见天儿就着杂合面窝头吃的，就是最便宜的辣椒糊。吃的时候，连盘子、碗都用不着。直接把窝头翻过来，大头朝上，把辣椒糊填在窝头眼里边，当果酱面包吃。

河南农村也有种穷人吃食，叫秦椒面糊，陕西、甘肃那边又叫蒸面辣子。蒸面辣子，就是把干辣椒面掺到面粉里边，打成稀糨糊。稀糨糊里边再放上盐、葱花、蒜末，放上各种菜，然后上锅蒸。蒸出的东西黏黏糊糊，用它蘸贴饼子、蘸馒头吃，都成。

河南人吃的蒸面辣子，传到河北这种不怎么能吃辣椒的地方就改了做法，叫焖子。把面粉、淀粉这类的粮食加水打成面糊。面糊里边配上特别少的一点儿肉末，蒸出来的跟粉肠差不多的东西就是焖子。这玩意儿多少能吃出点儿肉味儿来，做起来还特别省肉，以前也算是一种穷人吃食。

这种穷人吃食，再往东边传，传到北京城就彻底不放肉了，就成了一种特别有名的老北京小吃。什么小吃呢？就是我小时候，每年春节逛庙会，必须得吃的炸灌肠儿。

下次，咱们再专门聊聊这个炸灌肠儿。

---

① 方言。指可以拿在手里的锅碗瓢盆等容器。

咸

手指头到底是拇指好吃，
还是食指更对你的胃口？

临近正午的幼儿园，园内气氛慵懒，同时又暗流涌动。小朋友们整齐坐好，手背后，眼向前。竹篾编织的筐箩里，整齐叠放着的白底绿花的小碗碰撞出清脆的乐音。

于阿姨细心分发着餐具。一只小碗，一柄小勺，相同的搪瓷质地，朴实无华，却饱含生活的韵味。

不远处的食堂，"嗡……嗡……嗡"的回响不绝于耳。老旧的扇叶，厚厚的油垢，都无法阻止那架高龄的排风扇将浓郁的肉龙香气持续释放到空中。那声响，那味道，勾魂摄魄，牵动着每只初涉世事的鼻子。

小明已经饿了，开饭的时刻却还未到来。他知道，真正的美味，必须经得起漫长的等待。在这令人焦虑的等待当中，吃吃手指头，或许不失为一种良好的心灵抚慰。

大西洋底来的人，爱吃手

我小时候上幼儿园，冬天有这么个规矩：每个月必须有一天比别的小朋友早到一会儿做值日，大伙轮流来。幼儿园阿姨早上过来，先得拿那种搪瓷的大茶壶沏一壶淡盐水，凉温了之后，跟桌子上放着。值日的小朋友，就负责管这壶淡盐水。

别的小朋友进了教室，值日生就会拿搪瓷的小缸子，从茶壶里边倒点儿淡盐水出来。淡盐水也就是将将盖住缸子底，差不多一口的量。值日生把小缸子递给小朋友，让他拿淡盐水漱漱口，消消毒。据说冬天的时候这样能预防感冒。

小孩儿都馋呀，尤其我小时候，生活水平没现在这么高。每天早上那点儿淡盐水，应名儿是为了漱口，实际呢，十个小孩儿里边最起码有八个，都把它给喝了解馋。喝的时候还舍不得一口闷，必须是小口小口地抿着来，滋喽，滋喽，慢哂摸滋味儿，且舍不得往下咽呢。

喝完了，还得跟值日生穷对付："你再给我倒两口！再给倒两口。"就为这口淡盐水，小朋友打架、闹矛盾，也不新鲜。

幼儿园的淡盐水只在早上供应，过了这个时间就没有了。那也没关系，想解馋，还有手指头呢。吃手，甭管中国人，还是外国人，只要是人，小时候差不多都干过。等岁数稍微再大点儿，快上小学的时候，也就不吃了。

不知道您注意观察过没有。小孩吃手，吃的多数都是大拇指和食指这两根手指头。喜欢吃剩下那三根手指头的人，少。大拇指和食指里边，小孩儿倒不怎么挑食，反正只要手指头上还有咸淡味儿，就可以吃。吃完拇指吃食指，吃完左手吃右手。一直吃到手指头跟嘴里泡得发白，快秃噜皮了为止。

人小时候为什么爱吃手呢？主流的说法儿是，小孩儿离开妈身边以后紧张，嘴里有个东西叼着，心里就稍微觉得舒坦点儿。要是按非主流的说法儿呢，那就玄乎了。

英国有位大科学家，达尔文，达哥。达哥说，人是猴变的，这叫进化理论。可是也有科学家研究了，说人类的老祖宗是海里的什么动物，就跟鲸鱼、海狮的意思差不多，大西洋底来的人。

跟海里边待着的这种动物，没准是游泳游得烦了，想上岸遛个弯，转悠转悠。转悠上瘾了，就不回去了。后来慢慢地就变成了人。变成人以后，别的老习惯都改了，唯独吃东西的毛病，改不了，口重。

为什么口重呢？海水里边有盐呀，跟海里待着，甭管吃什么，都是咸口儿的。哪怕说野鸭子跟天上飞，飞着飞着，下了一个蛋，这个蛋，掉在海里，让海水一泡，人类的老祖宗捡起来再吃，那也变成咸鸭蛋了。

所以您看各种动物里边，唯独只有人，吃东西的时候，必须得额外加把盐。

盐水配黄豆，吃出气管炎

老话讲，盐为百味之祖。甭管多好吃的东西，煎炒烹炸，精工细作，里边要是没点儿咸味儿，轻易您也吃不下去。反过来说，做菜的时候，哪怕就放点儿盐，别的什么都不放，您没准也觉得挺好吃。

新疆、内蒙古那边，不就有这么个说法儿吗：最好的羊肉，就得用一锅清水、一把咸盐炖，再放别的作料就糟践东西了。

江浙地区有一种小零食，也是一道下酒小菜，叫盐水黄豆。干黄豆，提前一天，搁到清水里泡着。第二天，干锅不放油，直接把泡好了的黄豆下锅炒。黄豆炒到半干不湿的时候，右手拿着锅铲炒豆，左手端着一碗盐水，一边炒豆一边往黄豆上浇盐水。把水分给炒干了，就算齐活。

这样炒出来的黄豆，外头薄薄地裹着一层盐霜。豆子吃到嘴里，不是特别脆，稍微有点儿发皮，带点儿韧劲儿。上岁数、牙不好的人吃不了，只能是年轻人吃。一个黄豆搁到嘴里，使劲儿嚼，嚼得越碎越好。一边嚼，一边咂摸那点儿咸味儿，越咂摸越够味儿。

每年春天，老北京人都有两个固定的活儿必须得干。哪两个活儿呢？一个是把家里腌咸鸭蛋的坛子翻一遍缸。把鸭蛋捞出来，单放着。把腌鸭蛋的那个老汤倒在大锅里边重新熬一遍。熬的时候，汤里边可以再续点儿水，加点儿作料，加点儿盐。

把重新熬过一遍的咸汤凉凉了以后倒回到原先的坛子里边，就可以接茬儿再腌新鸭蛋了。老百姓有个老妈妈论，说是这种咸汤跟炖肉、做酱货用的老汤一样，年头越长，腌出来的鸭蛋就越香、越容易出油。

还有一个活儿，就是把家里腌的、吃了一冬天的咸菜疙瘩，最后剩下的那点儿底子，连汤带咸菜全倒在锅里重新熬一遍。熬的时候，也是续水，加作料，加盐，还得额外加点儿提前拿清水泡软了的黄豆。

咸菜汤熬得了以后，给它澄出来，凉凉了，重新倒回到咸菜坛子里边，就可以接茬儿再腌今年新下来的鲜芥菜疙瘩了。咸汤里边熬熟了的老疙瘩和黄豆呢？那就算两样吃食。

腌的芥菜疙瘩，可以捞出来直接吃，甭管切丝还是切片，吃到嘴里都是脆的。要是把它煮熟了吃呢？吃到嘴里发面，挺肉头，能找着吃肉的感觉。这种煮熟了再吃的咸菜，学名叫熟疙瘩，又叫老头儿乐。这咸菜软和，拿嘴稍微一抿就能化开，牙掉光了的老大爷、老太太也能吃。

六必居卖咸菜特别有名儿。北京除了六必居，还有个卖咸菜的老字号叫天源。天源卖的各种咸菜里边，有一种叫熟糖芥。熟糖芥，就是把煮熟了的咸菜疙瘩，按酱疙瘩的路数，再酱一遍。据说慈禧上了岁数以后，就特别爱吃这种熟糖芥。

跟咸菜疙瘩一块儿搁在咸汤里边咕嘟的黄豆，煮得了，捞出来，又是一个菜，叫盐豆。这种豆刚煮熟的时候是面乎的，特别咸。吃一个，能把人齁得一激灵，浑身上下出一层冷汗。等到齁的这个劲儿过去以后，能咂摸出来点儿黄豆的甜味儿和鲜味儿，很神奇。

盐豆煮完了以后放两三天就干了，就开始抽抽儿了，半干不湿、皱皱巴巴，跟老太太的脸一样。这种豆嚼劲儿特别足。老爷们儿能拿着下酒，小孩儿还能把它当零食吃。吃这玩意儿就跟嗑瓜子差不多，上瘾，吃一个，想两个，吃两个，想三个，多会儿吃完，多会儿算一站。

我小时候的一个发小，我们街坊小孩儿，就是这样。他奶奶熬咸汤的时候，顺手煮了那么一小碗盐豆，大概也就是吃米饭用的小碗，那么大分量。豆煮熟了以后，老太太怕孙子吃多了齁着，还特意藏在他们家柜橱顶上。

没想到，不怕贼偷，就怕贼惦记。一来二去，还是让她孙子给翻出来了。一下午，这哥们儿就把那一小碗盐豆给干下去了。当天晚上，他们家灌得满满的两大暖壶开水，都搂不住他一人喝。最后愣让这碗盐豆给齁出一个慢性气管炎来。直到现在，每年冬春两季，这哥们儿也是嘿儿喽带喘，成天老咳儿咔的。

对儿虾为什么叫对儿虾？

有个1987年的老电影叫作《嘿！哥们儿》，讲的是八十年代的时候，几个北京小青年的事儿。

电影里边有这么个桥段：八十年代那会儿，刚开始流行吃西餐。有个哥们儿请一个邮递员开洋荤，他觉得挺不错。转过天来，就想带着爹妈去西餐馆，长长见识，开开洋荤。

邮递员带着爹妈，进的是八十年代时在北京特别有名儿的西餐馆，叫斯美乐，卖法餐的。点的几个菜里边，头一道就是盐水大虾。没想到他爹妈跟服务员一问价，饭没吃下去，回家还心疼得半宿没睡着觉……

盐水大虾应该算是西餐里边的一道大菜。不过您要是去中餐馆，好像也能在菜单上找得着这道菜。这事儿就跟法餐里边有盐水鹅肝，老北京全聚德、便宜坊也卖盐水鸭肝差不多。中餐和西餐互相都通着，你学我，我学你，最后到底是谁学的谁，说都说不清楚。

北京这地方离海远，以前的运输条件、储存条件比现在差，想吃点儿新鲜海货，不容易。老北京有个风俗，每年阴历三月都得吃黄花鱼。吃的时候，不能自己闷得儿蜜，还得把出了门子的姑奶奶接回来一块儿吃。

一百多年以前，老北京人吃的黄花鱼都是鱼贩子从天津冰镇着运过来的。鱼贩子除了卖黄花鱼，捎带手还倒腾点儿对儿虾。鲜对儿虾运到北京以后，没有冰箱，保存不住。

所以，鱼贩子拿到鲜对儿虾以后，都是赶紧弄一大锅盐水，盐下得重点儿，再稍微撒点儿花椒粒，然后把鲜对儿虾搁在里边煮熟，煮成盐水虾。再讲究点儿的话，还可以再跟熏鸡、熏酱肘子一样，把煮熟的对儿虾拿锯末熏一下，做成熏对儿虾。做熟了的对儿虾跟别的熟食一块儿装在木头的小柜子里边，小贩背着小柜子走街串巷地卖。

挺新鲜的对儿虾，干吗非得弄成熟虾，再拿出去卖呢？家在海边的朋友，都有这么个经验：新捞上来的海鲜，尤其是螃蟹、大虾这类，死了以后，储存的时间越长品相就越差。就算搁在冰箱里，也不管用。

要是想把海鲜的那个鲜度尽最大可能保存住的话，最好的办法，就是趁着新鲜，赶紧把它给煮熟了。用渔民的行话讲，煮熟了以后，海鲜的那个鲜度就定住了。这种海鲜，吃的时候，重新回回锅、加加热，反倒比长时间冷冻的生海鲜好吃。

一百多年以前，阴历三月，老北京市面上能见着的对儿虾多数是这种加工好了的熟对儿虾。这种对儿虾买回去，直接剥了皮吃，就挺鲜。要是再加工一下，那就更好了。比方说，把虾肉剥出来，切成段，打卤的时候放在里边，吃对儿虾打卤面。这就比普通的打卤面高了好几个档次。

话说到这儿，您知道对儿虾为什么非得叫"对儿虾"吗？这个事儿，海边上的渔民有个说法儿。说是这种虾，平常跟海里待着的时候，都是一公一母配成一对儿，就和鸳鸯差不多，一辈子都不分开。所以老百姓给它起了个名儿，叫对儿虾。

要我说，这说法儿不靠谱。对儿虾，为什么叫"对儿虾"，这事儿要想给它掰扯清楚了，根儿，还得往皇宫里边捯。

鲁菜里边有门手艺，叫抓炒菜，比如说抓炒鸡片、抓炒里脊、抓炒大虾。做抓炒菜，用的食材必须得新鲜，火候拿捏得必须特别准。炒菜的时候，得手脚麻利，赶紧炒，赶紧上桌，上桌以后，还得赶紧吃。吃的就是个鲜度和嫩度。

晚清那会儿，慈禧太后的宫女是三年一换，做满三年，宫女们就可以出宫结婚了。有个宫女很受西太后的喜欢，三年还没出宫。她的叔叔，当时御膳房的厨子，就想了一个办法。那一年的阴历三月，直隶总督从天津送来好多大虾，特别新鲜。这个厨子就趁着这个新鲜劲儿给西太后做了盘炒大虾。

西太后吃虾比平常人讲究，所以这菜上桌的时候还得摆个造型。这厨子就把两只虾一对儿，后脊梁冲外，头对头，尾对尾，摆成一个圆圈。

虾炒熟了是红色的，两只虾摆成一个圆圈，意思是圆圆满满、红红火火，西太后看着高兴，就问这道菜的菜名儿。厨子一看，机会来了，说这叫"红娘自配"。西太后多明白啊，立马明白过来了：这是给侄女求情呢。于是她做了个顺水人情，放这个宫女出宫嫁人。

这件事儿从紫禁城传出去以后，北方市面上再卖这种虾就都按宫里的规矩来了。两只虾，也不管是不是真的一公一母，全都摆成一个圆圈卖。买的时候，按规矩，也应该是两个一对儿，这么买。从此老百姓给这种大虾起了个俗名儿，叫对儿虾。对儿虾还有个名字，叫明虾。

盐水炖鱼，至少我们还有梦

说起抓炒大虾，鲁菜，我住白塔寺那会儿，街坊邻居有位老爷子，原先就是丰泽园的大师傅，老家烟台福山的。

以前的老字号饭馆，有这么个规矩，除了年歇那几天休息，每年三伏天，最热的那个时间段，也得放十天半个月的假。伏天，饭馆为什么放假呢？因为那时候的饭馆里边，没有空调。三伏天，四脖子汗流，老北京管这叫苦夏，谁还有心思下馆子吃饭去。再者说，大师傅跟厨房里边，炉灶烤着，他也受不了呀。

那时候的饭馆就定了这么个规矩，每年伏天，放暑假。大师傅、伙计什么的，可以趁着这么个机会，干点儿自己的事儿，回老家看看。饭馆呢，也可以利用这段时间，把泥瓦匠请来修理炉灶。这么着，磨刀不误砍柴工，等立了秋，秋风起来，天凉快了，再重新起火做买卖。

我们街坊那大爷就是，每年夏天，必得借着这么个由头，坐火车回福山老家串串亲戚，再玩儿两天。福山那地方，有山，有海。老爷子到了老家，要么就是架着鹰，进山蹚兔子、逮兔子，要么就是跟渔民搭伙，坐人家的船下海捞鱼去。

俗话说，靠山吃山，靠海吃海。渔民把鱼从海里捞出来，哗吧乱蹦，中午跟船上吃的那顿饭就是清水炖海鱼。刚捞上来的海鱼，开膛刮鳞，收拾干净。按渔民的规矩，这个鱼，临下锅以前，不能拿淡水洗。挺鲜的海鱼，淡水一洗，鲜味儿就跑啦，必须得用海水洗。这也算原汤化原食。

海水洗干净的鱼，有大有小。大鱼搁在案板上，随便给几刀，剁成大块儿。小鱼呢，剁都不用剁，整条下锅，肚子上拉几条花刀就成，为的是更容易入味儿。

清水炖海鱼，炖的时候撒一把盐，往锅里扔两根葱，两片姜，就算齐活，一开锅就熟了。揭开锅盖，先是一股带着海鲜味儿的热气，直往脸上扑。大鱼、小鱼跟锅里咕嘟着，翻着雪白的蒜瓣肉。

农村吃饭的那种蓝边粗瓷大碗，抠尖儿抠尖儿[1]，每人盛一大碗。随便跟船帮上找个地方坐下，装着老白干的酒葫芦、小瓶子，从怀里掏出来。吹着海风，看着海景儿，坐在船上，摇摇晃晃，连吃鱼带喝酒。

大伙分完了鱼以后，炖鱼的那口铁锅，跟海里刷干净。借着吃鱼、喝酒的这个当口儿，再熬一锅金黄金黄、稠稠糊糊的小米粥。吃完了鱼，喝完了酒，小米粥也就熬得啦。每人一碗，两只手捧着碗，嘴溜着碗沿儿，吸溜吸溜，趁热喝，那么一溜缝。

吃饱喝足，借着酒劲儿，站在船上，再吼两嗓子："他说风雨中，这点痛算什么，擦干泪，不要怕，至少我们还有梦……"

这就算山东烟台那边，渔民出海打鱼，标配的一顿中午饭。

生腌海鲜，潮汕毒药

这两年，全国各地流行生吃海鲜，三四十年以前，北方一般还真没这么个吃法儿。真正说生吃海鲜，那还得往南边走，东南沿海。生吃海鲜，最有名儿的，是广东潮汕那边。

潮州、汕头，您别看这俩地方离得挺近，生吃海鲜的路数还不一样。潮州人吃得细致，生吃海鲜，配的作料全。葱姜蒜、酱油、白酒什么的调成汁，再拿这个汁活的大螃蟹、皮皮虾。

汕头人呢，吃得简单。直接就是准备一大盆浓盐水，把螃蟹、大虾扔进去，按腌咸鸭蛋那意思来。螃蟹、大虾跟浓盐水里边泡着，时间一

---

① 北京话里指"极满"或"极好"，文中是极满的意思。

长，慢慢就脱水了。腌够了时候，您拿着刀，"咔嚓"一声，把这些海鲜一破两半。壳里边的肉是白的，跟果冻一样，卵呢，鲜红鲜红的，就跟咸鸭蛋黄差不多。

吃这种生腌海鲜，不用剥皮，不用使劲儿嚼，直接拿嘴嘬着吃就成。

八月的鸭子桂花香

开头顺嘴说了一句全聚德、便宜坊的盐水鸭肝。民间传说，北京的烤鸭，最早可能是顺着大运河，从南京传过来的。

明成祖，永乐皇上，朱棣，小时候跟南京住过几年，爱吃南京的烤鸭。南京烤鸭跟北京烤鸭，大面儿上差不多，好多细的地方，又不大一样。永乐皇上迁都北京以后，还惦记这口儿，就把南京的鸭子带到北京来，打算办个养鸭场。养鸭场的地址就选在通州，潮白河边上。

养鸭场，为什么非得选在潮白河边上呢？这地方，守着京杭大运河。大运河上头，来来往往，净是运粮食的大船。粮食装在船上，保不齐，就得往河里掉点儿。鸭子养在潮白河，长年累月，老能捡河里的洋落儿吃，就越养越肥。

养鸭场办起来以后，永乐皇上又发现一个问题：通州那边的老百姓，因为连年战乱死走逃亡，没剩下几个人。养鸭子，得有饲养员呀。于是朝廷下旨，从山西那边，往北京调人。从此就有了洪洞县大槐树，山西移民的故事。

南京人是真爱吃鸭子，也会吃鸭子。南京城原来有个白下区。大概两百多年以前，当地有个叫甘熙的文人写了本讲老南京风土人情的书，叫《白下琐言》。这本书里边，有这么段话，大概意思就是说，有个姓冯的哥们儿，老家广东的。这哥们儿平常别的不好，就好吃鸭子。出去凑饭局，别的菜还没来得及上呢，先拍着桌子嚷嚷，让店小二赶紧把鸭子端上来，别紧着磨烦，瞎耽误工夫。人家讲话，我跟南京猫着，老家都不要了，不为别的，就为吃你们这儿的鸭子。

眼下这季节，您要是去南京，满大街都是卖盐水鸭的。老南京人卖盐水鸭，招牌上不能简简单单，就写"盐水鸭"这仨字，必须得写"桂花盐水鸭"。当地老百姓有这么个说法儿，最地道的盐水鸭必须得拿八月份的鸭子做。

这个时候的鸭子，跟河里吃了一个夏天的小鱼、小虾，养得最肥，做盐水鸭，最好。再就是八月的时候，桂花开了。开败了的桂花掉在河里，正好就成了鸭子的饲料。鸭子吃了桂花，肉里边自然而然就带一股桂花的香味儿。所以，最地道的南京盐水鸭，必须叫桂花盐水鸭。

谦式秘制腌豆腐

今儿聊了半天，全是盐水做的菜，最后再给您介绍一道我小时候经常吃的腌豆腐。

三四十年以前，好多东西都是凭票供应的。豆腐也有票，都是限量供应，平常轻易吃不着。老百姓好不容易买块豆腐，拿回家，舍不得当时马上就吃，想先放几天，家里又没有冰箱，怕坏。这时候怎么办呢？

我姥姥的做法，是弄一小盆浓盐水，把豆腐搁在里边泡着，放在阴凉的地方。这么着，尤其是冬天，就能多保存几天。吃的时候，再把腌透了的豆腐捞出来，装在盘子里，切点儿葱花撒在上头。

然后坐锅，炸点儿花椒油。愿意吃辣的，花椒油里边还可以扔几个干辣椒段。花椒油炸够了火候，把锅端起来，"刺啦"一声，直接往豆腐上一浇。这就是我小时的一道家常菜，叫腌豆腐。吃着挺爽口，也挺下饭，尤其是就着大米粥吃，绝配！回头您跟家可以试试。

吃出趣味

杏干柿饼镇坚冰，
藕片切来又一层。
劝尔多添三两碗，
保君腹泻厕频登。

咕咾肉

咕咾肉可能是西餐

想吃饭，先盘道

今儿聊点儿什么呢？前些日子，我看见这么条新闻，说是洋人那边，有家报纸搞了个活动，评选你觉得最好吃的一道中国菜。活动搞起来以后，广大外国群众踊跃投票。投来投去，您知道洋人选出来的最好吃的中国菜是什么吗？咕咾肉。

洋人是真爱吃咕咾肉。国外随便找个中餐馆，进去一看，桌桌必点的，差不多就那么几道菜，像什么李鸿章杂碎、左宗棠鸡、宫保鸡丁、鱼香肉丝，再就是咕咾肉。

这不，2019 年，英国还出了个新闻，说是有一哥们儿跟大街上摆摊卖汉堡包。别人卖汉堡包，里边夹牛排、夹炸鸡、夹炸鱼，全是西餐的东西。他呢，汉堡包里边夹咕咾肉。

不过，洋人吃的这个咕咾肉，跟咱们自己吃的咕咾肉，还不全是一码事儿。

他们吃的那个咕咾肉，口味儿更偏酸甜一点儿，拿筷子夹块肉搁在嘴里，跟含了块水果糖差不多。洋人觉得他们这就算最地道的中餐，中国老百姓过日子见天儿吃。真正要让中国人吃呢，甭多了，两口下去，准骂街。

这些年我在世界各地巡演，吃饭是个事儿。西餐那些个玩意儿，中国人抽冷子吃一两顿尝尝鲜还成，连着吃三天，肚子真受不了。受不了怎么办呢？就得去唐人街，想辙找中餐馆，而且得找那种刚从国内过去开饭馆的老板。有的饭馆老板心眼儿活泛，会做生意。一听您说话是老家来的人，不用嘱咐，主动就能去后厨，跟大师傅打招呼，炒菜的时候按国内的口味儿炒，别按洋人的路数来。

咕咾肉配大米饭，越吃越没够

说起咕咾肉，洋人吃这道菜的时间，没准比好多中国人，年头还早点儿。这事儿不是我瞎说，岁数跟我相仿的朋友，尤其是北方的朋友可以回忆一下。八十年代那会儿，您改善生活，出去下饭馆，想吃个木樨肉，有；吃个宫保鸡丁，有；吃个鱼香肉丝呢，也有。多会儿您见过菜单上写着咕咾肉的？

中国人真正开始吃咕咾肉，那还得是九十年代初，粤菜开始在全国流行以后。您看《我爱我家》里边，贾志新求别人办事儿，话说到最后，都得拍着胸脯子，撇着大嘴："事成之后，哥们儿请客，香港美食城！"

香港美食城这买卖是 1988 年开的张，直到二〇〇几年那会儿还有，头两年刚关门，大概就在王府井，老的东华门夜市那边。九十年代初，那儿算是全北京吃粤菜最高档的地方。用当时老百姓的话讲，宰人。进去一趟，没个千儿八百的，甭惦记出来。

普通工薪阶层吃不起香港美食城，打算换换口味儿，都是去东四，阿静粤菜。好多北京人头回吃咕咾肉，都是跟这里。

眼下您去饭馆吃咕咾肉，菜单上写的多数都是菠萝咕咾肉，就是把菠萝跟肉炒在一块儿。这种吃法儿，三十多年以前，北方人接受不了。菠萝是水果，搁在锅里，又是油，又是盐，炒熟了吃，本来就不合规矩，还放肉。好家伙，简直要造反呀这是。

北方人吃不惯南方原版的咕咾肉，所以这道菜当年传到北方以后，就被改良了一下，往糖醋里脊的方向使劲儿靠了靠，改良出来一道北方版的糖醋咕咾肉。多搁盐，多搁醋，少搁点儿糖，菠萝干脆就免了。吃到嘴里以酸为主，稍微带点儿甜口儿，厨师界的行话管这叫小荔枝口儿。

咕咾肉这道菜，应该纯算是一道下饭菜。下酒的话，差点儿意思，就着馒头吃，稍微也差点儿意思。最好是配上一碗白米饭，米饭不能蒸得太软、太黏糊，必须得是一粒一粒能分开的。吃到嘴里，稍微带点儿嚼劲儿，能弹牙。

白米饭配咕咾肉，要是吃的时候规规矩矩，一盘菜，一碗饭，拿着筷子坐在那儿吃，多少还是差点儿意思。最好是吃盒饭、盖浇饭，再不就是以前上班、上学，拿那种老的铝饭盒带的饭。

早上起来，饭盒里先装饭，再盖上一层咕咾肉，拿着去单位、去学校。多半天工夫下来，菜汤就慢慢地渗到米饭里边去了。等到中午休息开饭的时候，把饭盒拿到锅炉房加热一下。

打开饭盒，不忙着吃，先拿勺子来回那么一搅和，都给它搅和匀了，菜里有饭，饭里有菜。然后您就大口大口，拿勺子抆着往嘴里塞去吧，酸甜可口。您注意啊，一定得是大口大口地往嘴里塞，塞得腮帮子鼓起来，顺着后脖颈子直流汗珠子。糖醋咕咾肉配大米饭，非得这么吃，才能吃出那个感觉来。

广州欢迎你……呃，女的不算

说了半天咕咾肉，咕咾肉为什么叫咕咾肉？"咕咾肉"这仨字，具体当怎么讲呢？这件事儿要想掰扯清楚，根儿又得往好几百年以前捯。

平常您看好多讲黄飞鸿的电影，老能碰见俩"十三"。哪两个"十三"呢？一个是十三姨，再一个就是十三行。眼下广州还有条大街，叫十三行路。十三行路有个服装批发市场，名气跟北京"动批①"有一拼，买衣服特便宜，款式还特别潮。二百多年以前，这条大马路上修了好多外国人的洋行，用现在的话说，就是各跨国公司、国际五百强的驻广州办事处。

中学地理老师都给您讲过，北半球的风向有季节性。按大面儿上说，春夏两季刮东南风，秋冬两季刮西北风。那时候洋人的商船都是帆船，航行必须看风向。甭管英国人、法国人，还是德国人、荷兰人，每年都是固定的，开了春，风向变了以后，从自己国家那边开船，顺着风，往中国来。

各国洋人的船，拉着各种土特产，跟海上顺风漂两三个月，阴历五六月那会儿，统一开到虎门外头集合，验明正身，领通行证。然后再进虎门，顺着珠江，一直开到十三行路旁边的码头，停下做生意。

生意连着做三个月，阴历八九月份，天凉了，风向变了，东南风改西北风了。洋人的商船再装着从咱们这边买的东西，顺着风往回开。一年一年，就这么来回折腾。

洋人的商船每年跟广州最多能停三个来月，要是把东西拉过来，现找买主儿，现讲价，现卸船，然后再现找货源，从咱们手里买东西，现往船上装的话，就忒耽误工夫了。所以当初洋人的商船每年秋天回国以前，都得留两三个人，住在广州的洋行里边，算临时出差，跟当地待一

---

① 北京动物园服装批发市场。

个冬天。

这几个人的任务就是到处跑业务。一个是给他们来年打算拉过来的货，提前找好了买主儿，把合同什么的先签喽；再一个就是看咱们这边有什么好东西，提前先定下，有点儿现在做期货生意的意思。

等到来年开春，各国的商船来了，该买的买，该卖的卖，卸船、装船，都有准谱儿。秋天风向一变，马上就能往回开，省得耽误时间。至于说这几位出差的同志是跟船回国，换别人跟广州这儿盯着，还是接茬儿再忍一个冬天，那得看组织上的需要，临时决定。

清朝那会儿，闭关锁国，不是随便什么人都能跟洋人做生意。比方说，清朝那会儿，您是个做小买卖的，正跟大街上做生意呢，摆摊摊煎饼。溜达过来一外国大哥，金发碧眼："你的，给我摊个煎饼，俩鸡蛋的，葱花、香菜都要，辣椒多抹点儿。"

您这边喊里喀喳，煎饼摊得了，往外一递。外国大哥呢，煎饼接过去，甭管英镑还是法郎，也往您这边一递。您只要是伸手一接，那就算是兔儿爷过河——崴了泥了。私通洋夷，抓到衙门里边，弄不好就是杀头的罪名。

当年手里边有执照，朝廷批准能跟广州这块儿地方合法跟洋人做买卖的生意人，就叫十三行。十三行是清朝的说法儿，再往前捯，明朝那会儿，干这行的人叫三十六行。

清朝人说的十三行，明朝人说的三十六行，就跟咱们现在说三百六十行一样，都是虚的，不是准数。反正大概意思就是说，广州有这么一帮人，专门负责跟各国洋人做买卖，学名叫行商。

电影《林则徐》里边有个大反派，叫伍绍荣。单田芳先生说《百年风云》的时候，也老提这人，他就是当年广州十三行的行商。伍绍荣的爸爸知名度更高，叫伍秉鉴。

伍秉鉴在国外的"艺名儿"叫浩官，十九世纪的全球首富，就是现在比尔·盖茨、马云那意思。据说当初有好多老外，家里都挂着他的画像，每天早请示，晚汇报，冲着画像搞心理励志："我能行，我肯定行，我不是一般人，欧耶！欧耶！欧耶！"

洋人的商船到了广州以后，各种业务，直接都找十三行。不光做买卖找十三行，衣食住行、吃喝拉撒，全归十三行承包，一帮一，结对子。哪怕是洋人犯了法，衙门也是先找十三行再找洋人。这叫承担连带责任。

明清两朝还有这个规定，就是说各国洋人来广州，甭管做生意还是旅游，老爷们儿，没问题，您敞开了来，我们欢迎；妇道，不成，不能来，没商量。为什么有这么个规定呢？

洋人那时候穿衣服比咱们开放，尤其女的，下半身穿的裙子倒是挺严实，一直盖到脚面。上半身呢，袒胸露背，多半截都跟外头晾着。穿的就是老电影《茜茜公主》里穿的衣服那样。

这么身打扮，眼下真算不了什么。甭往远了去，就北京西单、三里屯，您就看去吧，夏天满大街都是。但是好几百年以前的中国人接受不了，觉得伤风败俗，走大街上看着忒碍眼。

所以当时就有这么个规定，洋人来广州，老爷们儿随便进，妇道，不可以。那要是必须得带着家眷来呢？那对不起，甭管老婆还是闺女，哪怕是老娘呢，都满脸褶子了，也得先放到澳门那儿统一寄存。多咱回国的时候，多咱再顺道把这人捎回去，不能往广州带。

壮志饥餐咕咾肉

这么多外国老爷们儿跟广州扎堆打光棍，吃饭是个问题。老婆不在身边，只能下饭馆，要不就是点外卖呗。广州有种名小吃，叫萝卜炖牛杂。据说就是当年，洋人跟广州吃完了大块儿的牛肉，把剩下的边边角角处理给当地老百姓，才把这小吃发明出来的。

咕咾肉也差不多，算是好几百年以前，广州当地的厨师按洋人吃饭的路数搞的创新菜。

洋人的口味儿，喜欢大酸大甜。吃肉的时候，还不能有骨头，最好就是整块净肉。比方说，一样都是吃鸡。中国人觉得鸡浑身上下最值钱的地方，就是两条鸡大腿。鸡胸脯呢，您甭看肉挺厚，可不容易入味儿，好多人反倒不太爱吃。洋人跟咱们正好反着，觉得鸡胸脯没骨头全是净肉，最好。

中国家常菜有道糖醋排骨，不少朋友都喜欢吃，口味儿上也合洋人的胃口，就是肉里边带骨头，老外吃着嫌麻烦。好几百年以前，广州当地给洋人做饭的大师傅，就搞了搞技术革新，把排骨换成净肉，发明了咕咾肉。

话说到这儿，有朋友就该问了，咕咾肉，它为什么叫咕咾肉呢？这个事儿，网上的说法儿挺多。主流的有两种。一种说法儿是，咕咾肉的这个"咕咾"，最早应该写成"咕噜"两个字。它形容的是炒咕咾肉的时候，酸甜汁在锅里"咕噜""咕噜"的那个动静儿。

第二种说法儿是，咕咾肉的"咕咾"，最早应该写成古代的"古"，老人的"老"。意思就是说，这道菜的历史挺悠久，有传承，有底蕴。

眼下全国各地大城市马路边上有好多卖蛋糕的小店，招牌上写着"古早味"。古早味是闽南话里边的说法儿，跟咕咾肉的这个"咕咾"意思差不多，也是告诉您，这种吃食年头挺长，算是老字号。

咕咾肉为什么叫咕咾肉，广州当地还有这么种说法儿。咱们中国人，原先管洋人叫胡虏。"壮志饥餐胡虏肉，笑谈渴饮匈奴血"，这是岳飞的《满江红》。好几百年以前，洋人跟广州吃完了咕咾肉，觉得味儿不错，就想找周围老百姓打听打听："哈喽呀，这个肉吃着不错，太好吃啦！它的，叫什么名字？"

广州当地老百姓也是拿老外逗咳嗽，告诉他们说，这个菜叫胡虏肉，"壮志饥餐胡虏肉"的那个胡虏肉。洋人说中国话发音不准，大舌头，传来传去，最后就传出来一个咕咾肉。

锅包肉也有江湖

离开广州，往北走，东北那疙瘩，哈尔滨，有道菜的口感和来历跟咕咾肉差不多。哪道菜呢？锅包肉。

我当初上学，跟学校吃食堂，每月都有那么几大盼，哪几盼呢？那时候学校食堂每月都有那么几天改善生活，吃几顿好的。每月最起码得吃一顿红烧排骨，吃一顿猪肉炖粉条，吃一回肉包子、肉龙，再就是吃那么两三次焦熘肉片。

焦熘肉片，应名儿叫焦熘肉片，实际多数是土豆，肉片就是个点缀。土豆切成薄片，下油锅炸，把土豆片周围那一圈整个给它炸焦了，中间的心儿呢，稍微还带点儿水分，又嫩又面的感觉。

热油葱花炝锅，两指宽的大肥肉片倒进去，先炒，炒得嗞嗞冒油。这时候，再下炸焦了的土豆片，放盐，放糖，然后酱油调色，团粉勾芡，稍微淋上点儿醋。炒出来的菜是琥珀色的，又红又亮，咸鲜口儿，油水儿特别足。往大米饭里边一拌，吃起来过瘾，解馋。

不光学校食堂做焦熘肉片，以前老百姓家里改善生活，打牙祭，也愿意做这道菜。您要是说家里边条件好，肉有富余，就可以把土豆去了，全改成肉片。家里边条件要是稍微差点儿呢，那就肉不够，土豆凑。稍微点缀点儿肉片，就能把土豆做出肉的口感。

哈尔滨当年也是各国洋人扎堆的地方，俄罗斯人居多。一九〇几年那会儿，清朝光绪年间，哈尔滨道台府里边有位叫郑兴文的厨师。郑厨师十五岁进北京恭王府后厨学艺，二十四岁创业，在北京开了个叫真味居的馆子。后来出山海关，闯关东，去东北那疙瘩发展，跟哈尔滨道台家后厨当膳长。膳长，用现在的话说，就是厨师长，行政总厨。

哈尔滨道台，管着哈尔滨当地的一摊子事儿，家里老有洋人过来串门儿。话说有这么一天，道台家来了几位俄罗斯人。大伙连喝茶，带聊天儿，赶上饭点儿，按咱们中国人的礼节，得留客人吃顿饭。俄罗斯人吃饭，都是可着劲儿往硬菜上招呼，还爱吃口酸的、甜的。

郑厨师心里一合计，照着焦熘肉片的路数，搞了个技术改良。土豆彻底不用了，上好的猪里脊肉，切二指宽的大片，挂糊油炸。炸得外焦里嫩，然后回锅，加糖醋汁爆炒。临出锅的时候，稍微点缀点儿姜丝、葱丝、香菜段。吃到嘴里，那是又酸又甜，焦香扑鼻。

俄罗斯人一吃，觉得这菜不错，把郑厨师请过来，想打听打听这道菜叫什么名儿，大概是怎么做的。郑厨师也是临时起飞智，随口编了个名儿，告诉他们这道菜叫"锅爆肉"，爆炒的"爆"，就是肉放在锅里爆炒的意思。俄罗斯人说汉语不太过关，发音不准，传来传去，传走褶儿了，最后就传出来这么一道东北名菜，锅包肉。

锅包肉这道菜，眼下分两个流派。黑龙江、吉林那边讲究的是老传统，肉炸好了，回锅爆炒的时候只放糖醋汁，不勾芡，吃到嘴里特别酥脆。缺点就是必须得趁热吃，出锅以后马上就吃。热气一散，肉就皮了，硬了，不好吃了。辽宁版的锅包肉呢，勾芡，多少还放点儿番茄酱。炒出来的锅包肉比黑龙江、吉林的色儿重，更接近焦熘肉片的口感。

香妃爱吃它似蜜

辽宁版的锅包肉，稍微改改做法儿，把猪里脊肉换成上好的羊里脊，就变成了一道老北京清真菜，叫它似蜜。

它似蜜原先是道新疆菜。乾隆皇上有位特别有名的妃子，香妃，就是《还珠格格》里边身带异香的那位。香妃的老家在新疆，来北京以后，成天价想家，老惦记回新疆看看。

北京中南海有个新华门，原先叫宝月楼，据说就是乾隆皇上下旨，特意给香妃修的。为的是让她每天跟上头站着，朝西边看，看看自己的老家。

老北京民间传说，香妃每天早上睡醒了觉，就站在宝月楼上头，一边梳头，一边朝着西边，新疆的方向看。好几百北京老爷们儿，准时准点儿，跟宝月楼底下站着，仰着脸、张着嘴、瞪着大眼等着闻味儿。

等着闻什么味儿呢？香妃天生自带的那股香味儿。这帮傻老爷们儿，每天跟楼底下猫着，就为了闻闻香妃身上的味儿。运气好的话，顺便再瞜香妃两眼。当然，这就是个民间传说，一说一乐的事儿，不能当真。

当年跟着香妃一块儿来北京的，还有好多新疆厨师，每天专门给香妃做老家饭。话说有这么一天，香妃正跟宫里吃饭呢，偏赶上乾隆皇上闲得没事儿，溜达过来了。

香妃见着皇上，得上赶着打招呼："呦，皇上，您今儿怎么有空来啦？吃了吗，您哪？"

乾隆皇上也是个大实在人，听不懂客气话："哦，朕还没吃呢。"

香妃一听，既然没吃呢，要不好歹您就先跟这儿凑合点补两口吧。正好那天桌上摆了一盘清真版的锅包肉，新疆话叫"塔斯蜜"，宝塔镇河妖的那个塔。乾隆皇上夹了一筷子，放到嘴里一尝。嗯！酸甜可口，还挺香，挺好吃。

皇上吃美了，顺嘴就问了一句："爱妃，这菜叫什么名儿呀？"

香妃也是顺口答音儿，拿新疆话回了一句："启禀皇上，这道菜叫塔斯蜜。"

乾隆皇上，新疆话说得不大利索。后来传来传去，传走褶儿了，老北京从此留下这么一道清真名菜，它似蜜。回头您哪天得工夫，可以找个老字号的清真馆子，尝尝香妃爱吃的这个它似蜜。

糖葫芦

九龙斋的糖葫芦，
你装什么山药？

电视剧《还珠格格》里面，小燕子他们帮着香妃她男朋友往宫里传密信，没承想，让皇后和容嬷嬷给逮着了。这么个狠节儿上，小燕子把密信抢过来，往嘴里一塞，往肚子里一咽，销毁罪证，算是救了大伙一命。

吃情报，应该蘸什么作料？

眼下好多谍战剧里边，差不多都能看见这么个桥段。这边俩人正忙着接头传递情报呢，那边，"咣"的一脚，屋门踹开，一大帮人端着盒子炮，呼呼啦啦就往屋里冲，嘴里还得嚷嚷一句："不许动，老实点儿！"

这么个紧要关节上，传情报的人，多数也是跟小燕子学，把情报拿起来往嘴里一塞。剧情要是再激烈点儿呢，负责逮人的这位还得冲过去，一掐吃情报这位的嗓子眼儿："不许咽！给我吐出来！吐出来！"

您再看吃情报的这位，闭着嘴，紧嚼，跟嚼酱牛肉似的，脸上还得挂着特不忿儿的表情，意思好像是说"不吐不吐就不吐，看你能把我怎么着"。

嚼来嚼去，嚼到最后，吃情报的这位，腮帮子一努，眼珠子一鼓，那么一较劲儿，嗓子眼儿来回鼓涌那么两下，把情报往肚子里一咽，负责逮人的这位就算彻底没咒儿念啦。

公元 1697 年，清朝康熙三十六年，康熙皇上御驾亲征，亲率大军征讨噶尔丹。电视剧《康熙王朝》里就演过，打仗亲兄弟，上阵父子兵，康熙远征噶尔丹的时候，跑在前头冲锋陷阵，当先锋官的，是他的大儿子，官称大阿哥。

大阿哥见天儿老惦记着戗太子的行[1]，以后他好面南背北，登基坐殿，当皇上。好不容易逮着这么个机会，那得玩儿了命地表现呀。老话讲，露脸离显眼，就差那么一哆嗦。大阿哥光想着露脸，可就把显眼的事儿扔到脑袋后头去啦。孤军冒进，一个没留神，中了噶尔丹的埋伏。

只听得一声信炮响亮，紧接着，东西南北四个方向，那是杀声阵阵，人喊马嘶。大阿哥站在马鞍鞒上，手搭凉棚，四外一看，只见一排排、一列列都是连营，彻地连天，一望无边，兵似兵山，将似将海，簪缨滚滚，甲叶摇摇，战马嘶鸣，长枪林立，刀吐寒光，剑生杀气。里三层，外三层，围得是风雨不透、水泄不通。

一般的人，见着这么个阵势，当时没准就能吓得尿了裤子。大阿哥可不含糊，手里抡着宝剑，督着手下的八旗兵丁，跟噶尔丹死磕，死磕到底。噶尔丹这边冲锋，大阿哥那边反冲锋，大阿哥这边要是冲锋呢，

---

[1] 北京话。意为抢生意。

噶尔丹那边就反冲锋。两边就这么你冲过来，我冲过去，拉锯战，谁也打不过谁，顶上牛了，耗上啦。

噶尔丹不怕耗，人家是在自己的地盘上打仗，有主场优势，想吃饭，想喝水，随时都有，二十四小时服务。大阿哥那边顶不住呀，随身就带了三天的干粮。身上带的那点儿粮食吃完，那就只能找根绳儿把嗓子眼儿系上，饿着肚子跟噶尔丹打了。

眼瞅自己这边要玩儿完，大阿哥不敢渗着，麻利儿的，给康熙皇上写了封告急文书，把自己这边的情况交代了一下，让爸爸赶紧发救兵过来。要是晚一步的话，咱爷儿俩可就见不着啦。

大阿哥写完告急文书，叫来身边的一个亲兵，让他带着文书和令箭，连夜闯重围，找大部队搬救兵。临把告急文书交到亲兵手里以前，大阿哥特意嘱咐了几句，大概意思就是说，这里边写的都是咱们的军事机密，你心里有点儿数。万一你没闯出去，让人家给逮着了，这个东西千万不能落在噶尔丹手里。要不然的话，咱们的底可就泄啦。

亲兵把告急文书贴身揣起来，把胸脯子拍得啪啪响："爷，您放心，人在，情报在！"

嘴上说得挺硬，等到闯营报号，见真章儿的时候呢，三扑棱两扑棱，就让噶尔丹的人从马上给扑棱下来了，情报没送出去。情报没送出去，也不能落在敌人手里呀。这哥们儿还真不含糊，当时把那份告急的文书从怀里掏出来，跟手就往嘴里一塞。

噶尔丹的人知道这位身上有重要情报，不敢耽误，从马上跳下来，一个箭步蹿过去，伸手就把他的嗓子眼儿给掐住了："不许咽！给我吐出来！吐出来！"

您再看这位，不吐不吐就不吐，使劲儿嚼，嚼来嚼去，嚼到最后，腮帮子一努，眼珠子一鼓，那么一较劲儿，嗓子眼儿来回鼓涌那么两下，然后呢，哇的一声……

有朋友问了："咽了吧？"

咽了？哪儿那么容易咽哪?！拍电影是拍电影，好多东西都是假的，做个样子，放到生活里边，不见得灵。就说吃情报这个事儿，我小时候真玩儿过。

那位问了，谦儿哥，您玩儿这个干什么？

您看您这话问的，小孩儿可不就是这样吗？电视上看见什么东西，觉得有意思，自己就得试试，要不现在的电视节目怎么都得特意打上几个字，说未成年人请勿模仿呢？

要是说这情报只是二寸来宽一张小纸条儿，当时赶上个急劲儿，一闭眼，一狠心，也就咽下去了。可要是说，跟小燕子吃的那密信似的，一整张纸，哪位有兴趣可以试试，且得嚼呢，且咽不下去呢。光跟嘴里拿唾沫把这张纸给它洇透了，多少就得费点工夫。

我吃的还是作业本里边，普通的一张白纸。要是换成现在的 A4 打印纸，好家伙，要是不蘸点儿芝麻酱，撒点儿盐和孜然，再喝两口水，润润嗓子，轻易您还真吃不下去。它根本就不往嗓子眼儿里走。要是赶上对方手疾眼快的话，掐住了嗓子眼儿，愣往外掏，十有八九，真能再把这张纸给掏出来。

果丹皮，潜伏专用

康熙亲征噶尔丹那会儿，就发现这个问题了。遇见什么情况，军情紧急，派传令兵带着情报出去，走到半道上就让噶尔丹的骑兵给截住了。传令兵，那都是忠诚可靠的人，眼瞅着自己让人家给截了，第一件事儿就是销毁情报，把文件掏出来往嘴里一塞。

亲征噶尔丹，是跟草原上打仗。草原的环境本来就干燥，传令兵让人撵得跟兔子似的炝着蹶子跑了半天，那也是口干舌燥。情报塞进嘴里，嚼，使劲儿嚼，费老半天劲儿，还是干的，死活咽不下去。

咽不下去，可就给噶尔丹这边的人留了钻空子的机会了。脾气好点儿的，掐着嗓子眼儿，从嘴里愣往外掏，要情报不要人命。碰上脾气不好的呢，干脆"噗"地给一刀，然后从死人嘴里消消停停地往外掏。

一回不显，两回不显，三回，四回，老遇见这种事儿，康熙皇上就得想个招儿，解决问题。怎么个解决法儿呢？

那时候正好是秋天，离着军营没多远的山上，漫山遍野，红乎乎一大片，长的全是野生的山楂树。御膳房的厨子里有位高人，去山里摘了好多野山楂。把野山楂摘回来以后，拿小刀，一个一个地去籽儿，然后加上白糖，搁在大锅里煮。野山楂煮得烂烂糊糊，成了果酱以后，往干净的青石板上一倒，然后跟摊煎饼似的，再给它摊平了，摊薄了，弄成一整张。

山楂酱热的时候跟糨糊差不多，彻底凉透了以后，就凝住了。摊在青石板上这一整张山楂酱凉透了，定形了以后，小心翼翼地把它从石板上揭下来，裁成四四方方、一小张一小张的，就可以往上写情报啦。

写完情报，卷成一个小卷。传令兵怀里揣着这种情报出去，再遇见半道上有人截，当时就掏出来往嘴里一塞，那是入口即化，想往外掏都来不及。

那位问了，水果的品种多了去了，写情报，为什么就非认准山楂了呢？

这事儿，掰扯起来，也容易。望梅止渴的故事，好多朋友都知道。山楂跟梅子一样，它酸哪，不用吃，光看一眼，嘴里立马就能流酸水儿。传令兵骑着马，跑得嗓子眼儿都快冒烟了，山楂塞进嘴里，哈喇子立马就能下来。这么着的话，能加快情报销毁的速度。换成葡萄、大苹果、大鸭梨什么的，都没有这么好的效果。

康熙亲征噶尔丹的时候，写情报的"纸"是拿山楂做的，北方好多地方管山楂又叫红果儿。古时候军队打仗，互相传递消息的文件，也可以叫"传单"，这个意思跟现在说的传单不一样。康熙皇上传递情报的这种山楂做的"纸"，从此就得了个名儿，叫"果子单"。

再后来，天下太平，刀枪入库，马放南山，老百姓慢慢就把这段故事给忘了，这才把传单的"单"改成了炼丹的"丹"，成了现在咱们吃的果丹皮。这事儿不是我瞎说的啊，康熙亲征噶尔丹那会儿，有个帮办军务的大学问人叫高士奇，他写了首诗叫《果子单》，专门讲这个事儿。这首诗是这么写的：

> 绀红透骨油拳薄，
> 滑腻轻碓粉蜡匀。
> 草罢军书还灭迹，
> 嚼来枯思顿生津。

果丹皮是拿山楂做的。山楂打根儿上说不叫山楂，叫"杭"。所以，直到现在，有的地方还管山楂叫棠棣子。叫杭的这种果子，后来为什么又改名儿叫山楂了呢？

这个事儿，明朝的李时珍早就研究过了。南方好多地方都有种水果，也算是一味中药材，叫木桃，又叫和圆子。这种果子形状像小梨，但是没有梨那么甜，得放在甜汤、蜜汤里才好吃，才香。木桃的学名叫楂子，又叫楂子果。

叫杭的这种果子，原先都是纯野生的，山里生，山里长，没人管。还有一种大的果子，叫羊杭子。这种果子每年秋天刚从树上长出来的时候是绿的，吃到嘴里又酸又涩，必须让霜打了之后，才红，才甜。它的颜色、口感什么的跟楂子果差不多，这么着，老百姓就给它起了个俗名儿，叫山楂。

山楂在老北京人嘴里，又叫红果儿、山里红。山里红的这个"里"字，咬音咬得还不能特别重，必须得虚着点儿，乌里乌涂的，山了红，这么说。山楂、红果儿、山里红，这三种说法儿，甭说外地朋友，现在好多土生土长的北京小孩儿听着都觉得蒙圈，分不清楚。

按大面儿上说，山楂和山里红，都可以统称为红果儿。我小时候，各路冰棍里边，价钱最便宜的，就是红果儿冰棍，小豆的要是卖三分钱的话，红果儿的也就两分。果丹皮的这个"果"，指的也是红果儿的意思。这就是个泛称，说得没那么精确。

红果儿再往细了分，大概就可以分成山楂和山里红两大类。山楂一般专指那种品种不好，个儿小，尤其是野生的小红果儿。这路果子的个儿小，全是籽儿，就薄薄一层皮，没什么吃头，还特别酸，多数都是送到工厂深加工，不直接当水果吃。

比如说，六七十年代那会儿，有的小孩儿兜里实在没钱，买不起正经糖吃，那就可以去药店，花三分钱买一个大山楂丸。这个山楂丸拿到手里，还不能跟现在吃糖一样，整个搁在嘴里含着，再不就是整个嚼着吃。正确的打开方式，只能是一层一层地拿门牙啃着吃。

不吃的时候，放在兜里。实在馋急眼了，再从兜里掏出来，两只手捧着，然后把门牙的牙尖儿伸出来，薄薄地啃下来这么一小层。啃下来的一小层，跟嘴里含着，不能使劲儿抿，使劲儿一抿的话，当时就没有了。必须是让它就那么跟舌头上粘着，一点点地自然溶化。然后一小股酸甜的水儿，从舌头尖儿流到舌头根儿，再从舌头根儿，流进嗓子眼儿。

这么一层一层地啃，再一点儿一点儿地抿，上学的路上花三分钱买一个大山楂丸，最起码能一直啃到放学。

山里红跟山楂正好反着，专指那种个儿大、肉厚、甜度高、能直接当水果吃的大红果儿。就拿糖葫芦来说，最传统的糖葫芦，大概也就是山里红、山药、白海棠、黑枣、再就是山药豆，这么几样。

三四十年以前，夏天的时候，有推着小车满大街卖冰棍的老太太。那时候吃冰棍，季节性特别强，过了夏天，倒找钱都没人吃。有的卖冰棍的老太太，觉得自己身子骨还成，扛得住冻，不愿意跟屋里闲待着，还想接茬儿挣俩活钱儿，冬天就可以改行卖糖葫芦。

她们卖糖葫芦，都是跟冰棍车上放个透明的大玻璃罩子，方便客人挑，还干净、卫生，不容易落土。玻璃罩子里边搁一块白色的泡沫塑料，各种糖葫芦，五颜六色，全跟泡沫塑料上插着。

小孩儿手里攥着钱，跑过来买糖葫芦，都得这么说："奶奶，来串山里红嗒，我要大的，糖多嗒！"

糖葫芦怎么就算糖多，怎么就算糖少呢？糖葫芦，您都见过，顶上全得伸出去那么一片糖。每串糖葫芦，大概就是七八个、八九个山里红，大小、分量什么的，不会差太多。

顶上伸出去的那片糖呢，全靠蘸糖葫芦的时候在手头上掌握，多少有个灵活度，有时候稍微大点儿，有时候可能就稍微小点儿。小孩儿买糖葫芦，都愿意挑这片糖大的买。花一样的钱，糖片大，能多吃一口，就觉得值，占便宜。

南楂梓不是北楂梓

老舍先生写的《四世同堂》里有个大反派，叫冠晓荷。《四世同堂》里边有这么个桥段，说的是冬景天，冠晓荷坐着洋车，去西四那边的铺子，买了包炒杏仁，还买了两罐楂梓。打算回家，楂梓汤拌白菜心，嚼着杏仁，喝两盅，压压寒气。

老舍先生说的这个楂梓到底是个什么东西，眼下也是本糊涂账。有人说，冠晓荷吃的那个楂梓，其实就是把山里红去了籽儿搁在糖水里边熬出来的，这路吃食又叫炒红果儿，跟山楂罐头差不多。

有的老北京风味饭馆，为了显摆显摆，让吃主儿觉得自己有文化、有底蕴，上炒红果儿这道吃食的时候还得特意强调一句，我们这是正宗老北京煮榅桲，再不就是告诉吃主儿说，我们这叫炒榅桲，榅桲在老北京话里边就是山里红的意思。

榅桲就是山里红这个说法儿，不能说它全错，也不能说它全对。为什么这么说呢？"榅桲"这个字眼，南北方的意思不一样。

南方人说的榅桲，跟苹果算是亲戚，又叫木瓜。这种水果，西北那边也有，一般不能直接吃，都是当作料，再不就是当药材，用来泡酒什么的。扬州有种特产的药酒，叫木瓜酒，用的就是这个榅桲。新疆有种木瓜抓饭，里边放的也是这个东西。

现在好多朋友喜欢吃的那种木瓜叫番木瓜，打根儿上说，是从外国传进来的洋玩意儿。跟南方人说的榅桲，也就是木瓜，算两码事儿。木瓜的事儿，以后咱们可以专门聊一聊，今儿还是先说山里红。

北方人，尤其是老北京人说的这个榅桲，往根儿上捯，是从满语化过来的，跟南方人说的榅桲，读音听着差不多，实际上一毛钱关系都没有。这个字眼翻译成汉语，是"酸甜"的意思。

炒红果儿吃到嘴里是酸甜口儿的，挺开胃，满族人就管这种吃食叫榅桲。要是跟榅桲前头再加个"炒"字，加个"煮"字，炒榅桲、煮榅桲，翻译成汉语就是炒酸甜、煮酸甜，那就不像人话了。所以说，冠晓荷吃的那个榅桲，就只能叫榅桲，前头不能再加别的字。

老式年间，卖榅桲这路吃食的，多数都是山西人开的果子铺，又叫山西屋子。山西人开的果子铺跟现在的水果超市不一样，人家不卖鲜果，只卖蜜饯果脯，各种干果，再就是海米、干贝这类的干海货。反正全是搁得住、不怕坏的东西。

每年过了立秋节气，秋风起来了，果子铺就得跟门口架上一口大锅，唰啦唰啦，炒栗子。等到天再冷一点儿，糖不容易化了，就开始蘸糖葫芦，做楂榅。

楂榅，在北京话里，说白了，就是炒红果儿，跟山楂罐头差不多。只不过，做楂榅用的那个山楂是一种专门的小山楂，个头特别小，比樱桃稍微大点儿。这种小山楂，去了籽儿，搁在糖水里熬，主要是为了要那个酸甜的汤。

熬得了的楂榅，连干带稀，装在小陶罐里边，论罐卖。罐口跟那种老瓷瓶酸奶一样，拿油纸封上。油纸上头，还印着铺子的买卖字号、电话、地址什么的，相当于做广告的意思。

楂榅买回去，最地道的吃法儿，是弄几个北京特产的鸭梨。鸭梨削了皮，去核，切细丝。雪白的梨丝搁在盘子里，鲜红的楂榅汁，往上那么一浇，然后拿筷子给它拌匀了。拌匀了以后，还得给梨丝做个造型，归拢成一堆。然后单捞出一个楂榅来，放在这堆梨丝的顶上，这叫红白配。

要是再讲究点儿的话，家里有现成的橘子，剥一个。剥出来的橘子瓣沿着盘子边摆一圈，摆出一个花来，色香味俱全。

楂榅拌梨丝这道小凉菜，酸甜开胃，能下酒，也能解酒。冬天吃，还能润肺、去燥。只不过就是老北京人有个讲究，鸭梨的"梨"，跟分离的"离"谐音，过年的时候吃，不吉利。每年进了腊月以后，要是再想吃这道菜，那就只能把梨丝换成白菜心。现在您要是想尝尝这道菜，直接去超市买瓶山楂罐头就成。

九龙斋的糖葫芦——装什么山药

糖葫芦这种吃食，打根儿上说，是南方人发明的。您有空随便上网搜搜，差不多都能搜着这么个故事。说是南宋那会儿有个皇上叫宋光宗。宋光宗有个妃子，闹胃口上的毛病，不爱吃饭，御医给她开了个方子，糖水熬山里红，每天吃几个。

宋光宗的妃子见天儿跟蜂窝煤炉子上架着小锅熬山里红，觉得忒麻烦，索性把这方子给改良了一下。这么着，一来二去，最后就发明了糖葫芦。

现在一提糖葫芦，好多朋友的第一反应，肯定都是老北京。其实呢，老北京人开始流行吃糖葫芦，最早也就是晚清以后的事儿。一百多年以前，老北京人有这么句俏皮话儿，九龙斋的糖葫芦——装什么山药。这句话的大概意思就是说，你别装蒜了，甭装大个儿的啦。

九龙斋的糖葫芦——装什么山药，这句俏皮话儿，到底是怎么来的呢？九龙斋，您都知道，眼下是个挺有名儿的大买卖。一百多年以前，这买卖跟我们德云社，算街坊。

这事儿不是我瞎说啊。喜欢听相声的朋友都知道，我们德云社跟前门大栅栏西口那儿，有个场子。打从明朝开始，这地方就是有名儿的商业区，人多热闹的地方。一百多年以前，清朝道光年间，每天晚上太阳刚落山，天一擦黑，有这么一位二十来岁、三十出头的老爷们儿，就得跟我们德云社场子稍微再往东走走，离着同仁堂没多远的地方，搭个白布棚子。

白布棚子里头，支上煤球炉子，架上锅，炉子旁边摆着一个大玻璃柜。玻璃柜，里里外外，擦得锃明瓦亮，瞅着就那么干净。柜子分两层，上层摆着蘸得了的糖葫芦，下层呢，摆的是还没蘸的糖葫芦，半成品。玻璃柜顶上，放着块匾，匾上写着三个大字——九龙斋。这个小摊，就是最早的九龙斋。

传统相声《叫卖图》，我和郭老师也说过一版，您各位差不多都听过。那里边讲的卖糖葫芦，都是糖葫芦蘸得了以后，搁在篮子里，再不就是插在草把子上，走街串巷地卖。吆喝起来悠悠扬扬，是这个味儿的："哎，蜜来哎，冰糖葫芦来哟——葫芦儿。"

一百多年以前前门大栅栏练摊的九龙斋，是把蘸糖葫芦的锅架在大街上，现蘸现卖，然后现吃，吃新鲜的。北京的冰糖葫芦，山里红的，讲究用沙营的山里红。沙营这地方不在北京，离得可也不算远，指的是河北怀来，有个地方叫沙营村。怀来，直到今天，都是有名儿的水果产区。

一串冰糖葫芦，七八个山里红，从上到下，个儿越来越小。嘎嘣脆的好冰糖，加上水，搁在锅里，熬得黏黏糊糊，咕嘟咕嘟，直冒泡。趁着这个热乎劲儿，拿起一串山里红来，伸到锅里，给它蘸匀实喽。

那位问了，我降低点儿成本，把冰糖改成白糖，成不成？

改成白糖，倒也不是不可以，只不过，白糖蘸的糖葫芦，一个是没有冰糖那么透亮，再一个就是糖葫芦上头的那层糖，最后吃到嘴里，也没那么脆生。所以说最传统的糖葫芦，必须是冰糖葫芦，改成白糖的话，那叫糖雪球，算另一样吃食。

蘸糖葫芦，锅旁边必须配套放一块小石板，玻璃板也成。石板上提前刷了油，为的是糖葫芦凉透了以后，容易往下拿。新蘸的糖葫芦，挂着糖浆，从锅里拿出来，蘸糖葫芦的手里攥着扦子，啪，往小石板上一摔。紧接着，还得趁着糖浆没凉透，把粘在石板上的糖葫芦，轻轻再往后拉那么一下。

为什么非得拉一下呢？开头咱们不是说了吗，每串糖葫芦，前头都有伸出去的那么一片糖。这片糖，靠的就是这么一拉。寒冬腊月，熬糖的锅，呼呼呼，往外直冒热气，离着老远就能闻见一股焦糖味儿。

蘸糖葫芦的，拿起一串山里红伸到锅里，蘸一下，然后再啪地往石板上一摔，一拉。手上忙着，嘴里也不能闲着，必须得吆喝这么一句："哎，冰糖葫芦，刚蘸的啊！"

山药糖葫芦：想要吃你不容易

我小时候吃糖葫芦，除了山里红的，最爱的就是山药的，最纠结的，也是山药的。为什么说，最纠结的也是山药的呢？山药，归根到底，吃的是个面乎劲儿。做成糖葫芦的山药，十根里边有八根都夹生，就两头最细的地方稍微有那么一丢丢面，剩下的差不多都是硬的、脆的。越往中间吃越生，也就越不好吃。

一百多年以前，像信远斋这些卖糖葫芦有名儿的铺子，压根儿就不卖山药糖葫芦。人家掌握不好那个技术，怕做出来夹生，不好吃，砸自己的牌子。唯独九龙斋，有秘方，整根山药糖葫芦，从头吃到尾，全是面的，所以那时候也就只有这家买卖字号敢卖山药糖葫芦。老北京从此留下一句俏皮话儿，九龙斋的糖葫芦——装什么山药。

今儿跟大伙聊了半天糖葫芦，您家里要是有现成的山里红、冰糖，回头也可以按刚才说的法子，试试跟家自己削几根竹扦子，蘸两串冰糖葫芦。好吃不好吃，地道不地道，先搁旱岸①上，最起码，这也算是冬天的一个小情趣。

---

① 方言，天津话。意为抛开不管。

涮锅子冰激凌

网红老北京涮锅子冰激凌，
就着二锅头吃才够味儿

哎！酸梅汤，桂花味儿，玉泉山的水来，德胜门的冰，喝到嘴里头凉飕飕，给的又多来，汤好喝

看了上面的一段话，是不是觉得透心凉，想打开冰箱开瓶酸梅汤喝？

今天，咱们就好好聊点儿透心的东西。

一

酸梅汤，眼下超市里边，瓶装的、罐装的，有的是，拧开盖儿就能喝。有的朋友呢，老派，喜欢买那种老式的袋装酸梅晶。买回家去，拿凉

白开一冲，搁在冰箱里再那么一镇，又酸又甜，透心凉，还经济实惠。

一百多年以前，卖酸梅汤这行，多数都是跟路边摆摊，再不就是推着小车，走街串巷。老天桥儿撂地卖艺有这么个说法儿，光说不练，假把式，光练不说，傻把式，又说又练，真把式。干什么，就得吆喝什么。

卖酸梅汤这行，不光嘴上吆喝，手上还得会打家伙，必须得有点儿唱快板的基本功。人家打的那个家伙，是两个小铜碗，行话叫冰盏。两个冰盏，跟手指头缝里边一夹，来回一敲，叮当乱响，再配上刚才那套词，有点儿山东快书的意思。

咱们之前聊过一回季鸟儿。季鸟儿也分多少种，品种不一样，叫出来的声，也不一样。有种小季鸟儿，差不多也就蚕豆那么大，老北京管这种季鸟儿叫"伏天儿"。为什么叫伏天儿呢？因为它叫起来，就是"伏天儿""伏天儿"，那么个动静儿。

民间传说，这种叫伏天儿的季鸟儿，只有三伏天才见得着，平常日子没有。三伏天，下午两三点钟，大太阳晒着。睡醒了午觉，跟胡同里边，找个有树荫凉儿的地方，摇着蒲扇，那么一坐。脑瓜顶上，季鸟儿"伏天儿""伏天儿"那么一叫，大大小小的蜻蜓，再那么一飞。

这时候，远处来这么一位卖酸梅汤的，手里拿着冰盏，叮叮当当一敲，嘴里再那么一吆喝："哎！酸梅汤，桂花味儿，玉泉山的水来，德胜门的冰……"就这动静儿，听着都觉得凉快。

二

眼下全国各地，有名儿的冷饮店、甜品店不少。卖冷饮这行，一般都是多种经营，不可能说卖冰棍就专门卖冰棍，卖汽水就专门卖汽水。反正都是那一个冰箱，都花那么多电钱，冰什么都是冰。

老式年间，卖酸梅汤的，也是这意思，捎带手，都得搞搞副业，多种经营。除了卖酸梅汤，还花搭着卖点儿玫瑰枣、水晶粉、糖豌豆、果子干什么的，说来说去，都是甜的、凉的吃食。

说起这个果子干，按字面理解，好多朋友可能都以为是老北京果脯那类的东西，实际上不是那么回事儿。老北京果子干，用的是头年晾的柿饼和杏干。这个玩意儿分高配版和低配版两种。

低配版就是把柿饼、杏干这两样东西，全给它切成小块儿，然后搁在温水里边泡，连着泡一宿，给它泡烂糊了、泡发了。第二天，连稀的带干的，那么一吃。现在您去内蒙古那边，夏天有种小吃，叫稀果子干，用的就是这个法子。

果子干，要是按高配的办法做，光泡泡可不成，得把柿饼、杏干这两样东西切成小块儿，下锅煮，小火慢炖。柿饼软，用老百姓的话讲，炖着炖着，就炖飞了、烂了，差不多就化在汤里了。杏干呢，不容易烂，吃到嘴里多少还带点儿嚼劲儿。

这两样东西，炖够了火候，盛到大坛子里。坛子底下，搁一块冰，给它镇上。随吃，随往碗里盛。炖够了火候的果子干，盛到碗里是琥珀色的，浮头再摆两片雪白的鲜藕，浇上点儿糖桂花。拿小勺扎着吃，那是又香又甜、又酸又凉，特别解暑，特别开胃。

清朝末年有本书，叫《燕都小食品杂咏》，讲的都是各种老北京小吃，里边有这么段话，说的就是果子干，人家的说法儿是：

杏干柿饼镇坚冰，
藕片切来又一层。
劝尔多添三两碗，
保君腹泻厕频登。

三

那位说了，好家伙，这玩意儿都能把人给喝蹿稀了，卫生条件肯定不过关呀，有人管没人管？我跟您说，真没人管，那时候就这条件。果子干，里边又是柿饼，又是杏干，都是甜的，还带汤，三伏天本身就容易坏。再加上冰镇用的冰都是护城河、什刹海这些地方冬天存下来的天然冰，也不可能特别干净。

就拿酸梅汤来说，全国有名儿的信远斋，好多朋友都知道。信远斋，最早其实不叫信远斋，叫信远斋记，总共四个字。那位说了，买卖字号，要是按人名儿来，叫个张记、李记什么的，不新鲜。信远斋记……它说不通呀。

这话您算问到点子上了，人家要的就是说不通的这个劲儿。为什么这么说呢？信远斋最早的铺子，开在琉璃厂。琉璃厂，您都知道，那是全国有名儿的文化一条街，街上的买卖铺户，差不多都叫什么什么堂、什么什么斋、什么什么阁，三个字的居多。现在您去琉璃厂那边溜达，还是这么个意思。

要是就用仨字的话，信远斋，放在这堆什么什么斋里边，它不显眼呀。所以当初信远斋的创始人，就想了个歪招儿，你们都仨字，我来四个字，叫信远斋记。逛琉璃厂的多数都是文化人、知识分子，好较真，爱抠个字眼。溜达到这儿，抬头一看，信远斋记，心里一合计，你这字号写得不讲理，不讲理怎么办呢？我就得进去跟你讲讲理，咱们好好掰扯掰扯。

找碴儿的人一多，买卖字号的知名度、客流量，不就上去了吗？用现在的话讲，这也算是一种营销手段。

信远斋的预期客户，文化人居多，消费能力强，兜里多少都趁俩钱儿，讲究当然也多呀。所以人家的经营路线，比普通路边摊，就高出好几个档次。

主顾进门，迎面是一排青花瓷的大缸，缸里边装的全是碎冰。酸梅汤呢，全盛在小个儿的青花瓷罐子里边。罐子盖严了盖儿，再给它埋在大缸的碎冰里。为的是让酸梅汤跟冰不直接接触，那就干净多啦。

大夏天的，主顾一掀竹帘子，一进门，迎面就是一排大缸，一股凉气。伙计把装着酸梅汤的罐子从大缸里边拿出来，倒在细瓷的小碗里边，您喝一碗，人家给您倒一碗，最后论碗收钱。

四

信远斋这个路数，一般老百姓喝不起，普通卖酸梅汤的也玩儿不起。卖酸梅汤，最不讲究的路数，就跟现在好多朋友喝洋酒一样，干脆把冰块儿直接往汤里一搁。这么着的话，酸梅汤凉得快，还省冰，就是费肚子、费手纸，弄不好就得蹿稀。

现在您跟好多八九十岁的老人聊天儿，还能听见这么个说法儿，说是以前穷人家的小孩儿，冬天捡煤核，夏天呢，捡冰核。捡冰核的这个"核"，指的是从大冰块儿上头掉下来的碎冰。

以前的老百姓，家里没空调，没冰箱，夏景天要想凉快凉快，冰镇点儿什么东西，只能临时买天然冰。所以那时候有个季节性特别强的行业，就叫卖冰的。大块儿的天然冰，从冰窖里批发出来，搁在手推车上，再不就是拿牲口车拉着，走街串巷，那么一卖。

谁家要是想买冰，那就端个盆出来，甭管买一毛钱的，还是两毛钱的，卖冰的拿着锤子、凿子，再从大冰块儿上现给您往下敲。冰那么脆，往下敲的时候，不可能不掉碴呀。掉下来的这些小的碎冰块儿，就叫冰核。

穷人家的小孩儿，夏天专门跟着这种卖冰的车捡冰核。捡得少呢，干脆直接就塞嘴里。干净不干净的，先搁一边，起码自己落个凉快。要是捡得多呢，那就可以攒起来，搁在篮子里边，拿小棉被盖上，保温。最后送到卖酸梅汤的那儿，多少也能换俩钱儿。

五

今儿跟您聊了半天，聊的全是凉的东西。夏天吃冷饮，大伙都有这么个经验，什么经验呢？赶上空气湿度比较大的时候，您手里拿着的甭管是冰棍，还是冰镇的饮料，上头都呼呼冒白气。

我小时候，上物理课，老师还讲过这么一个故事。说是洋人在广州请林则徐吃饭。西餐，您都知道，按规矩，最后一道菜上的肯定是甜点，布丁、冰激凌什么的，为的是解解腻、爽爽口。

洋人请林则徐吃饭，最后上的就是冰激凌。广州那边潮气重，冰激凌端上来，呼呼直冒白气。林则徐以为这菜是刚出锅的呢，怕烫，临吃以前，拿嘴先吹了两下。洋人一看，就算逮着理啦，跟边上捂着嘴笑，甩闲咧子："这人，土老帽儿，没见过世面，冰激凌都不会吃。"

林则徐，那是大人有大量，宰相肚子里能撑船。当时没言语，转过天来，给洋人下帖子，我也请客，咱们吃中餐。

林则徐请客那天，上的最后一道菜也是甜点，还是道福建名菜，叫太极芋泥。这道菜的特点就是外头一点儿热乎气都没有，里边呢，滚烫滚烫的。洋人不知道，以为是凉菜，大勺扌刂起来，就往嘴里塞，好家伙，差点儿连牙都烫掉了。

林则徐这故事，我小时候就听过，眼下中学上物理课，好多老师还给学生讲，好像还收到物理课本里边了。听了这么多年这故事，您觉得这事儿靠谱吗，能是真的吗？我琢磨着，百分之九十九，真不了，是老百姓编的。为什么这么说呢？您容我慢慢道来。

老北京的夏天，除了卖酸梅汤的，还有一个行业，就是卖雪花酪的。雪花酪，也分高配版和低配版两种。低配版的雪花酪，就是整块的天然冰，拿刨子给它刨成碎的冰末。吃的时候，冰末盛在小碗里边，上头再浇点儿酸甜汁，相当于现在的刨冰。

高配版的雪花酪，又叫土冰激凌。做起来，就比这麻烦多了。先得预备两个桶，一个大木桶，一个小的铁皮桶。大木桶里边装上碎冰，还得放点儿盐。为什么放盐呢？中学物理课，您都学过，冰水混合物，最低就到零度。里边要是稍微加点儿盐，那就能降到零下二十度，温度更凉一点儿。

小的铁皮桶里边装上调好了作料的牛奶，然后把这个小铁皮桶，给它埋到大木桶的碎冰里边。小铁皮桶的桶口露在外边，上头还得拿绳子缠几圈。卖雪花酪的，左右手，拽着绳子的两头，噌噌噌，来回拉，让铁桶在木桶里边转起来。和您看传统老木匠干活，用手钻，一个意思。

工夫一大，牛奶跟小铁桶里边就结冰了，冻上了。冻上也不是全冻，冻成个大冰坨子，硬邦邦，恨不得咬一口能把门牙硌下来，那么着就没意思了。

雪花酪的口感，更接近您把现在的冰激凌从冰箱里拿出来，当时不吃，稍微放一会儿再吃。半化不化，黏黏糊糊，里边全是小碎冰碴儿，那么个口感。吃的时候，也是从铁皮桶里边盛出来，装在小碗里，浮头撒点儿青红丝，再不就是撒点儿山楂糕切的小丁，浇一勺糖桂花。

做雪花酪，两只手全占上了，就没法儿打冰盏了，嘴可不能闲着。两只手，噌噌噌，来回拉绳子，嘴上还得有套唱儿："哎！这冰激凌来，雪花酪，贱卖多给，你就尝口啵！让你喝来，你就喝，玫瑰冰糖，就往里边搁，让你尝来，你就尝，桂花白糖，就往里边扔！哎，这玉泉山的水来，什刹海的冰……"

那位说了，刚才唱的不是德胜门的冰吗，这儿怎么又改什刹海啦？这事儿，我跟您说，就是顺嘴一唱，只要能跟上节奏、押韵就成。老北京原先冰窖最多、最扎堆的地方，一个在德胜门，护城河边上。现在您去那边溜达，还能找着条冰窖口胡同。再一个呢，就是在什刹海边上。眼下您出了北海公园东门，还能找着一条胡同，叫雪池胡同。雪池胡同，就是明清两朝，专供紫禁城的皇家冰窖。这说的还是北京，您要是去济南卖雪花酪呢，八成就得唱趵突泉水，大明湖的夏雨荷……不对，大明湖的冰。反正这都是活扣儿，有商量，有拆兑。

刚才咱们说了，雪花酪又叫土冰激凌，大概宋朝那会儿就有。冰激凌为什么叫冰激凌，眼下网上传得挺热闹，各种说法儿都有。有这么一种说法儿，冰激凌的"激凌"这两个字，最早应该写成"激灵"，就是激灵一下的那个"激灵"。

冰激凌，原先为什么叫冰激灵呢？好多朋友都有这么个经验，三伏天，跟大马路上溜达，头顶上连片树荫凉儿都没有，大太阳烤着，四脖子汗流。这么个跟节儿上，突然有人往您手里塞了那么一个冷饮，甭管是冰棍，还是冰镇的饮料。

您这儿眼瞅着就要中暑，热得都快晕过去了，好不容易逮着点儿凉东西，那家伙，结结实实，就得来那么一大口。这口凉东西进到嘴里，先是牙根儿冻得发酸、发麻，然后就是一股凉气，顺着嗓子眼儿，一直冰到胃里边。

凉气往下这么一窜，正常的反应，必然是全身的汗毛孔，猛地一缩，肌肉一抽抽，一打激灵，嘴里配合着"咝咝"抽气。中国古代管冰激凌叫"冰激灵"，形容的就是这么个感觉。当然，这只是咱们的一种猜测，也有另一种说法儿，说这个名字是根据这种吃食的英文名儿翻译来的。甭管名儿怎么来的，这吃食确实是中国人发明的。

七百多年以前，意大利有个叫马可·波罗的哥们儿，顺着丝绸之路，溜达到中国来，一直溜达到北京，当时叫元大都。这哥们儿也是，三伏天，跟北京胡同里边转悠，胡同游。

溜达累了、热了，正好看见道边上有个卖雪花酪的，跟那儿吆喝呢。这哥们儿二话没说，小跑着走过去，噎噎噎，连干三碗。感觉，美，说句广告里边的词，那叫晶晶亮，透心凉。

马可·波罗连干三碗雪花酪，觉得这玩意儿挺好，不错，就跟卖雪花酪的套近乎。一来二去，就把这手艺给学过去了，带回到意大利。带回到意大利以后，又发展了一下，创造了一下，这才有了洋人吃的冰激凌。晚清那会儿，又传回到中国来。

话说到这儿，咱们翻回头，再掰扯掰扯林则徐吃冰激凌那个事儿。林则徐，您想想，那是多大的人物，就说他没吃过进口的洋冰激凌吧，土冰激凌、雪花酪，总得吃过、见过吧？

这么一琢磨，中学物理老师讲的林则徐吃冰激凌这个事儿，十有八九是老百姓编的，历史上恐怕一点儿影儿都没有。

六

夏天吃刨冰，一个地方有一个地方的吃法儿。就拿郭老师他们老家天津来说，天津是港口城市，原先租界多，洋人多，好多东西，玩儿得都挺洋气。

天津人吃的刨冰，等于是把果子干跟雪花酪，优化组合了一下。碗底下先铺一层碎冰碴儿，冰碴儿上头再铺各种果料，像什么煮的红豆、山楂、黄桃，各种新鲜水果，这些东西。要是觉得不过瘾的话，还可以再来两勺冰激凌。满满当当一大碗，火力弱的人，吃得都能打哆嗦。

日本人玩得更哏儿[1]，琢磨出来一种绿帽子刨冰，网上传得挺热闹。人家那个刨冰，是拿抹茶调的酱，跟上头先盖个绿帽子。绿帽子顶上呢，再插个呲花，老北京叫呲喽屁。就是《三笑才子佳人》里边，郭老师跟房顶上放那玩意儿。

您去日本甜品店，要这么一份绿帽子刨冰。服务员规规矩矩、客客气气，把东西端上来，手里还得拿着个打火机，把呲花一点。先看放花，然后再吃。

我小时候管刨冰不叫刨冰，叫冰霜儿，您注意啊，一定得加儿话音，走小辙儿，冰霜儿。那时候您要是想吃个冰激凌，到马路边上，找卖冰棍的老太太就成。要是想吃冰霜儿，只能去国营冷饮店。

国营冷饮店，大概就相当于现在的甜品店加茶餐厅。夏天卖各种冷饮，捎带手，还卖奶油蛋糕、面包、小点心这类东西，反正都是甜的，没有咸的。冬天，天冷了，那就把冷饮改成热饮，像什么热牛奶、热可可这类。

三十多年以前，北京最有名儿的国营冷饮店，就是现在您去簋街，北新桥路口，路口西南角，地铁 5 号线出站口那位置。这冷饮店也没什么正式的字号，门口的台阶挺高。大伙约定俗成，就管它叫高台阶冷饮店。

这冷饮店，每年夏天，都得从店里搭出一张桌子来，安排两个服务员，穿着白围裙，戴着白套袖，跟门口高台阶上头摆摊卖冰霜儿。卖冰霜儿，得预备一个大桶，桶里边装的是香精、色素调的甜卤汁，粉红色，草莓味儿的。还得预备一个白的、塑料的大盒子，里边装的全是碎的冰碴儿。只不过人家用的就是机器做的人工冰了，不是天然冰，干净。

---

① 天津方言。指有趣、滑稽的语言、情态、事项。

现在全国各地卖刨冰，多数都是冰在下头，果料在上头。老北京管这叫猴儿顶灯，意思就是说把好东西、最值钱的东西，搁在明面上，让人一眼就能看见，不能把肉埋在饭里。

冰霜儿的路数不一样，服务员先得拿个纸杯子，杯子里边盛多半杯甜卤汁。然后再把那种做冰激凌球用的夹子勺伸到白塑料盒子里边，夹出来一个冰球，扑通，往杯子里一扔。

您把纸杯接过去，不用吸管，不用勺，直接拿嘴喝就成。有的小孩儿，嘴急，也馋。急扯忙慌，把卤汁都喝完了，冰球还没来得及化开呢。光剩那么一个冰球，没滋没味儿的，也就扔了，不要了。

我小时候喝冰霜儿，光知道挺甜、挺好喝，一直就没琢磨过，这玩意儿到底是谁发明的，怎么个来头。直到前些年去上海演出，才发现，敢情人家那边满大街都是卖冰霜儿的，上海人管这玩意儿叫古法刨冰。

最地道的上海古法刨冰，先得熬一锅红豆汤，绿豆汤也成，熬的时候多搁糖。凉凉了以后，连豆带汤盛到塑料杯里边，杯子上头最后也是，盖一个冰球。眼下这日子口儿，您去上海，上海的大姑娘、小伙子跟街上遛弯，轧马路，十个里边有八个，手里拿的是这种刨冰。

那位问了，上海的古法刨冰，怎么就跑到北京去了呢？这就得说，五十年代那会儿，上海好多有名儿的买卖字号搬家到北方来支援经济建设这事儿了。

比如现在你去辽宁，鞍山钢铁厂旁边，有家上海烧腊店特别有名儿。店里边卖的都是最地道的上海熟食，可是服务员张嘴一说话，全是"干哈啊"，那味儿的。这帮服务员，他们父母那代，就是土生土长的上海人，当年跟着钢铁厂，一块儿搬过去的。

七

刨冰、冰激凌，按咱们一般的观念，多数都应该是甜口儿的。好像还没听说过有哪位，进了甜品店，跟服务员说，给我来一冰激凌，大腰子味儿的，多搁点儿孜然，多撒点儿辣椒面。

意大利人，在各路洋人里边，吃的东西，那算比较杂的，重口，什么都敢往嘴里放。罗马大街上，就有卖马肉刺身味儿冰激凌的，吃的时候还得撒俩葱花，浇点儿酱油。这玩意儿，吃到嘴里，也不知道是个什么味儿。

这两年，年轻人是越玩儿越时髦，甭管什么事儿，都喜欢耍耍个性，跟别人不一样。四川人爱吃火锅，眼下您去成都大街上溜达，能吃着一种红油火锅味儿的冰激凌。吃到嘴里，那是又麻又辣，跟四川火锅一个味儿。

地道的老北京火锅，涮锅子，讲究的是清汤涮肉片，全靠小料提味儿。老北京涮锅子小料的灵魂，那得数芝麻酱。这个芝麻酱，也有讲究，必须是二八酱。什么叫二八酱呢？就是八成的芝麻酱，跟两成的花生酱，掺和到一块儿。

那位说了，我有钱，任性，就吃纯芝麻酱，成不成？我跟您说，这么着还真不成。为什么不成呢？纯芝麻酱，吃到嘴里，当时挺香，咽下去以后，后反劲儿，它可是苦的。非得掺上点儿花生酱，吃到嘴里才又香又甜。

先前网上有消息，说是有几个北京小孩儿，跟王府井百货大楼那边开了个买卖，卖老北京豆汁、老北京涮锅子口味儿的冰激凌。

涮锅子口味儿的冰激凌，就是芝麻酱小料味儿的。吃的时候，跟意大利人的路数一样，还得撒俩葱花。我当然是没敢去吃啊，身边有年轻的朋友去了。后来我还特意问这哥们儿："涮锅子口味儿的冰激凌，吃到嘴里，到底什么味儿呀？"

　　这哥们儿，手一掐腰，眨巴眨巴眼，吧唧两下嘴，特深沉地跟我说："啧，啧……我就后悔当时兜里没揣瓶小二锅头。反正那个味儿吧，要是不来两口，就糟践东西啦。"

熟梨糕

刚抓来的唐僧，
只需要最简单的烹调：蒸

清晨的五大道是忙碌的，行色匆匆的人们，无暇顾及什么美味，往往见到人少的队伍，便排在后面。鳞次栉比的小吃摊位中，于师傅默默开启了他的一天。

小巧的木碗，犹如精致的工艺品，填入雪白的米粉。木碗相叠垒起，仿佛缩小的宝塔。火焰将清水化为云雾，白色的蒸汽，穿过层层白色的米粉，发出"嗡嗡嗡""嗡嗡嗡"的声响。只有土生土长的天津耳朵，才能破译声响中的信息。

"嗡嗡嗡""嗡嗡嗡"，这频率，这节奏，这韵味，一听就知道，卖熟梨糕的来啦！

哈哈哈，各位好，我是于谦，您没看错，我也没改行，就是又给您换了个开篇的形式。

吃嗡嗡儿去也

熟梨糕是挺有特点、挺哏儿的那么一种天津小吃。您甭看北京跟天津离着这么近，街上都看不见有卖的。我也是这些年，去天津演出看见的。有回是头天晚上演出耽搁了，转天上午正跟宾馆猫着补觉呢。

睡得迷迷糊糊，听见窗户外头，"嗡嗡嗡"，"嗡嗡嗡"，"嗡嗡嗡"，就这么响。我琢磨着大概是谁家炖鸡，炖牛肉，怕炖不烂，拿高压锅压压，稍微忍几分钟也就过去了。没想到连着俩钟头，外头还是"嗡嗡嗡"，"嗡嗡嗡"。弄得我这脑袋瓜子里边，也跟着"嗡嗡嗡"，越"嗡嗡"，越精神。

后来实在睡不着，索性起床，推开窗户，脑袋伸出去一看。敢情是楼底下有位天津老大爷，骑着小三轮，跟那儿摆摊卖熟梨糕呢。摊儿周围围了一大帮小孩儿，外带俩大姑娘。

熟梨糕，不算特别有名儿的天津小吃，最起码没有十八街的大麻花、耳朵眼儿炸糕、狗不理包子这三样小吃的知名度那么高。离开天津地界儿，知道这玩意儿的人，不多。

好多去天津旅游的朋友，觉得挺新鲜。天津的熟梨糕，归了包齐，跟梨一毛钱关系都没有，它为什么叫熟梨糕呢？为吗叫熟梨糕，这事儿说到底，是个口音的问题。

九河下梢天津卫，三道浮桥两道关。这套话，好多朋友都知道。天津这地方，自古就是水旱的码头，五方杂居，什么地方的人都有。尤其到了晚清年间，中国有了轮船以后，从南方到北方，最方便的办法，就是在上海、广州这些地方上船，走海路，先到天津。然后再从天津，走陆路，走水路，往别的地方去。

北方人要想到南方去呢，好比说，去昆明。眼下，您花一千来块钱，买张票，坐飞机，坐高铁，最多七八个钟头，就到了。一百多年以前，北方人要想去趟昆明，麻烦可大了去了。先得去天津买船票，坐着轮船，出国。

对，您没听错，是出国。先坐着船，去缅甸仰光。跟那地方上岸，换火车，走英国人修的铁路，重新回国，奔昆明。兜这么一圈，当时来说，反倒比您从国内走直线省事儿方便。

南方，尤其江浙地区，都讲究吃米粉蒸的糕。苏州有"十块糕"的说法儿，像什么定胜糕、葱猪油糕、云片糕。当地老百姓，每天后晌，三四点钟，就得互相招呼说："吃点儿点心，垫垫饥。"

老苏州人每天后晌吃的点心，相当于下午茶，吃来吃去，差不多都是米粉蒸的糕。最多就是放的作料不一样，再就是做的方法不一样。

不光是苏州，眼下您去南方好多地方旅游，大马路边上，都能看见种吃食，叫米粉松糕，意思跟天津的熟梨糕差不多。江米面配大米面，加糖，加蜂蜜，稍微加点儿水。

然后拿手把这些东西搅和在一块儿，搓成半干不湿的面。讲究卖相的话，提前预备一个木头蒸屉，蒸屉上全是小方格，一格一格的。最后蒸出来的糕，就是一块一块，方的。不讲究卖相的话，家里蒸包子、蒸馒头用的笼屉，上头铺块屉布，也成。最后蒸出来的糕，就是一个大圆墩子。吃的时候，得现拿刀切。

预备好蒸屉，把调好作料的米粉，放到筛子里边。沙沙沙，沙沙沙，不紧不慢，给它筛下去。米粉从筛子眼儿漏下去，自然而然，就掉在蒸屉里了。筛一层米粉，放一层果料，葡萄干、大枣、青红丝什么的，都成，然后再筛一层米粉。这么着，反复循环，把蒸屉装满，然后上锅蒸。最后蒸出来的，就是南方人吃的米粉松糕。

天津熟梨糕，大概就是当年哪个不知名的南方人，坐着轮船，走海路，带到天津，技术上又给改良了一下，结合了一下。米粉放在木头做的小碗里，小碗跟云南汽锅鸡用的汽锅一样，底下有眼儿，带气道。正反对扣，摞成一摞，尽底下是个高压锅。

高压锅烧热了，水蒸气往上走，从最底下的小碗，蹿到最上头的小碗。"嗡嗡嗡"一响，用厨师的行话讲，上气了，大米的香味儿一出来，熟梨糕就算做得了。

这种糕，最传统的吃法儿是蘸红糖、蘸白糖、蘸红果儿酱，三种口味儿。这两年技术改良，新添了巧克力味儿、奶油味儿、蓝莓味儿，乱七八糟，什么口味儿都有。

甭管什么口味儿的熟梨糕，最标准的天津吃法儿，不能用碗，不能用盘，不能用筷子，更不能用叉子。什么都不让用，怎么把糕吃到嘴里呢？卖糕的摊儿上有提前烙的小薄饼，吃的时候，用这个饼，托着糕。最后连饼带糕，全吃到肚子里。

说了半天，熟梨糕为什么叫熟梨糕呢？老天桥儿撂地卖艺有个说法儿，光说不练，假把式，光练不说，傻把式，又练又说，真把式。糕做得了，卖糕的得吆喝两句，招呼主顾呀。人家吆喝的是："熟哩，糕！"

意思就是告诉周围的人，我这个糕熟了，快来吃吧。天津人说话带口音，"熟哩，糕！"这句吆喝猛一听有点儿像"熟梨糕"。天长日久，就留下熟梨糕这么个说法儿。

土生土长的天津人，都管这种糕叫"嗡嗡糕"，简称"嗡嗡儿"。像郭老师那个岁数的天津人，小时候最高兴的事儿，就是兜里揣着两毛钱，几个小伙伴，一块儿吃嗡嗡儿去。用地道的天津话说，天津卫的孩子，最耐的似吗？熟梨糕呀！

古人的饭锅叫甑

天津人蒸熟梨糕的那套家伙什儿，按古代的说法儿，学问就大了，得叫"甑"。"甑"这个字，指的是古时候的人，过日子吃饭用的蒸锅，以陶器居多。

回头有空，您可以上网看看图片，甑都是两件一套。下头是一个带三条腿的桶，陶的，里边能装水。为什么一定得是三条腿的桶呢？中国古代做饭，最早用的都是明火，一个大火堆，没有灶。

圆底的锅，放在火堆上，没依没靠，它坐不住。三条腿的桶，正好能稳稳当当，放在火堆里，四面还都能受热。原理就跟有的朋友搞户外运动，在外面临时弄三块石头，搭灶做饭一样。

三条腿的陶桶，装上水，往火堆里一坐。桶上头搁个瓦盆，瓦盆是特制的，底下带眼儿，方便往上走气。这么一套东西，就叫甑。古时候的人，用这玩意儿蒸饭，蒸各种东西吃。

眼下家家户户做米饭，多数用的都是电饭煲。大米和水放进去，一按电钮，饭自己就熟了，什么都不用管。我小时候，家里都是用小锅跟煤气灶上焖饭吃。那个火候特不容易掌握，老得留人跟旁边看着。饶是这么着，一个没留神，饭不是夹生，就是煳锅了。

好多家长，教孩子下厨房的手艺，第一件事儿，不教炒菜，全是先教怎么焖饭。我到现在还记得，我姥姥教给我怎么焖饭，告诉我米放到锅里，到底加多少水算合适呢？大概就是把食指插下去，大米浮头那层水，正好有第一个手指头肚那么深，就算合适。

工厂、学校的食堂，吃饭的人多，您让大师傅一锅一锅焖饭，来不及，吃的都是捞饭。现在农村好多地方办红白喜寿事，吃饭的人多，后厨特意还得有个人，负责捞饭。

北方捞饭，用的是笼屉。笼屉里边事先得铺屉布，为的是不让大米顺着笼屉的窟窿眼儿漏下去。大铁锅烧水，生米放进去，煮到五六成熟，拿大笊篱捞出来，再放到笼屉里，上锅蒸。这种先煮后蒸的饭，就叫捞饭。

北方捞饭，用的是笼屉，平常不捞饭的时候，还能干别的用，蒸包子、蒸馒头。南方捞饭，用的是一种底下带眼儿的木桶，现在好多南方老百姓家里还看得见。这种底下带眼儿的木桶，文言的说法儿，就叫木甑。

南方人捞饭用的木甑，拿到西安南门那边，回坊，就能做八宝荷叶甑糕。八宝荷叶甑糕，原理上，跟南方的米粉糕差不多。也是一层江米面撒下去，铺一层红豆、大枣，然后再撒一层江米面，铺一层红豆、大枣，来回铺，最后上锅蒸。

这么蒸出来的糕，跟南方米粉糕最不一样的地方，就是黏糊，更接近年糕的口感。讲究是多搁豆，多搁枣，把豆和枣彻底蒸成烂泥。糕蒸出来，切一块拿在手里，热热乎乎，五花三层。撒上白糖，红糖当然更好，一口咬下去，又甜又黏，还有枣和豆的香。

甑糕，好多朋友可能都觉得只有去了西安才吃得着。其实不然，整个北方地区，从东到西，随便您去个什么地方，都能找着这种吃食，最多也就是做法儿和配方稍微改改。

比方说，离开西安，出潼关，过黄河。山西那边的老百姓，过年以前，家家户户都做黄米蒸糕。人家是把八宝荷叶甑糕的江米面，换成大黄米面了。农村烧的那种大柴锅里头架上蒸屉，铺上屉布。也是撒一层黄米面，再撒一层枣和豆，循环着来。农村大柴锅，您都见过，个儿大。蒸出来的糕，保守估计，三四十斤一个，喷香。

那一蘸的风骚

北京现在也有卖西安八宝荷叶甑糕的地方，就在牛街那边，算是个网红店。好多朋友，大老远地开车、坐车过去，还得再排两三个钟头的队，就为了吃这么一口。其实呢，老北京小吃里边，也有种差不多的东西，叫盆儿糕。盆儿糕为什么叫"盆儿糕"呢？

以前老北京做这种吃食的，都是汉民，伊斯兰教的朋友卖切糕，不卖盆儿糕。卖盆儿糕，用的是一种专门的家伙什儿，瓦盆，底下带眼儿，说白了就是种花用的花盆，有大有小。原理跟南方的木甑一样。

蒸出来的糕跟盆似的，所以叫盆儿糕。做盆儿糕，瓦盆最底下，先得铺一层已经煮熟了的枣，为的是省火，出锅快，吃着烂糊。枣的上头铺一层江米面，最上头再铺一层白芸豆。

铺白芸豆，这是北城讲究的吃法儿。过了长安街，北京南城，老宣武区、老崇文区那边儿，五行八作，住的都是社会底层的老百姓，包括我们说相声的。兜里钱少，盆儿糕的成本，跟着也得往下降。芸豆就不能用了，改成豌豆。再次点儿的，那就用黄豆。

卖盆儿糕的人，随身都得带个小铁皮桶，瓦罐也成。里头装着干净凉水，泡着切盆儿糕用的刀。这么着，刀身上有水，切盆儿糕的时候不容易粘。蒸得了的盆儿糕，连盆端起来，热气腾腾，整个往案板上一扣。芸豆在最底下，中间是江米面，枣就翻到最上头去了。

这时候，您再看卖盆儿糕的，一刀下去，把整个的盆儿糕切成两半。然后把其中的一半，倒着，有枣的那面冲下，扣在另外那半的上头。这么一来，原先三层的糕，就改成五层了。

怎么改五层了呢？您可以算呀。最底下是一层芸豆，芸豆往上，是一层江米面。再往上，是厚厚的一层枣，这时候已经满变枣泥了。枣泥上头呢，又是一层江米面，一层芸豆。

有人过来买盆儿糕，卖盆儿糕的再拿着刀，现给您切，买多少，切多少。切下来这块盆儿糕，交到您手里以前，还有个手续。卖盆儿糕的把这块糕，夸嚓一声，扔到装满了白糖的盆里，蘸白糖。

蘸白糖的时候，卖盆儿糕的这位，得当着您的面，故意拿刀，使劲儿跟上头按两下，嘴里还得说："给您多蘸点儿白糖！"买盆儿糕的这位一看，觉得占便宜了，心里还挺美。实际呢，这里边有个小手彩儿[1]。

　　回头再吃年糕、粽子这类东西的时候，您可以试试。黏的东西蘸白糖，您要是往上头轻轻地撒，轻轻地蘸，那是越蘸越多。反过来说，您要是拿个粽子，使劲儿往白糖上按呢？白糖让热气、水汽一嘘，就硬了，结成块儿了。越想蘸，越蘸不上去。

　　卖盆儿糕的玩儿这么个小手彩儿，明面让您觉得占便宜，下回还愿意买他的。实际上呢，没准您反倒还吃亏了。

我的白字，我做主

　　喜欢听相声的朋友，老能听见这么句话，你们家的人是属包子的，一屉顶一屉。大概意思就是说，家里新生了一口人，紧跟着，就得没一口人。这句话最早的版本，应该是："蒸碗儿糕的笼屉，一屉顶一屉。"

　　什么叫碗儿糕呢？说白了，就是小号的盆儿糕，专为哄小孩儿吃的零食，跟天津的熟梨糕，意思差不多。

　　过去卖盆儿糕的都是多种经营，反正就那一个锅，蒸什么都是蒸。除了盆儿糕，捎带手，还卖丝糕、卖东北黏豆包，老北京管黏豆包叫黄米面的黏饽饽，外带还卖碗儿糕，挣小孩的钱。

　　这路小买卖人，走街串巷，要么推个小车，要么就挑根扁担。扁担一头挑着小煤球炉子、蒸锅，一头挑着个木头柜子，柜子里边装着花生仁、瓜子仁、青红丝，各种原材料。吆喝起来，这个味儿的："哎，盆儿糕，碗儿糕，发面的丝糕，还有黄米面的黏饽饽哦！"

　　蒸碗儿糕的时候，笼屉上放的，是一个一个的小碗，碗里装的东西跟天津熟梨糕差不多。盖上锅盖以后，还得在锅盖上头，相当于现在高

---

① 技艺表演上使人不易察觉的手法，也比喻骗人的伎俩。

压锅阀门的地方，插个竹子做的哨儿。锅里的热气顶上来，一吹这哨儿，嘟嘟嘟直响。周围的小孩儿，听见这动静儿，不用招呼，自己就围过来了。

甑糕，好多地方字面上写的是"甑糕"这两个字，念的时候，念的可是"镜糕"。这里头没什么念得对不对的问题，就是老百姓的约定俗成。

就拿河北省那边来说，有个地方叫肃宁，明朝大太监魏忠贤他们老家。您要是有机会去肃宁溜达溜达，当地人就得告诉您说，我们这儿叫"绪宁"。您非拿着字典给人家抬杠去，说人家念白字，也没用，这里头没理可讲。

喝酒的最高境界，是抱着烧锅吹

像我这种没事儿喜欢喝两口的人，都有个爱好，愿意去酒厂，托人弄呛，来两瓶"镜流儿"喝。超市、商场里边，成百上千一瓶的酒，也比不了这个。"镜流儿"的这个"镜"，正字应该是"甑"，甑糕的"甑"，读的时候，必须得读"镜"。您要是按正字读，"甑流儿"，弄不好，别人都不知道是什么东西。

什么叫"镜流儿"呢？您什么时候有空，去北京前门大栅栏，我们德云社跟那儿有个场子。这个场子稍微往南走一点儿，有条胡同，叫粮食店街。粮食店街最有名儿的买卖，那得说六必居。六必居对门，眼下是北京二锅头酒文化博物馆，免费的，您可以进去看看。里边有老师傅，每天给您表演中国传统手工酿酒。

酿酒，先得在粮食里边加上酒曲，发酵。发酵到一定时候，粮食含的淀粉就变成酒精了。怎么把这个酒精提炼出来呢？传统手工酿酒，是把这种含着酒精的粮食，放到专用的大锅里蒸。

酒被热气从粮食里逼出来，变成蒸气，顺着管道往外走，边走边冷凝，最后流出来的就是酒。这种蒸酒用的大锅，俗称"烧锅"，文言的说法儿，叫"酒甑"。

酒甑里边流出来的那个酒，就叫"镜流儿"。话说到这儿，北京二锅头，为什么叫二锅头呢？意思就是说，蒸酒的时候，烧锅刚开始流出来的那拨酒，不要。头一拨酒，度数太高，口感不好，喝下去拉嗓子。最后一拨酒呢，也不能要。度数太低，比白开水强点儿有限，喝着没意思。唯独中间这拨，度数不高不低，口感最好，香味儿最足。

酿酒的时候，掐头去尾，只要中间这拨，所以叫二锅头。

全国各地，甭管哪个酒厂，都不可能说，烧锅里边流出来的酒，纯的，当时直接就装瓶，上市卖给您喝去。后期全都得再勾兑，有配比。您要是想喝口"镜流儿"，只能是酒厂里边有亲戚朋友，人家给您灌两瓶，偷偷拿出来。买，花多少钱，轻易也买不着。

论唐僧的 N 种吃法儿

甑，不光能蒸大米饭、蒸馒头，还能蒸菜、蒸肉。中国老百姓真正开始，家家户户，每天热油葱花炝锅，刺啦刺啦，冒着油烟子，炒菜吃，那是明朝以后的事儿。

明朝以前，中国人做菜，主流以烤和炖为主，再就是蒸菜。写《西游记》的吴承恩，是明朝嘉靖年间的人。嘉靖年间，正好是炒菜刚开始流行，还不是特别流行，那么个时间段。

所以您没事儿拿着《西游记》翻去吧，各路妖精们逮着唐僧以后，要吃唐僧肉，主流的吃法儿，全是清蒸，没有吃爆炒唐僧、麻辣唐僧的，红烧唐僧更没有。

比如过平顶山那回，金角大王、银角大王俩妖精就是这么说的：

"今早愚兄弟拿得东土唐僧，不敢擅吃，请母亲来献献生，好蒸与母亲吃了延寿。"

离开平顶山，再往西边走，红孩儿那回。红孩儿，火云洞主，人家吃的是唐僧、八戒一锅鲜。原文怎么说的来着？"是我假变观音，把猪八戒赚来，见吊在如意袋中，也要蒸他与众小的们吃哩。"

整部《西游记》里边，吃唐僧，最讲究仪式感的，还得说盘丝洞，七个蜘蛛精。吃唐僧以前，先得去濯垢泉泡个澡，香汤沐浴。泡完了澡，再回家蒸胖和尚吃。

过狮驼山那回就更不用说了，青狮、白象、大鹏仨妖精，论蒸东西吃，那真正是行家，吃主儿。师徒四人下蒸笼的时候，还知道猪八戒皮厚，不容易蒸得透，费火，放在最下边那屉里。唐僧呢，皮薄，肉嫩，开锅就烂，必须得放最上头。

吴承恩老家在淮安那边，江苏人。当地老百姓直到现在，也比北方人喜欢吃蒸菜。大概四十来年以前，江苏那边好多地方，尤其农村地区，家常饭多数都是吃蒸菜。大白菜、大萝卜这类，稍微还切几下，改改刀。小棵的绿叶菜，根本不切，整棵下锅。

蒸熟了的菜，什么作料都不放，直接上桌。桌子中间，单摆着一碗用油调过的酱。全家人动手，拿蒸菜蘸酱吃。那时候老百姓生活水平低，家里的油都不富余。这么个吃法儿，比炒菜省油。现在回过头再看，这种吃法儿反倒还挺健康。

离开江苏，再往南边走走。江西婺源，油菜花最有名儿的地方。婺源老百姓有个说法儿，叫无菜不蒸，甭管什么菜，鸡鸭鱼肉、萝卜白菜、生猛海鲜，一口蒸锅，统统搞定。

江西的旁边，湖北，有道特别有名儿的蒸菜，叫沔阳三蒸。湖北的旁边，隔着洞庭湖，湖南。以前农民赶上农忙，下地干活，没工夫炒菜做饭。每天早上起来，下地以前，先拿前边咱们说的那种木甑把米饭蒸上。米饭上头，再铺一层调好了作料的菜，生的，荤素都有。然后桶盖儿一盖，小火慢慢蒸着，自己就出门，该干什么干什么去了。干完活儿回家，饭菜正好蒸熟，洗洗手，端着碗，当时就能吃到嘴里。菜让热气一蒸，汤汤水水就渗到米饭里去了，相当于您去快餐店吃的盖饭。饭里有菜，菜里有饭，吃起来更有滋味儿。

于氏懒人饭，您尝尝

眼下年轻的朋友生活节奏都快，每天忙着上班，家里不起火，全靠点外卖。高油，高盐，还不太卫生。教您一个跟湖南蒸菜差不多的吃法儿，算是一种"懒人饭"。

临上班出门以前，普通的电饭煲，按做米饭的路数，先放米和水，水适当多放点儿。再放广式小香肠切的丁，放点豆腐丁、萝卜丁、土豆丁，青椒丁也成，放多，放少，具体放什么品种，全看您的喜好。

放完了这些东西，搁点盐，再稍微来点儿酱油，提味儿、上色儿，后头的程序就按平常做米饭那么来。饭熟了，您注意啊，别掀锅。把电饭煲插销拔了，该上班，就上班去。

下班回家，插上电饭煲的插销，重新加加热。打开锅盖，就能吃饭。尤其是广式香肠又甜又咸的那个滋味儿，渗到米饭里头，我跟您说，绝配。这个法子，回头您可以试试，比点外卖费不了多少事儿，荤素搭配，省钱，好吃，还干净放心。

奶茶

养牛版的扒马褂，
涮肉馆跨界卖奶茶

各位好，我是于谦，接茬儿跟您扯闲白儿。

扯闲白儿，扯点儿什么呢？前不久我才吃了涮锅子。正经八百的炭锅子，水烧得嘎啦嘎啦，直冒泡。开锅以后，不着急下羊肉，先搁两片羊尾巴油。这叫肥肥锅，稍微给汤里添点儿油水儿，为的是让涮出来的肉片吃到嘴里口感更好，不发柴。

肥完了锅，先涮肉，再涮菜，粉丝、白菜、冻豆腐，最后再来碗羊肉汤，多撒点儿香菜末，就着热烧饼，那么一溜缝，一盖盖儿。吃饱喝足，咕嘟咕嘟，两大碗酽茶，灌下去。这顿饭吃的，用老北京人的话讲，吃着解气。今儿，咱们不如就顺着涮羊肉的这个话头，聊聊眼下大街上特别流行的奶茶。

那位说了，谦儿哥，您是跑这儿遛活来了吧？净跟我们玩儿扒马褂那套。涮羊肉跟奶茶，这两样吃食挨得上吗？

您别急，容我慢慢说。

烧饼老师好

现在好多年轻人喜欢喝的奶茶，打根儿上说，是从英式奶茶化过来的。英国人爱喝红茶，喝的时候，嫌苦，还得往里边兑点儿牛奶，搁点儿糖。

中国香港地区的老百姓，觉得英式奶茶的口味儿稍微淡点儿，喝着不解气，就往里边多搁了点儿牛奶。一来二去，最后就发明了港式奶茶。

港式奶茶传到中国台湾地区以后，当地老百姓觉得这玩意儿稀汤寡水的，喝到嘴里，还是不解气，没嚼头。没嚼头怎么办呢？那就得想辙，再往里头搁点儿有嚼头的东西。

南方好多地方都有种特产，叫木薯，意思跟北方的白薯、土豆什么的，差不多，都是土里长的东西，淀粉含量特别高。木薯里边的淀粉弄出来，能做成一种南方特色的吃食，叫山粉圆子。

山粉圆子直接吃到嘴里，什么味儿都没有，白不呲咧①，可是特别能吸别的味儿。搁在肉汤里一咕嘟，就是肉味儿；搁在鱼汤里一咕嘟呢，那就是鱼味儿。咕嘟够了火候，一咬一爆浆，还特别筋道。大概是1987年，中国台湾有个卖奶茶的老字号，叫春水堂，最早把山粉圆子搁到港式奶茶里边，发明了珍珠奶茶。

九十年代以后，大伙跟风追台剧，琼瑶热，像什么卤肉饭、烤肠、珍珠奶茶这些吃食，慢慢就都传到大陆来啦。

珍珠奶茶刚开始流行那会儿，央视有个节目，叫《小崔说事》。2003年，《小崔说事》做了一期节目，叫"烧饼工当翻译"。故事讲的是1979年，南京有这么一位烙烧饼的厨师，一专多能，烧饼烙得特别

---

① 方言，形容物件褪色发白或汤、菜的颜色、滋味寡淡。

香，英语还说得特棒。每天手上烙着烧饼，嘴上背着单词，烙一个烧饼背一个单词，外号叫"活字典"，最后就调到南京大学历史系当老师了，成了四十年前，南京城的一位传奇人物。

1981 年，中央新影拍了部纪录片叫《莫让年华付水流》，里边就有这位烧饼老师一边烙烧饼一边背英语的镜头。南京的好多 70 后、80 后，小时候上学，可能还都听过烧饼老师做的报告。南京大学的这位烧饼老师，当初工作的单位，叫北京羊肉馆。您注意啊，不是北京的北京羊肉馆，是南京的北京羊肉馆。

我小时候住在阜成门白塔寺，稍微往北走走，就是新街口。那地方直到现在还是个特别热闹的商业区，时尚地标。南京也有个新街口，大概三十多年以前，南京的新街口，差不多就是现在南京市总工会的马路对面，有个吃北京烤鸭、涮锅子的好地方，叫北京羊肉馆。

南京当地有这么个说法儿，说是"吃火锅，去羊肉馆"。老南京人说的这个羊肉馆，指的就是北京羊肉馆。不到一百年以前，北京羊肉馆的掌柜的，姓马，正经八百是个老北京人，家住北京南城，老宣武区牛街，外号叫"奶茶马"。

您看看，奶茶和涮羊肉，两样吃食，这不就捏咕到一块儿了吗？

奶茶铺的幌子是奶嘴儿

有朋友问了，奶茶马，按字面上说，肯定是卖奶茶的，好不秧儿的，怎么又改成烤鸭、涮羊肉了呢？

这个事儿，要想掰扯清楚，我先得带您上颐和园溜达一圈。颐和园有个昆明湖，昆明湖旁边有个万寿山。您从万寿山绕过去，绕到山后头，还能看见一片景致，叫苏州街。苏州街那片，修了好多门脸房，全是传统的买卖字号。

清朝那会儿，苏州街是皇上吃饱了没事儿干，带着一大帮娘娘、格格玩儿过家家的地方。太监、宫女什么的，化装成各路买卖人，站在这些门脸房里，假装卖东西。明知道是假的，也得当真的玩儿，有买有卖，该吆喝的吆喝，该讨价还价，也得讨价还价。皇上呢，用现在的话讲，带着他们家这帮女眷，扫街，买买买。人家要的就是这个感觉。

下回您要是有工夫逛颐和园，可以留神看看，苏州街有个买卖字号，叫通源号。老式年间的规矩，每种买卖，都得有每种买卖自己的幌子。通源号门口挂的幌子，是一个扁木头片，木头片正中间，从右往左，横着刻了俩字——奶茶。这就是中国最传统的奶茶铺。

奶茶铺，本姓"二"

一说奶茶，好多朋友都觉得这是南方兴起来的东西，实际上不是这么回事儿。北方喝奶茶，比南方早得多。就拿蒙古族来说，现在您去内蒙古大草原，还能看见好多奶茶馆。蒙古族喝的奶茶，是把湖南、江西那边产的黑砖茶，拿大斧子给它敲碎了以后，搁在铁锅里熬的。熬的时候，还得往里边撒盐、兑牛奶，最后熬出来的茶水是咸口儿的。

老北京民间有这么个传说，七百多年以前，北京叫过一阵元大都。元世祖忽必烈当了皇上以后，天下太平，刀枪入库，马放南山。手底下的好些武将解甲归田，回家老婆孩子热炕头，种地、抱孩子去了。

有这么两位大将军，原先都是草原上放牛的小孩儿。小时候每天摽在一块儿放牛，长大了以后，又一块儿当兵，跟着忽必烈打天下，一直打到胡子都白了。这老哥儿俩，用现在的话讲，那是发孩儿加战友，老铁，感情特别好。眼瞅着没仗可打了，哥儿俩一块儿打报告，要求退休，回老家接茬儿放牛去。

忽必烈心里一合计，俩这么大的功臣，要是卸磨杀驴，打发回老家放牛去，倒是能省点儿退休金。问题是，普天下的英雄知道这个事儿以后，那可就寒了心啦，以后再有什么情况，谁还愿意保我，给我卖命呀？

合计来，合计去，最后传下一道旨意，告诉这老哥儿俩，你们想退休，可以，想放牛，也可以。唯独有一节，不能回老家。想放牛的话，那就跟北京城里放，每天守着我，近近边边的，甭往远处去。

这么着，忽必烈掏腰包，给老哥儿俩每人置办了五十头奶牛，每天养着玩儿，解闷去吧。别的老大爷，早上起来，提搂着鸟笼子，遛鸟。这老哥儿俩呢，抢着鞭子，遛牛。

好多朋友都知道，大兴，我马场那儿，也养了头奶牛，每天能产二三十斤奶。五十头奶牛，往少了说，一天最起码得产小二百斤奶，老哥儿俩打死也喝不完哪。喝不完，要是往水沟里倒呢，又觉得糟践东西，挺可惜。

那位说了，喝不完，甭往外挤不就成了吗？先跟奶牛身上存着，随时喝，随时挤，还老能喝新鲜的。

这事儿您有所不知，奶牛这种专门产奶的牛，到了产奶期，每天必须定时定点儿，专门有人负责挤奶。要是不挤的话，牛不答应，它憋得慌。天长日久，老没人挤，奶牛就该得病啦。

老哥儿俩每天守着好几百斤奶，喝得都吐了，看见云彩都觉得眼晕。后来一商量，要不咱哥儿俩开个买卖吧？这么多牛奶，说句难听话，馊了也是馊了。开个买卖，卖给大伙喝，咱们也算有个事儿干，发挥余热，省得见天儿遛牛玩儿，捎带手还能挣俩活钱儿。

眼下全国各地的拉面馆，都有个不成文的规矩，什么规矩呢？一家拉面馆周围，方圆多少里之内，不能再开第二家。为的是怕两家拉面馆，离得忒近，同行是冤家，抢客源，搞恶性竞争，最后谁都占不着便宜。

放牛的这老哥儿俩，也是这么个心理。好了一辈子，怕的就是临了儿临了儿，因为这点儿事儿，闹崩了。索性离远着点儿，中间隔着十里地，一个跟东四牌楼底下开了个奶茶铺，叫二合义；一个呢，跟西四牌楼底下开了个奶茶铺，叫二合顺。一东一西，两个奶茶铺，买卖字号都带"二合"两个字，意思就是说，哥儿俩好，咱们的友谊，天长地久。

两个奶茶铺，从元朝一直开到一九三几年，师傅带徒弟，徒弟又传徒弟。北京城里，往少了说，最起码有二三十家奶茶铺，买卖字号，全带二、合、顺、义这四个字。意思就是告诉大伙，我们是正枝正派，有传承，不忘本。

现在北京二环以里，甭说养奶牛啦，养只稍微大点儿的狗，街坊四邻没准都不答应。

二合义、二合顺这两家奶茶铺，全是前店后厂。前头是做买卖的门脸，后院就是牛棚。长年累月，养着十几头奶牛，每天吃喝拉撒，臭气烘烘，绿头苍蝇长得跟火柴盒那么大。

周围的住户呢，从元朝直到一九三几年，闻了六百多年的味儿，愣没人言语声。为什么呢？大伙说，这俩买卖是元世祖忽必烈特批的，咱们多少得给点儿面子，不能闹僵了。

去紫禁城，拼个下午茶

有朋友说了，谦儿哥，您讲的这故事都是真的吗？俩奶茶铺，能从元朝一直开到一九三几年？

您看您这话问的，这事儿能是真的吗？中国的好多民间传说，就是这样，说它全没影儿吧，多少又有点儿影儿；说它有点儿影儿吧，又不是特别有影儿。听故事的时候，最起码，您得打个九九折，择着听。

二合义、二合顺这两家奶茶铺，说是元朝的买卖，可能有点儿玄乎，稍微搂着点儿说，清朝那会儿应该就有。满族的好多生活习惯，跟蒙古族差不多，喜欢喝奶茶，吃各种奶制品。《康熙微服私访记》里边有一段叫《食盒记》，讲的是康熙夜里办公，批奏折。半夜的时候，肚子饿了，吃炸春卷，喝奶茶。皇上坐在那儿，连吃带喝，觉得挺美。

没想到两江总督也跟家吃夜宵，七个盘子八个碗，可劲儿造，比皇上都讲究。这哥们儿嘴里吃着，还得甩两句闲咧子："皇上知道个六儿啊，撑死了也就是炸春卷配奶茶的水平，美得还就屁颠儿屁颠儿的。整个儿就一怯老赶①。"

这两年，好多年轻的朋友，流行去大酒店吃英式下午茶。吃的时候，还得拍照片，发个朋友圈，觉得特别有面儿。清朝那会儿，皇上跟紫禁城里边待着，每天下午四点来钟那阵，也讲究吃一顿下午茶。清朝皇上吃的这顿下午茶，就是一壶奶茶，配几样点心。

老北京人管点心叫饽饽，管做点心的地方，叫饽饽铺。老北京的饽饽铺，按大面儿上说，分清真的和汉族人开的，两个流派。汉族人开的饽饽铺，门口都得挂块木头牌子，写上"满汉饽饽，南北细点"八个大字。意思就是告诉您说，我们这儿能做满族、汉族、南方、北方，四种口味儿的点心。

满族点心跟汉族点心的造型、品种什么的都差不多。最不一样的地方，就是奶油下得重，再就是馅料里边，掺了好些碎的奶皮子。最后做出来的点心，吃到嘴里，奶香味儿特别足。

---

① 北京话，意为没见识的人或外行。

这奶，一喝就是老"凡尔赛"

老百姓喜欢喝奶茶，喜欢吃带奶香味儿的点心，那就得有人养奶牛，每天挤牛奶。现在有冰柜，有冷藏车，内蒙古草原上产的牛奶，冰冻着送到海南岛，照样挺新鲜，还能喝。以前不成啊，尤其是夏天，道稍微远点儿，牛奶就馊了。想喝牛奶，只能是就近养牛，就近挤奶，然后就近喝，图的就是个新鲜劲儿。

我小时候，想喝牛奶，每天早上，得去国营奶站排队。这东西还不是给钱就能买，也得凭证供应。比方说，您家里有油漆工，见天儿老鼓捣油漆、稀料伍的，算有害工种。单位发劳保福利，就可以给一个奶证，每天凭这个证，能买两瓶牛奶。买一次牛奶，售货员拿红铅笔，跟上头按日子打个钩，意思就是今天的定量已经买过了，不能再买了。

再就是小两口生小孩儿，大人、孩子临出院以前，医院发一个出生证。新当爹的老爷们儿，拿着出生证，去牛奶公司登记，然后再领一个奶证。每天凭证去国营奶站，可以买六瓶牛奶，正好够小孩儿喝一天的量。

一百多年以前，您要是想订牛奶，不能找牛奶公司，只能找奶茶铺。奶茶铺掌柜的，清早上起来，先挤奶。挤完了牛奶，装在那种白搪瓷罐子里，大概是一斤一罐的分量，然后跟现在的送奶工一样，挨家挨户地送。订的牛奶全送出去了，剩下的自己再加工，跟店里卖。

蒙古族那种咸口儿的奶茶，传到中原地区以后，实际没几个人喝得惯。老北京的奶茶铺，应名儿叫奶茶铺，冬天卖的都是热牛奶、热茶汤，再就是牛奶做的各种吃食。奶茶铺掌柜的，挨家挨户送完奶回来，把剩下的牛奶，哗啦，往大锅里一倒，见个开。

牛奶烧开了以后，打开锅盖一看，浮头漂着一整张奶皮子。奶皮子是牛奶里边的脂肪、油水儿，最精华的地方。每锅牛奶，最多能熬三次，揭三次皮。奶皮子越厚，说明奶的质量越好，奶越纯。揭完了三次皮，锅里剩下的奶，就是现在说的脱脂牛奶。

奶皮子晾干了以后，送到饽饽铺，可以掺到刚才说的，各种满族饽饽的馅里边。要是趁新鲜，跟奶茶铺里直接吃呢，就是老北京的一道传统小吃，叫奶卷。

奶卷，说到底，吃的是奶皮的滑溜劲儿，还有奶香味儿，里边裹着的馅不能太花哨，怕压住牛奶的本味儿。最地道的奶卷，只有芝麻和山楂两种馅。

刚从热牛奶上揭下来的奶皮，趁新鲜，铺在干净的屉布上，给它摊平喽，然后往上抹一层薄薄的馅。这层馅不能抹太多，抹得太多，一个是奶皮容易破，再一个是馅抹得太多，就把牛奶的香味儿给盖过去了。

奶皮抹完了馅，再往起卷。卷起来以后，切成大概三寸长的小段。两种馅，两掺着装盘。芝麻馅奶卷的茬口是黑白配，山楂馅奶卷的茬口是红白配。两种颜色，一个是纯甜口儿，一个是酸甜口儿。两掺着装盘，两掺着吃，好看，还解腻。

奶酪的冰与火之歌

奶茶铺冬天卖热牛奶、热茶汤，天一热，这些东西，就没人愿意吃了。所以每年开春以后，就得改行，卖奶酪。中国传统的奶酪，跟外国人吃的奶酪，名儿一样，实际是两种东西。外国人吃的奶酪，正名儿叫干酪，中国传统的奶酪，叫水酪。

做这种奶酪，是把凉凉了的熟牛奶盛到小碗里，撒点儿白糖，再兑上点儿米酒。兑米酒为的是让奶能凝住。这里边的原理，跟广州人吃的姜撞奶差不多。

搁了作料的牛奶，一小碗一小碗地码在专门的烤箱里。做奶酪的烤箱当间儿是空的，正好能放进去一个小炭盆。小炭盆放到烤箱里，把牛奶先烤一阵，然后撤出去，再放进去一条冰。让这条冰跟烤箱里边，自己慢慢化成水。这时候您再看，每个小碗里的牛奶就都凝住了，跟果冻一样。

老北京人管奶酪不叫奶酪，只叫一个字——酪。以前卖奶酪的人，都是春秋两季，下午三点来钟，推着小车，出来做买卖。小车上头搁着一个大保温桶，保温桶里边是一碗一碗做得了的奶酪，走街串巷，吆喝着卖。吆喝起来是这个味儿的："哎，喝酪儿啊！"

"喝"字咬音咬得轻，"酪"字呢，咬音咬得特别重，离远了，猛地一听，就是："酪儿啊！"

喝奶酪，正确的打开方式，是拿小勺，从上往下，一层一层地刮着吃。刮起最上头的一层，放到嘴里，稍微一抿，先是觉得挺凉，挺爽口，然后一股奶香味儿慢慢化开，一直渗到牙缝里。浮头的几层，刮着吃完了，再往下刮，米酒就渗出来了。奶香味儿里边，稍微多了那么点儿酒香味儿，吃到嘴里，跟刚才的口感又不一样。

有朋友问了，奶酪这东西，听着有点儿冷饮的意思，夏天吃，应该挺合适。为什么只卖春秋两季，三伏天不卖呢？

这事儿，刚才不就跟您说了吗？那时候没有冰箱，奶酪、奶卷这类的吃食，都是现做现吃，工夫稍微大一点儿，就化了，馊了。夏天太热，奶酪做出来，根本存不住。冬天倒是能存得住，问题是，天本来就够冷，奶酪又是凉的，做出来，谁吃呀？

所以说，以前的奶酪，都是当天做，当天卖，当天吃。卖剩下的，当天还得再加工。怎么个加工法儿呢？搁在锅里，拿大勺子来回翻，干爆。把奶酪里边的水分，都给它爆出去，弄成跟蒙古族奶豆腐差不多的东西。这种吃食，就叫酪干。

酪干临成形以前，有那么一段似干似不干的时候。这种似干似不干的酪干，给它揪成剂子，擀成皮，包上豆沙馅、山楂馅，搁在打月饼的模子里弄个造型。这就是明清两朝传下来的一道宫廷点心，叫奶饽饽。

奶茶马，骑大马

奶酪、奶卷、奶饽饽，都是挺麻烦的吃食，做的时候费工夫，还费牛奶，成本特别高。老式年间，能吃得起这些东西的主儿，兜里多少都得趁俩钱儿。

一九三几年以后，北京这边兵荒马乱，老百姓的日子越过越紧巴，奶茶铺的生意，也是越来越不好做。好像是 1940 年，北京最后一家奶茶铺，关张歇业了。这家奶茶铺的买卖字号，叫香薷轩，原先的门脸就在北京新街口护国寺那边。

话说到这儿，咱们翻回头，再说说开始的时候，聊过的那位奶茶马。奶茶马，大号叫马少臣，说起来，跟我还算半拉同行，最早是老天桥儿拉洋片的。后来多少挣了俩钱儿，就买了头奶牛，开了个奶茶铺，也是后院养牛，前边卖奶酪、奶卷、奶饽饽。

奶茶马做的东西地道，价钱要得也公道，知名度就越来越高。南京新街口有个中央商场，一九三几年那会儿，中央商场的经理特意找到奶茶马，跟他谈合作。说是反正北京的生意越来越不好做，人挪活，树挪死，要不您上南京这边发展发展？

奶茶马那时候跟北京混不下去，正没招儿呢，听经理那么一说，心眼儿一活泛，就去南京了。他先是跟南京新街口中央商场二层开了个奶茶铺，冬天卖热饮，夏天卖冷饮。后来利滚利，本钱越来越大，奶茶铺改涮肉馆。

再后来，涮肉馆又添了北京烤鸭，添了各种老北京的清真炒菜，成了南京有名儿的老字号，还跟上海开了好几个分号。江湖上喝号带花，叫"北京马大爷"。各位朋友，老家要是南京的，可能还知道这么句儿歌，说是"奶茶马，骑大马，跨过长江开羊肉馆"。

　　从涮羊肉聊到奶茶，聊到这个地步，我也就算把话头给您圆上啦。

老北京味儿

『走，上高台阶吃卤煮去。』

白肉

六月六，
老太太要吃煮白肉

关公过生日，也叫圣诞节

可能各位不知道，圣诞，这说法儿本身就是咱们中国人的说法儿，国外过的那个节，就是 12 月 24 号那个，叫"亏死摩丝（christmas）"。传到中国来以后，搞翻译的人找了个对应的说法儿，这才管它叫圣诞节。

圣诞节传进来以前，中国老百姓每年都得过好几回圣诞节。这事儿不是我瞎说，按字面理解，圣诞节，说白了不就是圣人做寿、过生日吗？比方说，孔圣人，孔子，是阴历八月二十七的生日。

所以您看那种老的月份牌，老皇历上头，到了阴历八月二十七这天，日期底下，特意就得拿小字注上，孔子圣诞。北京国子监的孔庙，山东曲阜的孔府，到了这天，都得给孔圣人过生日，祭孔。这叫秋祭，过去专门有这么个节日，私塾里边，连学生带先生，都放假。

再比方说，阴历三月初三，民间传说，王母娘娘过生日，换成文言的说法儿，那就是"西王母圣诞日"。阴历六月二十四，也是一位圣人的生日。哪位圣人呢？武圣人，关公，关夫子。

六月六，事儿挺多

老北京有个说法儿，六月六，煮白肉。那位说了，不对，六月六，应该是看谷秀。这个事儿吧，要说起来呢，就是一个地方，有一个地方的风俗，再就是每个地方的水土、气候也不一样，节令有早有晚。

比方说，北方种麦子，农村就有这么个说法儿，说是"六月六，吃新面"。农民把地里刚长成的麦子割下来，拿回家，烙饼、包饺子、擀面条。有的地方呢，习俗还特别点儿。六月六，新麦子做得了各种吃食以后，人不能着急吃，必须先给家里的狗吃。

为什么有这么个习俗呢？民间传说，地上本来不长粮食，现在您吃的各种粮食，原先都跟天上，王母娘娘她们家自留地里边长着。有这么一条神犬，看人间老百姓过的日子实在太苦啦，每天光吃菜，没粮食，吃得脑门都绿了。

神犬的心眼儿挺好，就飞到天上去，跑到王母娘娘她们家自留地里边，甭管稻子、麦子，还是老玉米，反正每样都偷了点儿籽儿，带到人间来。老百姓从此才开始种地，有粮食吃。直到现在，好多地方还有这么个风俗，每年新打下来的粮食，人不吃，先给家里的狗吃。为的是感谢神犬的恩情。

还有的地方，大概是养羊的多，人家的说法儿是"六月六，吃羊肉"。为什么非得在六月六这天吃羊肉呢？阴历六月初六，眼瞅就要入伏啦。以前老百姓家里没空调，没电扇，三伏天，热得吃不下饭去，苦夏。六月六这天，多吃点儿羊肉，提前先补补，给肚子打个底，为的是接下来这三四十天，身体能顶得住。

六月六，看谷秀，这是南方的说法儿。南方种的稻子多，稻子上长的带皮的大米，叫稻谷。看谷秀的意思，就是看稻子开花。一般来说，稻子应该是每年阴历六月开花，要不怎么有个说法儿，说是"六月稻花香"呢。

六月六，煮白肉，最早是从老北京的一首儿歌里边化过来的。什么儿歌呢？老太太歌，每句话，开头全拿老太太说事儿。从正月正，一直唱到十月十，词编得也不是特别讲理。小孩儿吗，您想，纯就是为了好玩儿，瞎胡闹，能押韵，节奏感强，就成。

唱这首儿歌，必须得是几个小孩儿，有男有女，有高有矮，有胖有瘦，站在自己家院门口，大门道里边，再不就是胡同口，老槐树底下。几个小孩儿看着来往的行人，人来疯，一边唱，一边拍着手，打着节奏，嗓子有粗有细，分出声部来，六月六这句就是"六月六，老太太爱吃煮白肉，烧着香，捻纸捻儿哎，茉莉茉莉花儿呀，穿纸莲呀，江心辣呀，海棠花儿呀，打花儿巴掌哎……"

六月六，煮白肉，也不是说就非得阴历六月六这天，上自由市场买块肉，回去做煮白肉吃。人家说的就是个泛指，大概进了阴历六月，尤其是阴历六月二十四前后，关公过生日这几天，全算。

关公也爱玩儿跨界

关公这神仙，说起来挺有意思。多数神仙，都是铁路警察各管一段，比方说，妇道人家，想求子，生儿子，您得去老娘娘庙，拴娃娃；农民种地，想风调雨顺，有个好收成，您得求龙王爷、土地爷，多开眼，多保佑；渔民开着船出海，想求平安，多捞几条鱼，那得求妈祖娘娘。

眼下年轻人还有个说法儿，说是想求什么，就得去什么庙。每个庙都专管一样东西，不能进错了庙门。比方说，高考以前，好些个家长，一般都是带着孩子去孔庙，给孔圣人烧烧香。

还有些家长，规矩不一样，讲究带着孩子去文殊菩萨的庙烧香。别的菩萨全不成，就认文殊菩萨。为什么呢？文殊菩萨，沾个"文"字，意思就是说有文化呀，尤其是写作文，最拿手。

北京香山，山根底下有个卧佛寺。这两年您看去吧，每到五六月份，毕业季，烧香的全是二十啷当岁的大姑娘、小伙子。大姑娘、小伙子烧香，为什么非就认准卧佛寺了呢？人家也有自己的一套解释。

在国外，尤其是说英语的国家，面试合格，单位打算录用您了，再不就是考试合格，学校打算录取您了。用他们的话说，就是同意给您个"欧佛（offer）"。"欧佛"，卧佛寺，您听着，是不是有点儿谐音的意思。所以现在二十啷当岁的大姑娘、小伙子，大学毕业，甭管找工作，考研，还是出国留学，都讲究去卧佛寺拜拜。

关公这位神仙呢，跟别的神仙不大一样，发展比较全面，一专多能，杂七杂八的事儿，都管，有点儿居委会主任的意思。比方说，您想求财，人家是武财神；家里边要是有病人，想早日康复，人家能保健康；真要说是家宅不宁，闹点儿什么，人家还管辟邪、镇宅。反正除了送子不管，别的事儿，关公多少好像都管点儿。

不光是这样，关公这位神仙呢，还跨界。咱们中国传统儒家文化里边，管关公叫关夫子。夫子，就是老师的意思呀。关夫子夜读《春秋》，跟孔夫子都平起平坐，平级关系，一文一武，两位圣人。传统道教里边，管关公叫关圣帝君。帝君，就是皇上的意思，比老师又高了好几个档次。就连印度传过来的佛教里边，关公也是地位特别高的一位护法伽蓝。

到了明朝，有个万历皇上，把关公的各项技能，拿的各种证书，给总结了一下，写了个简历，管他叫"三界伏魔大帝神威远镇天尊关圣帝君"。用《三国杀》的话说，那就是"界限突破关羽"，海陆空三栖神仙。

老北京人，特别讲究供关公。一百多年以前，北京城里边，有专家统计过，大大小小的关帝庙，拢共有一千多座。

最有名儿的，地安门西边，就是现在北海公园北门，什刹海边上那个位置，原先有座白马关帝庙。普天之下的关帝庙里边，关公骑的都是红马，那叫赤兔马。唯独地安门西边这座关帝庙，关公骑的是白马。为什么这地方的关公，非得骑白马呢？

我琢磨着，没准是汉朝那时候交通不好，早晚高峰，大马路上堵马，骑马上街也限号。按色儿分，比方说红马礼拜一不能走，白马礼拜二不能走，黑马礼拜三不能走。关公那天打算出门，一看月份牌，偏赶上红马限号，骑不出去。哥儿几个一串乎，内部调剂，把赵云的马给骑出来了。

我这就是跟您逗个乐，瞎胡说。白马关帝庙的关公为什么骑白马，中国民间，也有一套说法儿。传统评书里边专门有个小段，就叫白马关帝庙。回头您可以上网听听，我跟这儿就不多说了。

白肉好不好，主要看刀工

中国人过生日，最传统的，应该过三天。生日前一天，这叫暖寿，算预备阶段。正日子那天，叫做寿，正式过生日。过完了生日这天呢，没有正式的说法儿。不过按规矩，寿星老儿到了这天，就得掏钱摆酒席。家里条件再好点儿的，还得搭台唱戏。然后请头两天给他过生日的这帮亲戚朋友，过来吃，过来玩儿，算表示感谢的意思。

所以您看《红楼梦》里边，贾母过生日，头两天都是家里人凑份子，请她吃饭看戏。到了第三天呢，贾母也得出钱，再回请这些人。现在过生日，大伙得给寿星老儿送各种礼物，寿星老儿呢，最起码得请大伙吃顿饭，乐和乐和。说来说去，也是这个意思，讲究的是个人情份①往，有进有出。

关公是海陆空三栖的神仙，过生日，不能跟普通老百姓一样。虽说阴历六月二十四才是正日子，但人家的生日得从五月初九就开始过。全国各地的老百姓就得挑日子，去关帝庙烧香、上供。

尤其一百多年以前，八旗子弟每个月干拿工资，不上班，有的是闲工夫。那时候老北京旗人的规矩，是把阴历五月初五端午节，跟阴历六月二十四关公圣诞节，这两个小长假，给它连起来。前前后后，折腾将近两个月。一直折腾到阴历六月二十四这天正日子，家家户户煮白肉，祭关公，给关老爷做寿。

不光是关老爷过生日，以前祭祖、祭神，供桌上多数都可以摆一块煮白肉。清水煮整块的猪肉，里边什么作料都不放，煮到七八分熟，捞出来，装盘，上供。大伙该磕头的磕头，该烧香的烧香。

上完了供，撤下来，老话讲，那就是上供人吃，把这块白肉再加工加工，亲戚朋友，大伙聚在一块儿，连说带笑，高高兴兴，吃顿团圆饭。具体怎么个加工法儿呢？老北京有种传统的席面，叫白肉席。

白肉席，主要吃的就是上供撤下来的这块白肉。有的人家，自己不会弄，弄不好，或者说，懒得弄，所以那时候还有专业的白肉厨子。这路厨子，别的菜都不会做，一门儿灵，就做煮白肉，承办白肉席。有朋友问了，清水煮肉，还用得着请厨子专门做，是个人不就会吗？

这事儿您不能这么说。一样都是清水煮肉，具体煮到什么火候，这

---

① 指"出份子"，即亲朋好友之间婚丧嫁娶等方面的花费应酬。

就是门学问。煮得太嫩了，恨不得拿牙一咬，滋一脸血，那谁受得了呀。煮得太老了呢，肉就柴了，发硬，塞牙，不好吃。所以说，煮白肉，您甭看什么作料都不用放，单这个火候，掌握起来，就很微妙，只能凭经验。

煮白肉，煮到了火候，捞出来，凉凉了，还得切片呢。眼下好多饭馆，卖蒜泥白肉，蒜泥肘子，切的都是大片、大块儿，切得还特别厚实。传统的煮白肉，肉片切得必须得薄。具体薄到什么程度呢？

意思就跟东来顺切的羊肉片差不多，肉片铺在报纸上，能看见下边的字。非得薄到这个程度，肉片，尤其是肥肉、肉皮的部分，吃到嘴里才是脆的、筋道的，吃起来不腻人。

白肉切成片，大盘上桌。桌子上，得放一盘砸好了的蒜泥。必须是砸的蒜泥，您要是说图省事儿，拿刀切点儿蒜末穷对付，那不成。这么着的话，蒜的味道不能充分挥发出来。除了蒜泥，桌子上还得放一大罐酱油。吃的时候，个人按个人的口味儿，自己往自己的碗里倒酱油，盛蒜泥。搅和匀了，自己拿筷子夹白肉片，一片一片蘸着吃。

眼下饭馆吃蒜泥白肉、蒜泥肘子，有的图省事儿，作料往整盘子的肉上头一浇，直接就上桌。那么着的话，放在最底下的肉片，让作料腌的时间长了，一出汤，用北京话讲，腌得就趴架了，吃不出那个脆爽的口感。

吃白肉席，负责接待的人，行话叫知客、大了，他的作用很重要，心眼儿得活泛，眼观六路，耳听八方。看着这几位，肉吃得差不多了，几样东西，跟手就得端上桌。哪几样东西呢？一盆白米饭，一盘韭菜末，一盘香菜末，一盘碎的白肉末，一盘切成丝的酸菜，一小瓶胡椒面，外带一大壶煮白肉的原汤。

哪位要是说，肉吃够了，最后想再找补口饭，盖个盖儿，就可以拿刚才吃肉的那个作料碗，里边有剩的作料，本身就带咸淡味儿。就着这个作料碗，往里边放米饭、韭菜末、香菜末、白肉末、酸菜丝，适当再撒点儿胡椒面。

装着白肉汤的大壶，高高地举起来，滚烫的白肉汤，哗啦，往碗里一砸。然后拿筷子把各种东西搅和匀了，您就吃去吧，解饱、解馋，还解腻，原汤化原食。再讲究点儿的人家，还可以拿煮白肉的汤，配上切成大片的白肉，外带黄花、木耳、口蘑，弄个打卤面吃。

最传统、最标准的老北京打卤面，按规矩说，打卤不能用清水，就应该用煮白肉的原汤。所以也有这么种说法儿，打卤面的这个"打"，正字就应该写成大小的"大"。这个"大"，指的就是煮白肉。猪肉，您都知道，又叫大肉。

祭天吃白肉，那是谣传

提起煮白肉，好多朋友想起来的第一件事儿，肯定就是冬至，皇上祭天，吃煮白肉，不放盐。大臣们兜里揣着酱油泡的纸，借着纸上头的咸淡味儿吃肉。传统相声《豆腐侍郎》里边，不就这么说了吗?

香烟缭绕，鼓乐齐鸣。皇上主祭，百官陪祭，都站在圜丘台底下。台上边就站着黄津，黄桐呢，蹲在他身后面，小声说:

"仪程开始——"

黄津真不含糊，收小腹，抖丹田，喊了一嗓子:

"仪程开始——"

嚯! 这嗓子，声音洪亮，那个脆呀! 天坛不是有回音壁吗，这一声围着墙嗡嗡嗡，转了仨圈，绕回来还震耳朵呢!

皇上心想: 嗯，黄桐的嗓子不错呀! 合着台上是俩人，皇上愣没看出来! 那位问了: 怎么没看出来呢? 据我分析有三大原因: 是天色不亮，离台太远，皇上又是近视眼！哎，全赶一块儿啦！黄桐一看，头一句拿下来了，跟着说第二句："迎帝神——"

黄津一提嗓门：

"迎帝神——"

皇上一听，嘿，又长一个调儿！

这么说吧，前边几项，都挺顺当。可到吃祭肉这儿，出错啦。怎么哪？黄津是头回吃祭肉啊，又没预备酱肉汤泡过的纸，一嚼，白不呲咧。嗬，这份儿难吃啊，噗！他给吐了。

话说到这儿，您知道冬至天坛祭天的时候，皇上到底是跟什么地方待着吗？那位说了，这事儿难不住我，天坛那儿有祭天表演，电视上也老演。皇上，贵为天子，富有四海，祭天的时候，必定是站在圜丘的最高处，正中间那地方。

这个事儿吧，不光您说错了，电视上呢，也演错了。一百多年以前，有个叫苏珊·汤丽的英国大姐，她爷们儿是当时的英国驻华公使。这英国大姐跟着她爷们儿到北京来，前前后后住了两年多，没事儿净上慈禧他们家串门儿去。

人家回国以后，出了本书，那里边早就给您写清楚了。天坛那个圜丘，总共分三层。祭天的时候，最上头那层什么都不能有，就是空的。为什么是空的呢？因为这层是老天爷待的地方。

皇上再大，应名儿也叫天子，老天爷的儿子。儿子，怎么也不能大过爸爸去，是不是？所以祭天的时候，圜丘第一层都得空着，给老天爷留着。第二层呢，放的是各路神仙的牌位，再就是皇上他们家祖宗的牌位。

放这么些牌位，什么意思呢？现在好多人还有这么个习惯，凑饭局的时候，特意从亲戚朋友里边挑几个能说会道、酒量好的外场人帮着招待，省得吃饭的时候冷场。

皇上跟圜丘第二层摆好些牌位，也是这个意思。祭天上供，那就等于是请客，请老天爷吃饭。弄一堆祖宗、神仙过来，就是为了让他们陪着老天爷吃，热闹。

祭天的时候，皇上自己实际是站在圜丘的第三层，最下边。回头您可以查查《豆腐侍郎》的老本子，那里边白纸黑字也写着呢，说是"皇上主祭，百官陪祭，都站在圜丘台底下"。

祭天的时候，皇上站在圜丘的最底下，煮白肉呢，其实也不真吃。这里边的道理，您想想就能明白。冬至，那是滴水成冰的日子，尤其过去北京的冬天比现在还冷，动不动就零下二十来度。

煮白肉，摆在供桌上，用不了五分钟就冻冰了，冻住了。冻着冰碴儿的肉，别说半生不熟，什么作料都没有。就算是红烧肉、糖醋排骨，让您吃，您吃得下去吗？

所以祭天的时候，皇上吃肉，也不是真吃，人家是代表老天爷吃。拿着小刀，象征性地切下来一小块，揣在怀里，带回宫去，然后重新加工，弄个回锅肉，要么就是酸菜白肉，再吃。

那位说了，皇上怀里揣着块肉，回头弄得胸口那儿都是油，龙袍上头一块大油印，回去，娘娘还得给他洗衣服，人家不嫌烦呀？我刚才不就告诉您了吗，冬天冷，肉早就冻上了，揣在怀里也化不了。

这事儿不是我瞎说。清朝光绪年间，有位叫徐珂的读书人，写了本杂七杂八的书，叫《清稗类钞》。这本书里边就说了，说是"皇上祀天圜丘，所受福胙，必纳之怀，携回斋宫……北方隆寒，胙肉冰凌坚结，不至沾渍衮衣也"。

吃白肉，盐免费，酱油自备

清朝那会儿，不光冬至祭天煮白肉，紫禁城里边，其实每天都煮白肉，每天都上供。现在您去故宫参观，坤宁宫有三口大锅，就是煮白肉用的。一口锅正好能煮一头整猪，三口锅就是三头猪。

一百多年以前，北京城有两个猪肉市场。一个就是现在，前门大栅栏南边，珠市口。再一个就是东四西大街，现在人民文学出版社，中国美术馆那条街。东四西大街，直到 1965 年，地名都叫猪市大街，就是卖猪、宰猪的市场。

清朝的规矩，内务府每天都得从东四这儿，给宫里买三头猪。这三头猪，每天也是起五更，早早地去东华门那儿候着，排在上朝的文武大臣前头。东华门一开，猪先进，然后大臣们才能进。

猪进了紫禁城，先得宰，宰完了炖，煮白肉。白肉上完了供，撤下来，也是大伙分着吃，这叫散福。吃的时候，每人一块肉，外带一盘椒盐，御膳房直接按份，都给预备好了。每人一份，自己拿刀切肉，蘸着椒盐吃。

您要是觉得这么吃差点儿意思，想再来点儿酱油，那就得随身带几张酱油泡过的纸。这个属于自费项目，宫里不提供。为什么随身带酱油泡的纸，不直接带酱油呢？

它方便呀。您想，那时候也没有固体酱油。大臣上朝，太监上班，随身还揣着个酱油瓶子。回头赶寸了，再洒身上，弄一身酱油味儿。皇上一闻，还以为这位头天夜里上六必居偷酱疙瘩去了呢。

酱油纸，随便往身上一掖就成，用的时候也方便。所以清朝那会儿，大臣吃煮白肉，随身都带那么两张酱油纸。不光大臣带，皇上也带，这是全国都知道的秘密。就是图个方便，不是为了吃白肉的时候作弊用。

有朋友问了，俗话讲，无风不起浪，吃煮白肉不放盐这个事儿，传了这么多年，多少总得有点儿影儿吧？

这个事儿的影儿，确实有，就是稍微远点儿，得往满族在关外的时候说。关外，就是现在东北那疙瘩，好几百年以前，都是深山老林，多数地方离海都挺远。吃肉比吃盐容易。要不东北怎么有句老话，说是"棒打狍子瓢舀鱼，野鸡飞到饭锅里"呢。

那时候东北，肉比盐贱。谁家要是祭祖、祭神，煮白肉，按当时的规矩，大伙都能吃。哪怕是两姓旁人，路过，招呼都不用打，坐下就可以吃，不要钱。吃归吃，肉随便，盐，本主儿不提供。您要不就自己随身带点儿盐，要不就白嘴吃，这是您自己的事儿，人家管不着。

满族入关以后，盐就比肉便宜了，吃白肉的规矩就改成盐免费吃，酱油自备了。老百姓不明白这里边的事儿，越传越邪乎，越传越走褶儿。传来传去，就传出来吃白煮肉不放盐这么个说法儿，还一直传到了今天。

今儿聊白煮肉又聊了这么长时间。赶上关公圣诞节，您要是有空的话，也可以跟家煮块白肉。解解馋，过过嘴瘾，捎带手，也弘扬一下传统文化。

肥
肠

你是不是饿得慌？

景山给你熘肥肠

打北边来了个玄武大帝

聊肥肠，从哪儿开始聊呢？我小时候是北京市少年宫合唱队的，那会儿的北京市少年宫在景山公园北门那块儿，每礼拜参加活动，都得去那么两回……

那位说了，谦儿哥，先等等吧，说好了今儿聊肥肠，好嘛，您这一猛子扎到景山去了。景山跟肥肠儿挨着吗？横不能是景山公园门口有个卤煮店吧？

您别着急，听我慢慢聊。景山跟肥肠肯定能挨上，实在不成，愣捏，我也能给它捏咕上。

景山公园在故宫的北边，您注意啊，是北边。现在大伙去故宫参观，花钱买票，一是走午门，另一个走的一般都是故宫的北门，也就是神武门。神武门原先不叫神武门，叫玄武门。清朝的康熙皇上，大号叫爱新觉罗·玄烨。康熙皇上面南背北，登基坐殿以后，为了避圣讳，玄武门这才改了个名儿，叫神武门。

故宫的北门，为什么叫玄武门呢？太极生两仪，两仪生四象，四象生八卦，这话好多朋友都知道。两仪生四象的这个四象，按方位说，就是东青龙，西白虎，南朱雀，北玄武。

北方对应的是道教里边的一位神仙，叫玄武大帝，又叫真武大帝。湖北有个武当山，是全国有名的道教圣地。民间传说，武当山就是玄武大帝住的地方。

唐僧师徒四人，取经路上，走到小西天，误入小雷音寺，让弥勒佛手底下的黄眉童子给逮着了。孙猴儿打不过人家，到处搬兵求救，用北京话讲，这叫磕架。帮着孙猴儿磕架的这帮神仙里边，就有武当山的龟蛇二将。

景山公园在故宫的北边，跟神武门正好是门对门。话说 1978 年，咱们国家的卫星跟太空里边，拍了一套北京的照片。那时候卫星照相用的也是胶卷底片。胶卷从太空弄回来以后，先得送到暗房里边，拿显影水泡，把照片洗出来。

1978 年，中国刚有卫星没几年。照片洗出来以后，大伙都想看看新鲜。看着看着，就看出毛病来了。什么毛病呢？故宫北边，景山公园那块儿有个人脸，鼻子眉眼什么的都挺清楚，慈眉善目，乐吧唧儿、笑吧唧儿的，还挺喜兴。

科学家为这个事儿，后来专门开会研究了一下。一研究不要紧，又发现新问题了。敢情景山那地方，不光就是一张人脸，整个公园的布局，树呀，房子什么的，一组合，从天上看，就是一个盘腿打坐的老大爷。盘腿打坐的老大爷是谁呢？科学家拿着照片到处对，最后觉得特别像武当山的玄武大帝。

景山公园这个事儿，有的专家说，八成就是赶寸了。也有的专家说了，古人他就是特意这么干的，这叫地画，里边的东西深了去了，意思跟南美洲的纳斯卡线条图 ① 差不多。

两边掰扯来掰扯去，掰扯了小五十年，直到今天都没掰扯明白。从此留下一个"景山坐像"之谜。

论景山和肥肠的关系

那位说了，聊了半天景山公园和玄武大帝，肥肠呢？

您别着急，肥肠马上就来了。

民间传说，玄武大帝成仙得道以前是个杀猪的，成天价白刀子进去，红刀子出来。玉皇大帝手底下的 HR（人力）觉得这人还不错，打算挖他，就跟玄武大帝商量说："哥们儿，你这一身的本事，躺着不比谁短，站起来也不比谁矮。干这行的话，白瞎你这个人啦。要不这么着吧，你跳槽来我们公司，天宫集团，知道吧？银河系五百强。来我们公司，给你个部门经理干，五险一金，算年薪，每年还有一个月的带薪假！"

玄武大帝也是听人劝，吃饱饭，当时就放下屠刀，立地成佛。全天下的杀猪匠都觉得这位大哥算他们行业里边的精英，领军人物，就把玄武大帝当成了杀猪行的祖师爷。玄武大帝是阴历三月初三的生日，老式年间，杀猪匠到了这天，都得集体放假，歇业一天，去庙里给祖师爷烧香上供。

领导开会，做报告，一般都是讲三点。玄武大帝当了杀猪的祖师爷以后，也给这行人立了三条规矩。哪三条规矩呢？

第一条就是不能跟本主儿家里过夜，帮人家杀完了猪，甭管多晚，哪怕说天黑了，来不及往家赶，临时跟野地里忍一宿，也不能住在这头

---

① 纳斯卡线条图由一系列线条组成，图案以动物为主。

猪的本主儿家里。怕的是猪阴魂不散，回头夜里找你聊天儿来。

第二条，大概意思就是说，猪本来就是让人吃的一道菜，杀猪呢，为的是养家糊口，不算伤天害理。话虽这么说，杀猪的时候，必须得给猪一个痛快，不能虐待。能一刀解决的问题，就不能两刀解决。再就是，猪上路以前，必须得管它一顿饱饭，不能让人家空着肚子走。

第三条，杀猪是为了挣钱吃饭。猪拾掇完了以后，杀猪匠可以跟本主儿要钱，也可以要猪肚子里边的那套下水。猪下水拿回家，自己吃，可以；收拾干净，拿到市场上卖，也可以。规矩是，要钱就不能要下水；要下水，就不能要钱。反正不能两头都占着。

杀猪匠把猪下水拿回家以后，自己不动手，多数都是媳妇、孩子，再不就是家里的老人帮着拾掇。老百姓有这么句俗话，嫁给念书的，当娘子，嫁给杀猪的呢，翻肠子。这句话就是打这儿来的。

您看看，咱这天儿聊着聊着，不就从景山公园拐到肥肠上了吗？

肥肠是杀猪匠的福利

范进中举的故事，好多朋友在中学语文课上都学过。这故事里边有这么个桥段。范进他老丈人，姓胡，是个杀猪的屠户。范进中秀才了，胡屠户上门给姑爷贺喜，手里提搂的就是一挂猪大肠。

为什么提搂猪大肠呢？穷秀才，不值钱呀，犯不上给他下那么大的本儿。猪大肠对杀猪的来说，那算白来的东西，随便提搂一挂，送个顺水人情就得。没想到范进这哥们儿，黄鼠狼踩电门——他还抖起来了，中秀才没多少日子，又中了举人。

举人，用现在的话讲，含金量那可比秀才高多啦。胡屠户再给姑爷贺喜，手里提搂的才是正经猪肉。

小说《平凡的世界》里边还有这么个桥段，讲的是孙少平他哥哥孙少安，家里修了新窑洞。农民盖新房是大事儿，按老规矩，得摆席，请全村人吃饭。

正式吃席头一天，得请人过来，帮着跟院里搭棚，得杀猪宰羊，预备各种材料。那天中午，先得招待这些帮忙的人吃顿饭，北京郊区的农民管这顿饭叫落忙。落忙吃的就是拾掇出来的下水什么的，这些边边角角的东西。

孙少安挺讲哥们儿义气。家里盖房，杀了头猪，落忙那天，特意还得把弟弟叫过去，跟着一块儿吃猪下水。

直到现在，西南地区农村的好多地方，每年进了腊月，杀年猪，还有这么个规矩。杀猪那天，必须得请杀猪匠，再就是亲戚朋友，过来一块儿热闹热闹，吃刨汤。

西南地区农村杀年猪，吃的这个刨汤，就是拿自己家种的象牙白萝卜，切成核桃块儿，放在猪骨头熬的白汤里边，咕嘟得烂烂糊糊的。然后再把肠子、肺头、猪血这些零七八碎的下水，放到汤里边一块儿咕嘟。吃的时候，每人一大碗，热气腾腾。再配几个正经猪肉做的菜，配几个解腻的素菜。大伙喝酒，吃肉，连说带笑，热闹一天。

农民，家家户户差不多都养猪，腊月集中杀年猪，今儿跟你们家吃刨汤，明儿呢，就上我们家吃去。这么着，归了包齐，能连着热闹一个来月，天天吃肉，顿顿喝酒。

翠花，上酸菜

2001年，《东北一家人》跟电视上播得特别火。这家人姓牛，有个儿子叫牛小伟，三十出头，成天价还晃晃荡荡，干嘛嘛不灵，吃嘛嘛没够。

这哥们儿后来跟他们家属区院里开了个小饭馆，叫达达杀猪菜。达达杀猪菜里边有个女服务员，叫翠花。自打这部情景喜剧火了以后，广大人民群众拢共记住两句话，一句是"东北人都是活雷锋"，再一句就是"翠花，上酸菜"。

有那么段时间，赶上有那种特别没六儿的人下饭馆，跟女服务员打招呼，也不管人家到底姓什么、叫什么，全得招呼一句："翠花，上酸菜。"

《东北一家人》里边的那片红砖楼，是跟长春的一个老国营工厂取的景儿。现在您去长春那边溜达，满大街净是叫什么什么杀猪菜的小饭馆，就跟北京大街上绕世界都是卤煮店差不多。

没留神，被大黄打劫了

东北杀猪菜，讲究的也是去农村，过年的时候，现杀现吃，吃最新鲜的。杀猪匠一刀下去，这头猪嗷唠一声，就奔西方极乐世界去了。

东北那疙瘩冷呀，大块儿的猪肉从猪身上卸下来，腾腾腾，直冒热气。这种最新鲜的肉，不能马上就吃，还得埋在雪堆里边，稍微冷冻那么一会儿。这道手续，就相当于肉联厂的冷冻排酸。

排完了酸的猪肉，五花三层，大块儿，下锅就炖。整根的大棒骨，上头带着薄薄的一层肉，这叫贴骨肉，也是下锅炖。除了这两样东西，杀猪的时候，刀口下边得放一个大铝盆，为的是接流出来的猪血。新鲜的猪血，得稍微加点儿盐，为的是怕时间长了，猪血凝住，变成血豆腐。冒着热气的猪血，灌到收拾干净的猪肠子里边。猪肠子两边的口儿系严实了，往锅里一扔，见个开就熟了。这就是东北人最爱吃的猪血肠。

五花肉、大棒骨、血肠，煮熟了以后，捞出来。直接就是炖肉的原汤，往里边下酸菜丝。农村的大柴灶，硬劈柴，旺火，可劲儿咕嘟。咕嘟的时间越长，酸菜的味儿就越足。

酸菜咕嘟得火候够了，五花肉改刀，切成大厚片，再给它放回到锅里去。大棒骨，原封不动，放回去。猪血肠，现在您去东北风味儿的饭馆吃这道菜，多数都是跟吃普通肉肠一样，切成特别厚的大圆片，装盘，端上桌，蘸着作料吃，再不就是直接搁在酸菜白肉锅子里边。真正地道的东北农村吃法儿，猪血肠，应该是整根拿着，直接啃。

几个东北老爷们儿，围着炕桌，坐在火炕上头。左手端着大碗的高粱酒，右手举着整根的猪血肠，就跟大葱蘸酱的意思差不多。先把血肠伸到酱碗里边，蘸上蒜泥调的东北大酱。"咔嚓"一口，咬下去多半截，然后再咕嘟咕嘟，灌两口高粱酒。

按以前农村的规矩，老爷们儿喝酒，妇道、小孩儿都不能跟着上桌。小孩儿不能上桌，眼巴巴瞅着大人吃肉，他馋，怎么办呢？这时候，大棒骨就派上用场了。贴骨肉，最香。一人一根大骨头，手拿着，啃去吧，解馋，还解闷。

小孩儿啃大骨头，没有老老实实坐在那儿啃的，都得跟吃羊肉串似的，手里举着，吱哇乱叫，绕世界乱窜。跑几步，啃两下，跑几步，再啃两下。手上、腮帮子上全是油，蹭得衣服前胸油渍麻花，那也无所谓，反正回头再让妈给洗衣服呗。

跑着跑着，光顾了啃骨头了，脚底下没留神，一拌蒜，来了个狗吃屎。"啪叽"一声，一个大马趴，手里的骨头摔出去好几米远。小孩儿忍着疼，闪着泪花，咬着牙往起爬，奋不顾身，打算捡骨头去。

没想到看门的大黄狗跟旁边贼着他呢，贼了不是一会儿半会儿的了。这边骨头一撒手，往地上一扔，按狗的逻辑，这东西，你就算不要了。你不要了，我就赶紧得着吧。

只见这条狗，斜刺里，噌的一声蹿出来，二话不说，叼起骨头就跑。小孩儿眼瞅着自己嘴里的骨头让狗抢跑了，哪儿能答应呀，多少都得追两步，可是追也追不上。追到最后，狗叼着骨头，往黑灯影儿里边一扎，没事儿偷着乐去了。

小孩儿朝着狗失踪的方向，那是二目无神，茶呆呆发愣。发那么一会儿愣，浑身上下，这才觉出刚才摔大马趴的那个疼劲儿来。高喊一声"妈"，然后再"哇"的一声，把憋着的那点儿眼泪，给它哭出来。

东北老爷们儿，心都大。听见这动静儿，最多也就是举着血肠，端着酒碗，坐在火炕上头，隔着窗户吆喝一句："咋的啦?! 大年歇的，你号个啥?!"

当妈的心细，听见孩子哭，赶紧就得跑出来。宝儿呀，肉儿呀的，哄几句，把身上沾的雪末子，给他胡噜干净了，摔疼了的地方，揉两下。重新把锅盖掀起来，拣肉多的大骨头，再给捞一根。

小孩儿这才算多云转晴，屁颠儿屁颠儿，抹着眼泪，吸溜着鼻涕，啃着大骨头，跑了。

没肉的卤煮，就叫炖吊子

之前聊煮白肉的时候说过，清朝那会儿，紫禁城里边，见天儿得宰三头猪。宰完了以后，给它煮熟了，皇上吃煮白肉，也吃猪大肠。

清宫档案里边有本《膳底档》。《膳底档》，说白了就是清朝皇宫里边，皇上、娘娘每天吃饭的菜谱。御膳房的大师傅，炒菜以前，先得把菜单写出来，报上去，让皇上审批。皇上觉得可以，御膳房才能热油，葱花炝锅，开始炒菜。据说，《膳底档》里边写着，乾隆皇上特别爱吃炖吊子。

炖吊子，应该算是华北地区特别有名儿的一道吃食。老式年间，老北京卖卤煮的摊儿，捎带手，一般也都卖炖吊子。有朋友问了，炖吊子跟卤煮火烧都是酱汤炖猪下水，这两样吃食，本质上有什么区别呢?

这事儿简单呀，卤煮火烧有火烧，炖吊子里边没火烧。

那位说了，谦儿哥，您这纯粹是废话，跟我们逗咳嗽玩儿呢。吃卤煮火烧，还有不吃火烧光吃菜底的呢。我这么问你吧，炖吊子跟卤煮火烧的菜底有什么区别？

这事儿要想给它掰扯清楚了，也挺简单。

老北京卤煮火烧的根儿，按主流的说法儿，是清朝皇宫里边的苏造肉。苏造肉，指的是苏州口味儿的酱肉。下回再吃卤煮火烧的时候，您可以注意观察一下。卤煮火烧菜底的配料，大概就是肥肠、肺头、猪心、猪肝、炸豆腐这几样东西。

除了这几样东西，每碗卤煮火烧里边，必须还得有两片五花肉，大肥肉片。要是没这两片肥肉，那就不能算真正地道的老北京卤煮火烧。为什么呢？

咱们前边说了，卤煮火烧的根儿是苏造肉。所以甭管怎么着，碗里也得搁两片正经猪肉，算是应个景儿，不能全是猪下水。炖吊子呢？归了包齐，就是把卤煮火烧菜底里边的炸豆腐和五花肉，给它剔出去，一码全是猪下水，没有正经猪肉，等于是比卤煮火烧又降了一个档次，这就叫炖吊子。

话说到这儿，炖吊子为什么叫炖吊子呢？为什么不直接叫炖杂碎、炖肥肠呢？这事儿要是掰扯起来的话，那就得多绕几个弯了。

眼下南方农村有的地方，家里没有煤气灶，也不生炉子，直接就跟屋里弄个火塘，明火做饭。明火做饭的那个锅，不能跟煤气灶做饭的锅一样，坐在火眼儿上，只能是弄个架子，吊在火塘上头。

这种锅，锅沿儿上一般都带两个耳朵，耳朵上有眼儿，能穿链子，俗称就叫吊子。现在咱们用的砂锅，仿的是这种锅的款式，所以俗称也叫吊子。再往大了说，凡是砂锅这一类的锅呀，罐呀什么的，都可以叫吊子。

比方说，现在哪位家里要是有个病人，去医院看中医，吃中药。人家医院服务到家，可以代煎药。病人拿到手的就是熬得了的药汤子，袋装的，拿回家稍微加加热就能喝。

我小时候，喝中药，都得回家自己熬。熬中药，不能动铁器，必须用砂锅，再不就是用那种专门的药锅。这种药锅也是砂的，俗称药吊子。药吊子，还不是每家都有，一条胡同里边，大概也就是有那么两三家趁这玩意儿。

谁家要是有病人，打算熬中药喝，家大人就得支使孩子："去，麻利儿的，上界壁儿①二婶他们家，把药吊子借过来使使。见着那院的人，该张嘴的时候张嘴，别直眉瞪眼的，不知道叫人。回来的时候，留神脚底下，慢着点儿走。"

老北京炖肉，讲究用砂锅，觉得砂锅炖出来的肉，香。炖肉的砂锅，还不是说什么地方的都能用，必须用京西门头沟斋堂产的砂锅。京西门头沟自古就产煤，斋堂砂锅里边，掺的有煤矸石的碎末，最后烧出来的锅，是黑色的。俗称黑小子。

斋堂当地的农民，口音挺重，挑着扁担，进城卖砂锅，吆喝起来是这个味儿的："咿呀喝，傻（砂）……锅……"

老百姓指着砂锅说事儿，就管炖猪杂碎叫炖吊子了。那位说了，拐这么多弯，忒麻烦了，干吗不直接叫炖猪杂呀？

那时候的猪杂，便宜，不值钱呀，尤其是猪肠子，最贱。现在您去市场上看，猪身上的各种东西里边，就数猪肠子卖的价钱贵，动不动就好几十一斤。以前的情况正好反着，猪肠子最不值钱，最便宜。

就拿老北京炒肝儿来说，里边拢共有两样东西，猪肠子和猪肝。为什么非叫炒肝儿，不叫炒肠呢？那时候的肝比肠值钱。老王卖瓜，自卖自夸。卖东西的，都愿意把自己的东西往高了说。有肉，得摆在明面上，不能埋在饭里。后来虽说风水倒过来了，肠又比肝值钱了，但大伙

① 方言，指街坊邻居。

已经约定俗成，习惯成自然，也就没法儿再改了。

炖吊子版《扒马褂》

炖吊子，也是这么个道理。肥肠、肺头搁在小砂锅里边，文火慢炖，多搁蒜，臭香臭香的。肥肠放到嘴里，外头那层皮是筋道的，里边的肥油是软和的，一咬一滋油。肺头呢，一咬一爆浆，脆骨的地方，咯吱咯吱，嚼起来带响。

皇上就着大米饭，吃炖吊子。先捞干的，捞完了干的，再来个汤泡饭。搅和匀实了，筷子横扫，稀里呼噜，大口大口地往嘴里扒拉。吃得四脖子汗流，撂下饭碗，一抹嘴，打两个饱嗝，跟旁边站着的小太监，没话搭搁话："朕来问你，此乃何物？"

偏赶上小太监是个大实在人，说话不知道拐弯："启奏我主万岁，您吃的这是猪下水，御膳房今儿早上刚宰的。奴才亲眼得见，翻肠子的时候，那头猪还尸骨未寒哪，热乎的，嘿，那叫一个新鲜！"

您再看皇上，听完这几句话，脸当时就绿啦，俩眼一瞪，一拍龙书案："啊……嘟！无知奴才，内廷当差，出语焉能如此村野，什么肠子不肠子的?! 殿前武士何在?! 拉下去，重责四十！"

您说这顿打挨的，多冤哪。要是赶上小太监会说话，知道捧着皇上说，炖猪杂不叫炖猪杂，叫炖吊子，听着就那么高大上。皇上一高兴，没准把身上的黄马褂扒下来，当场就赏啦。

湘玉给你熘肥肠

十多年前有部大火的情景喜剧《武林外传》，里边有首《肥肠歌》，开头是这么唱的："你是不是饿得慌，你要是饿得慌，……湘玉给你熘肥肠。"

我小时候，吃食堂，吃国营饭馆，最实惠的荤菜，除了木樨肉，那就得说熘肝尖、熘肥肠，解馋，还不贵。

会吃的吃主儿，进了饭馆，就要一个熘肥肠，要二两酒，然后再要一碗白坯面。吃的时候，先拿肥肠下酒。酒喝得差不多了，把白坯面端起来，往盘子里一扣。熘肥肠容易出汤，汤多，正好就能拌面。要是觉得咸淡味儿不够，口儿轻点儿的话，桌子上还有免费的酱油、醋、辣椒、蒜瓣，自己随便招呼。酒足饭饱，也花不了一块钱。

九十年代初那会儿，山西太原大营盘，有当地的老百姓跟马路边上的夜市，摆摊卖各种小炒，外带米饭、面条之类的主食。

太原那边，开大货、跑长途的司机多。大货司机晚上没事儿，就愿意去夜市吃夜宵。有这么一位司机，口重，吃熘肥肠，再拿菜汤拌面条，觉得好像稍微差点儿意思，面条不大入味儿。就跟老板商量说："要不您受累，熘肥肠的时候，把面条也给我下到里边炒两下。"

老板呢，挺好说话，服务意识挺强，真就按他说的来了。这么着，慢慢就发明了一道太原风味儿的吃食，叫肥肠炒面。全中国的肥肠粉、肥肠面，差不多都带汤，跟打卤面、热汤面一个路数。唯独太原的肥肠炒面，不带汤，是把肥肠和面条放在一块儿干炒。这也可以算是蝎子拉屎——独一份。

嘎嘎

认真的嘎嘎们，
去嘎嘎胡同吃碗煮嘎嘎吧

这些日子，各路综艺节目办得挺火，网上、电视上，全播。我跟家闲得没事儿，也喜欢看。反正待着也是待着，看个热闹，解解闷呗。前两天看了个综艺节目，挺好玩儿，名字里有一个词叫"嘎嘎"。

这俩字，到底当怎么讲呢？老北京有这么个说法儿，歪毛儿、淘气、嘎杂子、琉璃球。这说法儿，往根儿上捯，可不算什么好话。大概意思就是说这人见天儿跟街面上惹是生非，招猫递狗，看见棵大树，也得跑过去连踹三脚。

郭老师他们老家，管这路人叫混混。您要是说这路人，头顶上生疮，脚指头上长脚气，胳肢窝里流脓——坏得都拐了弯了的话，他又没到这地步。可您要是说他算正经人、正经孩子的话，好像又没那么老实。所以您看小兵张嘎的小名儿为什么叫嘎子呢，意思就是说，这孩子跟一般的孩子不一样，淘，淘得都出了圈了。

转过天来，我还特意找身边年轻的朋友扫听了扫听，"嘎嘎"这俩字，到底当怎么讲呢？一扫听才知道，敢情我这儿又 out（跟不上潮流）了。

"嘎嘎们"这说法儿，其实是打英语里边化过来的。嘎嘎，形容的是人咧开嘴哈哈大笑时候的那个动静儿。比方说，您跟那儿戴着耳机听相声呢，郭老师抖包袱："我是个文史的专家……"

包袱响了，不由自主地，您就得乐出声来，想控制都控制不住。周围的人不知道怎么回事儿呀，有那好管闲事儿的，就得打听打听。一拍您的肩膀："哥们儿怎么啦？乐得嘎嘎的？昨儿晚上吃药没开灯吧？"

"嘎嘎"这俩字，眼下网上用得也挺多，具体怎么个用法呢？比方说，您那儿微信，正跟朋友聊天儿逗咳嗽呢。尤其是男青年跟女青年聊天儿，小伙子得变着法儿地想辙，逗人家姑娘高兴呀，也得抖包袱。

您这儿一个包袱过去，响了，姑娘就可以给您回复两个字：嘎嘎。意思就是说，你这包袱抖得好，有意思，我乐啦。要是回复"呵呵"呢？那就算完了，这包袱没响。

洋人说的"嘎嘎"，差不多也这路数。嘎嘎们（gagman），在英语里边的意思，大概就是搞笑艺人、段子手。要是按这标准说的话，我和郭老师都可以算嘎嘎，老嘎嘎。

一

刚才咱们说到《小兵张嘎》，里边有个胖翻译官，胖翻译官吃西瓜不给钱，嘴里还得骂街："别说吃你几个烂西瓜，老子跟城里下馆子也不给钱！"

从胖翻译官吃西瓜这儿，再往远点儿想，脑洞稍微开得再大点儿，我就想起来老北京的一道穷人吃食，叫煮嘎嘎。

煮嘎嘎，是个什么玩意儿呢？这话说起来，得是十多年以前了。郭老师出过一本书，里边有这么句话，说是六必居的酱菜，穆家寨的炒疙瘩。

穆家寨这馆子，原先就在北京老宣武区，琉璃厂南边，路东，有条小胡同，叫臧家桥。臧家桥稍微再往东走走，那地方特别有名儿，您都知道，就是郭老师成天惦记的地方，八大胡同。

民间传说，大概一百多年以前，臧家桥住着姓穆的娘儿俩。闺女没嫁人，没婆家。老太太呢，寡妇失业，老头儿走得早。等于就是老太太带着个大姑娘，娘儿俩相依为命。娘儿俩相依为命，得想办法找饭吃，不能光出不进呀。姓穆的这娘儿俩一合计，干脆开了个小饭馆，二荤铺，叫广福馆。

二荤铺，用现在的话说，就相当于快餐店，卖的都是简餐、家常菜、斤饼斤面，图的是方便实惠。姓穆的娘儿俩就是，开了个二荤铺，卖烙饼、卖面条，捎带手，再搭配着卖点儿家常的小菜。

话说有这么一天，生意不好，娘儿俩早上起来和了一大盆面，临到晚上关张，没卖出去多少。那时候老百姓家里没冰箱，没冰柜，和好了的面，三伏天，跟那儿搁一宿，它就坏了，弄不好就发起来了。

小本儿生意，赔不起，老太太急得要上吊。这么个褃节儿上，大姑娘的脑子活泛，有主意。人家把和好了的面，摊在案板上，擀平了，弄成个大厚片，拿刀切成一个手指头粗细宽窄的细条，然后用手揪，不能切。就跟包饺子，擀皮，揪剂子一样，纯用手，给它揪成一个一个的骰子块儿。

揪好的面疙瘩，下到煮面条的锅里，煮到半生不熟的程度，捞出来，过一遍凉水，然后找个阴凉地方搁着，第二天就不坏了。

面疙瘩放到第二天，虽说坏不了，可也没法儿再烙饼、擀面条了。还是姓穆的这大姑娘起飞智，已然这样了，干脆，我就把面疙瘩下锅炒炒，按扬州炒饭的路数来。

148

炒的时候配点儿肉丝，配点儿豆芽。面疙瘩下锅以后，多炒一会儿，拿锅铲来回勤翻着点儿。为的是让面疙瘩把菜的香味儿、肉的香味儿，全给吃进去，油水儿吸足着点儿。临出锅，再撒点儿韭菜段，一提味儿，然后您就吃去吧。

没想到这事儿歪打正着，面疙瘩炒出来，广大人民群众挺爱吃。这么着，娘儿俩从此就创出个牌子来，发明了一道新吃食，叫穆家寨的炒疙瘩。

二

话说到这儿，各位咂摸咂摸滋味儿，您觉得一百多年以前，臧家桥住着姓穆的娘儿俩发明炒疙瘩这件事儿，它能是真的吗？

我琢磨着，十有八九，不真。别的事儿都先搁旱岸上，咱们就光说一件事儿。眼下这季节，您剩碗米饭、剩个馒头搁在外边，不放冰箱，隔夜，弄不好都馊了。生面团放在那儿怕坏了，煮熟了，它就不坏了吗？好像更容易坏。

其实吧，炒疙瘩就是以前北方一种特别传统的穷人吃食，穷人乐。为什么这么说呢？因为它吃到肚子里，不容易消化。

眼下好多年轻人，尤其小姑娘，学洋人的范儿，早上起来不吃什么正经东西，喝杯奶、喝杯咖啡什么的，就上班去了。反正在写字楼里坐办公室，活动量也不大，坚持到中午再吃饭，没问题。

干体力劳动的不行呀。就拿搬家公司的工人来说，老北京管干这行的人叫扛大个儿的。大冰箱、大洗衣机，您看着都眼晕，人家呢，背起来就走，还能爬楼梯。真要是说，搬家工人也按白领的路数来，早上喝杯奶就上班，甭多喽，俩钟头，就得犯低血糖，撅在那儿。所以干体力劳动的人，饭量普遍都大，还愿意多吃点儿硬货。

一百多年以前，社会底层的穷人，愿意吃炒疙瘩，也是这么个道理。一样都是半斤面粉，做成龙须面，下锅煮得烂烂糊糊，好消化，没准一个钟头就又饿了。炒疙瘩呢，一个一个的死面疙瘩，外边还裹着油，吃到肚子里，且化不了呢，它搪时候呀。

所以那时候老北京好多面向社会底层老百姓的小饭馆，二荤铺，都卖炒疙瘩这道吃食。离开北京往西走，山西，有种吃食叫炒猫耳朵。再往西走，过了黄河，陕西，有种吃食叫炒麻什。从陕西再往西边走走，一直走到新疆，还有种吃食，叫炒面片子。说来说去，都跟老北京炒疙瘩的意思差不多，全是面团跟菜放在一块儿炒。好吃，解馋，还搪时候。

有朋友问了，一样都是面团跟菜放在一块儿炒，穆家寨的炒疙瘩凭什么这么有名儿呢？因为这地方离着琉璃厂近呀，每天逛琉璃厂的读书人多，知识分子多，全国各地哪儿的人都有。饭馆门口，见天儿戳着个大姑娘，跟那儿卖炒疙瘩，长得那叫一个漂亮，疙瘩西施。用现在的话讲，这叫网红带货。您想想，知名度能不高吗？

三

炒疙瘩，原先本身就算是穷人吃食，煮嘎嘎呢，比炒疙瘩还低着一档，算炒疙瘩里边的低配版，穷人乐里边的穷人乐。为什么这么说呢？炒疙瘩，再怎么说，也是白面做的。煮嘎嘎，白面就不能用了，得全改成棒子面。

棒子面做煮嘎嘎，也是先加水，和面。和好了的面，放在案板上，擀成大面饼。

刚才聊炒疙瘩的时候，我用了个字眼——揪。做炒疙瘩，一定得揪。揪的时候还得啪啪带响，这才算合格。您要是说我想偷点儿懒，不揪，直接拿刀切，也成。只不过就是切出来的面疙瘩，吃到嘴里，肯定不如揪出来的疙瘩那么筋道，那么弹牙。

棒子面的黏性没白面那么大，做煮嘎嘎，和面的时候，必须得用热水把它弄成半烫面，为的是多增加点儿黏性。饶是这么着，和好了的棒子面放在那儿，还是一碰就碎。不可能跟白面似的，直接那么揪疙瘩，只能是拿刀横竖一切，切成骰子块儿。

切得了的骰子块儿，不能直接下锅，还得找个面盆、笸箩什么的家伙什儿，里边撒上点儿干棒子面，然后把切得了的骰子块儿放进去，就跟摇元宵一样来回摇。一直得把棒子面的骰子块儿摇成两头尖、中间粗的枣核形。话说到这儿，煮嘎嘎为什么叫煮嘎嘎呢？

煮嘎嘎的嘎嘎，眼下您上网搜，多数写的都是综艺节目的"嘎嘎"，那两个字。实际上，煮嘎嘎的嘎嘎，正字应该是上头一个尖锐的"尖"，下边一个大小的"小"。这个字写出来是这样的：尜，也念"嘎"，在古汉语里边，形容的就是两头细，中间粗，圆咕隆咚，枣核形，那么个意思。

就拿抽陀螺来说，眼下还有不少朋友喜欢玩儿。北方好多地方，管抽陀螺，叫抽尜尜，也有叫抽汉奸的。抽陀螺为什么又叫抽尜尜呢？现在市面上卖的陀螺，多数都是一头尖、一头平，只能单面玩儿。真正传统的陀螺，是两头尖、枣核形的，正着倒着都能玩儿，所以那时候的人管这玩意儿叫尜尜。

再往远点儿说，北京东四，隆福大厦北边，有条胡同，叫协作胡同。五十年代以前，协作胡同就叫嘎嘎胡同。嘎嘎胡同这地名，具体当怎么讲呢？这事儿掰扯起来也简单，有机会您可以实地过去看看。

协作胡同这条胡同，有一东一西两个出口，胡同口儿特别窄。不了解情况的人，站在胡同口儿一看，还以为是条死胡同呢，根本不敢往里边走。实际真往里边走呢，那是越走越宽敞。整条胡同是枣核形的，两头窄，当间儿宽，所以叫嘎嘎胡同。

四

煮嘎嘎的"嘎嘎"这两个字，形容的也是棒子面和面，切的骰子块儿，甭管搁在面盆里，还是笸箩里，摇完了以后，出来的那个形状。有朋友问了，我省点事儿，不摇，成不成？真不成。

刚才咱们不是说了吗，棒子面比白面的黏性差，下锅以后容易碎。多这么一道摇的工序，为的是让面团更结实点儿，原理就跟摇元宵差不多。您要是说，我偷点儿懒，不摇，棒子面下锅，一见水，一开锅，慢慢就化了。回头您揭开锅盖一看，好家伙，煮嘎嘎没有了，全改棒子面粥了。

眼下好多朋友，自己跟家做炒疙瘩吃，也是想偷点儿懒，省一道工序。面疙瘩煮到半生不熟以后，不过凉水，捞出来，转手下锅就炒。这么着炒出来的疙瘩，吃到嘴里发黏、发酸。一盘炒疙瘩放在那儿，用不了多大会儿工夫，整个儿就粘在一块儿，改馒头啦。

炒疙瘩，临下锅炒以前，必须得过一遍凉水。这里边的道理，就跟吃面条一样。吃面条，有的朋友爱吃锅挑儿，热乎的。锅里煮的面条，拿筷子挑到碗里，不过水，甭管是炸酱还是打卤，浇上去一拌，直接就吃。

这种面条，吃到嘴里，多少都有点儿发黏，没那么爽口，不利落。您要是说，我想吃个爽口的、利落的，那必须就得过一遍凉水。这种吃法儿，唐朝那会儿就有，叫槐叶冷淘。

炒疙瘩、煮嘎嘎，过一遍凉水，也是这么个原理，为的是怕吃到嘴里发黏。摇好了的嘎嘎，先下锅煮，煮熟了的嘎嘎，拿笊篱捞出来，过凉水，然后您就可以按吃面条的路数来了。

讲究的，打个卤，炸个酱，往上头一浇，拌匀了，咔嚓咔嚓，咬着整条的黄瓜、整瓣的大蒜，那么一吃。要是再讲究点儿，也可以按炒疙瘩的路数来，配上肉和菜，下锅炒着吃，那就更香了。再不济弄点儿三合油、臭豆腐什么的拌拌，也成。

吃完了干货，还可以来碗煮嘎嘎的汤，相当于稀棒子面粥，热热乎乎，一溜缝，原汤化原食。

吃煮嘎嘎，最不讲究的吃法儿，那就可以按煮疙瘩汤，南方叫老鸦头的路数来。摇好了嘎嘎以后，直接下锅就煮，凉水都不用过了。煮之前，先拿热油、葱花炝个锅。煮的时候，按各家的条件，可以放点儿小虾米皮提个鲜，可以切两刀白菜，要是能放点儿肉、卧个荷包蛋的话，那就更好啦。

临出锅的时候，稍微再来点儿小磨香油，炸点儿辣椒油，撒点儿香菜末、胡椒面。尤其冬天的时候，盛这么一大碗，跟手里一端，热热乎乎，黏黏糊糊，主食、副食全有，有红、有绿、有黄、有白，连汤带菜，稀里呼噜，那么一吃。吃得四脖子汗流，脑门上起筋线，也挺过瘾。

五

煮嘎嘎，不光北京有，整个京津冀地区，再往远点儿说，河南、山东、东北，这么一大片地方，全有。不光拿棒子面能做，像什么高粱面、荞麦面这类的粗粮，也能做。

您要是去郭老师他们老家，天津，当地还有道特色小吃，就叫嘎嘎汤。老式年间，天津的好多有钱人，社会名流，隔三岔五，还特意去马路边上，找大排档、路边摊，弄碗嘎嘎汤喝。人家的说法儿是，大鱼大肉，见天儿吃，吃得都腻啦，来碗嘎嘎汤，爷换换口儿。

煮嘎嘎，我小时候还有个说法儿，管这玩意儿叫粗粮细做。怎么叫粗粮细做呢？贴饼子、棒子面窝头这类吃食，眼下都比白面大馒头值钱。过去正好反着，老百姓肚子里边的油水儿少，窝头、贴饼子，吃到嘴里，觉得拉嗓子眼，且咽不下去呢。

咽不下去，坚持着吃，也得吃，不吃，没别的呀。所以像我母亲、我姥姥这样的家庭妇女，就得想辙，多费点儿事儿，多费几道手续，想方设法，把粗粮往精细了做，尽量做得好吃点儿，让家里人愿意吃，吃得下去。

煮嘎嘎，您想，那里边又是油，又是盐，连汤带菜，怎么也比窝头、贴饼子吃着顺溜吧。所以过去的老百姓管这路吃食叫粗粮细做。

六

说起窝头、贴饼子，我就想起年轻的时候，身边的南方同学，去学校食堂吃饭，甭说窝头、贴饼子啦，看见白面大馒头都皱眉头，不愿意吃。唯独看见大米饭，觉得特别亲，跟过年似的。

南米北面，南方人愿意吃大米，北方的好多面食，到了南方，就全改成大米做的了。比方说，北方人吃面条，有吃炒面、焖面的，到了南方，广东、广西那边，人家就有炒河粉。北方人吃炒疙瘩、炒面片，南方江浙地区，老百姓过年讲究吃炒年糕，说到底，都是差不多的玩意儿。

从江浙地区顺着长江往西南方向走，云南、贵州那边，茶马古道沿线，有种特色吃食，叫炒饵块儿。炒饵块儿，说白了就是把老北京炒疙瘩里边的面疙瘩，换成年糕丁。最早发明这种吃食的，据说是跟茶马古道上来回溜达，做买卖的马帮。

马帮，您都知道，成天价跟大野地里边风餐露宿，想弄口热乎饭吃都不容易。逮着吃饭的机会，就得玩儿了命地吃，拣搪时候的吃，多吃点儿硬货。年糕那玩意儿比面疙瘩更不容易消化。

以前，茶马古道上做生意的马帮就是，早上起来生火做饭，弄一大碗炒饵块儿吃，把胃里边给它塞满了。这一顿饭吃下去，最起码能顶一个白天。再吃饭，那就等晚上再说了。

大米在各路粮食里边，得算最顶级的细粮。直到现在也是这么回事儿，您可以去超市看看，一样都是十斤的分量，大米比白面，往少了说，最起码得贵一倍的价钱。以前南方老百姓日子过得不富裕，吃大米的时候少，吃白薯的日子多，南方叫红薯、红苕、地瓜，也有好多粗粮细做的办法。

就拿江西龙南市来说，当地有种吃食叫凤眼珍珠汤。凤眼珍珠汤，本身不值钱，就是做起来挺麻烦。先得去地里刨白薯，白薯刨出来，拿到粉坊里边，加工成淀粉。

加工好了的淀粉，干面，您把它搁到竹子的筐箩里边，稍微溜上点儿清水，然后也是按摇嘎嘎、摇元宵的那个路数来。摇一会儿，停下，稍微再溜点儿水；摇一会儿，再溜点儿水……这么个流程，倒着班地来。

摇到最后，干的白薯淀粉，就变成一个一个鸡眼睛那么大的小圆球了，所以叫凤眼珍珠。小圆球摇好了以后，后头的工序跟煮嘎嘎汤的意思差不多。热油葱花炝锅，加水。水烧开了，下凤眼珍珠，下竹笋丁、鸡肉丁、香菇丁、荸荠丁，各种配料。临出锅的时候，再撒点儿胡椒面，来几滴答小磨香油。

话说清朝道光年间，龙南出了位进士，叫徐思庄。这个人后来就成了慈禧太后她爷们儿咸丰皇上的老师。

徐老师回老家探亲，琢磨着，得给学生捎点儿土特产回去呀。心里一合计，老家也没别的什么新鲜东西，唯独这个凤眼珍珠，北京没有。干脆，就托人给咸丰皇上背了一口袋过去。凤眼珍珠带到北京以后，紫禁城的御厨按龙南的做法儿，粗粮细做，给咸丰皇上熬了一锅凤眼珍珠汤。

　　咸丰皇上，成天价山珍海味，大鱼大肉，没吃过这玩意儿，觉得挺可口。喳喳喳，连干三大碗。喝完了汤，一抹嘴，一咂摸滋味儿，一伸大拇哥，说了句："高，实在是高！"

　　这么一来，龙南的凤眼珍珠就成了清朝皇上点着名儿要的贡品，那是年年进贡。回头要是有机会路过江西龙南市，别忘了来碗这个凤眼珍珠汤，尝尝鲜。

卤煮火烧

吃卤煮火烧，
还得学点儿外科手段

食堂还是编外的香

好多喜欢德云社、喜欢听相声的朋友都知道，我以前是北京戏校相声班的学员。北京戏校眼下还有，我小时候上课那老校区连地方都没动，就在陶然亭北门马路对面的胡同里。

那地方原先叫松柏庵，是个尼姑庵子。现在您去陶然亭北门那边的大马路上溜达，还能看见好多大姑娘、小伙子，穿着黑色的灯笼裤，白色的老头儿衫，腰里头煞着一巴掌宽的板儿带。那不用问，肯定是我们学校的校友。

眼下有这么个说法儿，说是一个大学能养活一条餐饮街。全国各地，甭管哪个大学，学校旁边都得有条美食街，大大小小全是饭馆，什么口味儿都有。最有名儿的，北大西门外头，人大南墙外边，那都是有名儿的饭馆街。

这路守着学校做买卖的饭馆，赚的是学生的钱，菜价定得比普通饭馆稍微都低那么一点儿，菜量给得也多，凭学生证还能打折。经济实惠，学生们都愿意去。

有的饭馆，一拨一拨的学生老去吃，长年累月，吃得都熟了，跟老板吃成朋友了，大伙就管这个饭馆叫自己学校的编外食堂。多少年以后，毕业了，四五十岁了，搞同学聚会的时候，还愿意去这个饭馆。

就拿北大来说，北大小南门外头，现在有个全聚德的分号。好多老北大毕业生应该还有印象，这个铺面，十来年以前，直到二〇〇几年那会儿，还叫长征饭庄。长征饭庄，再往早了说，叫长征食堂，是个老国营饭馆，卖的全是家常吃食，没什么特别的东西。

学校食堂，菜里边的油水儿少。学生五六点钟吃完了饭，上个晚自习，肚子里就又空了。食堂的大师傅，按时上下班，不做夜宵。北大的学生，下了晚自习，就拉帮结伙，去长征饭庄吃包子、饺子、炒饼、热汤面。花不了俩钱儿，吃得还挺饱，挺滋润。

北大那时候好像总共有六个食堂，北大学生就管这老国营饭馆叫学七食堂，算是北大的编外食堂。

北戏食堂小肠陈

我跟学员班学相声那会儿，北京戏校也有个编外食堂，就是您都知道的，现在卖卤煮火烧特别有名儿的小肠陈。

要说起来，小肠陈跟我们曲艺界还挺有缘分。清朝光绪年间，河北三河有位叫陈兆恩的农民，来北京做点儿小买卖，卖熏猪头肉、酱猪蹄子、卤猪下水。

干这行的人，做买卖的时候身上背着个木头柜子，里边装着各种熟食。柜子外头，刷着一层红漆，为的是跟卖清真熟食的有个区别。老北京管干这行的人叫背红柜子的。

社会最底层的穷人，早上出门干活，跟怀里揣块烙饼，揣个馒头、贴饼子什么的。等到中午吃饭的时候，找背红柜子的买点儿酱货，夹着吃，解饱，还解馋。要是兜里钱再富余点儿，那就可以跟烙火烧的摊儿上，买两个刚出炉的热火烧。热火烧夹凉肉，更好。

干粮夹酱货这个吃法儿，夏天吃，秋天吃，问题都不大。冬天吃，够呛。肉本身就是凉的，烙饼、烧饼什么的，跟怀里揣一个上午，也就凉了。就算是摊儿上买的热火烧，拿在手里，西北风一飕，也剩不下多少热乎气。

后来有群众就找姓陈的这位农民反映了，说是大冬天的，凉干粮夹凉肉，吃到嘴里，冰凉梆硬，还得顶着风吃，灌一肚子凉气，想喝口热水都没地方淘换去，实在受不了。这事儿不能老这么着，你得想辙。

姓陈的农民一合计，干脆，我把炖肉的锅搬街上去得了，让你们守着锅吃，吃热乎的。凡是到我这儿买酱货的，免费送肉汤，这叫买一送一。再后来，有的群众又反映了，说是就着热汤啃凉干粮，稍微还差点儿意思，要不您受累，把干粮搁锅里，也给我们咕嘟咕嘟。

这么着，一来二去，歪打正着，就发明了卤煮火烧。

嘎斯灯闪亮卤煮摊

现在好多卖夜宵的，都是堵着各种娱乐场所的门口做买卖。就拿我们德云社来说，十来年以前，门口有个摊煎饼的大哥，郭老师有事儿没事儿，老买人家的煎饼吃。后来听说，那大哥的买卖还做大了，发财了。

小肠陈当初走的也是这么个经营路线，专门守着相声园子、戏园子摆摊做买卖。每天后晌，天一擦黑，快掌灯的时候出摊。跟相声园子、戏园子门口搭上棚子，支上锅灶。大铁锅里边，肺头、肠子、五花肉、炸豆腐，配上大火烧，热气腾腾，那么一咕嘟。棚子顶上，还得挂一盏小嘎斯灯。

什么叫嘎斯灯呢？这种灯的学名叫电石灯，点的是乙炔气，就是现在工地上气焊用的那种乙炔气。中学化学课上您都学过，有种东西叫电石。电石遇见水以后，起化学反应，就能放出来乙炔气。乙炔气这玩意儿，沾火就着。

嘎斯灯，跟打火机的原理其实差不多。这种灯，说白了，就是一个大罐头盒，多数都是锡镴的。罐头盒打开盖儿，把电石装进去，再倒点儿水，就能起化学反应，往外冒乙炔气。罐头盒拧紧了盖儿，乙炔气顺着出气嘴喷出来，划根火柴一点，"噗"的一声，火就着起来了。

这种灯，最早是洋人发明的，晚清那会儿传到中国来，当时算是挺先进的洋玩意儿。英语里边，管气叫"嘎斯（gas）"，老百姓就管这种灯叫嘎斯灯。乙炔气，闻到鼻子里，有股臭味儿，所以这种灯又叫臭嘎斯灯。那时候，电灯，普通人家用不起，油灯又太费钱，亮度也不够。拉晚儿做买卖、摆摊做生意的人，摊儿上都得挂一盏小嘎斯灯。

卤煮这玩意儿跟榴梿差不多，喜欢吃的人，怎么闻，怎么香，不喜欢吃的人呢，怎么闻，怎么恶心。不到一百年以前，每天晚上九十点钟，广和楼、华北楼这些老戏园子散了场，演员、观众闹闹哄哄，你推我挤，从园子里边走出来，提鼻子一闻，就能闻见小肠陈的摊儿。

这帮人跟园子里边折腾一晚上，肚子早就空了，正是饿的时候。顺着味儿走过去，寻摸张板凳，一边往下落屁股，嘴里随着就得吆喝一声："掌柜的，来碗卤煮，多给切两刀肺头，多来口汤！"

听见这声吆喝，掌柜的也得答应一句："得嘞，您稍等。"嘴里答应着，煮的都吸饱了汤，用北京话讲，泡得都浮囊了的火烧，从热气腾腾的大铁锅里边捞出来，搁在木头菜墩子上，横竖几刀，剁成小块儿。

剁碎了的火烧，铺在大海碗底下。再从锅里把肺头、肠子、五花肉、炸豆腐这些配料捞出来，也是几刀，剁碎了，往火烧上头一盖。然后把大勺子抄起来，"哗啦"一声，浇一勺滚开滚开的卤煮汤。

剩下的像什么蒜汁、酱豆腐汁、香菜、辣椒这些个作料，都搁在小罐里，跟桌上摆着呢。掌柜的给您把卤煮端过去，您再按自己的口味儿，掂派①着放。

卖卤煮的摊儿，要是冬天做生意，灶旁边还得摆一个洋铁皮的小桶。桶里边装的是热水，热水里边泡的是一个一个的小瓷酒壶，壶里边有酒。

吃卤煮的人，要一大碗卤煮，再要一小壶热酒。守着煮卤煮的大铁锅，那么一坐。前后左右，全是大锅里边冒出来的白气，恨不得半条马路都雾气昭昭的。脑瓜顶上，半明不暗的小嘎斯灯，火苗呼呼摇摇。细一听，还能听见电石跟水反应，往外冒气的时候，那种"咝咝"的动静儿。

就着这个动静儿，趁热，先拿卤煮火烧浮头那层配料下酒。喝完了酒，吃火烧。吃完了火烧，撂下筷子，两只手把大碗捧起来，碗底朝天，咕咚咕咚，再来两口热汤，一溜缝。

放下大碗，伸手一抹脑门上的汗珠子，顺便再拿手背抹一把油嘴。站起来，摇摇晃晃，晕晕乎乎，打着饱嗝，往家溜达。捎带手，还得把刚才跟戏园子里听的那套活，再复习复习："我本是卧龙岗散淡的人，凭阴阳如反掌保定乾坤，先帝爷下南阳御驾三请，算就了汉家的业鼎足三分……"

---

① 方言，与掂量意思相同。

我在学员班吃卤煮的日子

1956年，公私合营，小肠陈的这几个摊儿，往一块儿归置了一下，成立了一个国营饭馆，叫燕新饭馆。那个饭馆的老门脸，离着北京戏校不远，就在北京老宣武区有条大街，叫南横街的马路南边。现在您听好多老北京人，拍着胸脯子撇着嘴说："哥们儿是老北京，打小儿就吃南横街的卤煮！"南横街的卤煮，指的就是小肠陈的这个门脸。

北京戏校那地方，原先是个尼姑庵，不知道是不是有什么关系，学校食堂那时候走的都是纯素路线，成天价就是白菜萝卜，萝卜白菜，油水儿特别少。戏校的学生都是十七八岁的大姑娘、小伙子，每天除了上课，还得练功。肚子里那点儿萝卜、白菜，稍微踢两下腿、打两个旋子，就没有啦。

南横街卤煮离学校近，卤煮火烧，便宜还解馋。戏校的学生，中午、晚上就背着老师，偷摸溜出去吃卤煮，把那地方当编外食堂。直到现在，好多梨园行的老前辈，提起南横街卤煮，都觉得特别有感情。

我进北京戏校学员班，是一九八几年的事儿。那时候跟南横街卤煮掌勺的，是咱们前边说的那位河北三河县农民陈兆恩的孙子，叫陈玉田。老爷子当年已经七十多、小八十的了，等于是从国营饭馆退休，又给返聘回去，发挥余热。

南横街卤煮的老门脸，地方不大，门口有好几级水泥浇的大高台阶，所以戏校的学生都管那儿叫高台阶卤煮。兜里有俩闲钱儿了，逮着闲工夫了，几个同学就拉帮结伙，说："走，上高台阶吃卤煮去。"

艺术类学校的学生，您都知道，一般就俩极端。精神的是真精神，寒碜的，那是真寒碜，反正辨识度都特别高。老去南横街吃卤煮，一来二去，跟陈老爷子就混熟了。老爷子一看是戏校的学生，熟脸，不用言语，主动就能给多来两刀肠子、肺头，多来勺汤。

苏州来的酱肉就叫苏造肉

说起卤煮火烧，眼下主流的说法儿，都得说这种北京小吃学的是乾隆那会儿的一道宫廷吃食，叫苏造肉。什么叫苏造肉呢？

苏州有个卖酱货特别有名儿的老字号，叫陆稿荐。乾隆下江南的时候，跟苏州那地方，热烙饼卷酱肘子，吃得挺美，顺嘴流油。吃美了以后，就下了道圣旨，特批人才进京，把一位叫张东官的苏州厨师调到紫禁城御膳房当差，专门负责给皇上做各种苏州口味儿的酱货。

张厨师是苏州人，他留下的那锅酱肉老汤就叫苏造汤。用这锅老汤酱出来的肉，就叫苏造肉。张厨师留下的那锅老汤，传来传去，慢慢地就从宫里传到民间了。一九二几年那会儿，什刹海荷花市场有一个卖苏造肉的摊儿最有名儿，老板姓冯，外号叫老嘎，原先跟御膳房当过差，干的就是做酱肉的活儿。

老嘎卖的苏造肉，是把火烧跟酱肉两样东西，放在一口大铁锅里边咕嘟。吃的时候，先捞出来一个火烧，拿刀把火烧破开，然后跟陕西肉夹馍似的，把酱肉切成大厚片，夹在火烧里边吃。

那位说了，他这火烧，跟肉汤里边咕嘟得油渍麻花的，吃的时候，我怎么下手呀？这没关系，老嘎早就想到您前头了。什刹海里边，现成的有鲜荷叶。您可以拿荷叶托着火烧吃，干净还环保。

话虽这么说，跟肉汤里边咕嘟了大半天的火烧，那可已经吸饱了汤了。饶是有荷叶托着，稍微不留神，"咔嚓"一口下去，就滋得到处都是，弄得衣服上全是油汤子。用现在的话讲，能吃出来爆浆的效果。

晚清那会儿，有本专门讲北京小吃的书，叫《燕都小食品杂咏》。书里边有四句话，说的就是吃苏造肉的这个西洋景儿："苏造肥鲜饱志馋，火烧汤渍肉来嵌。纵然饕餮人称腻，一肴膏油已满衫。"

吃保定早点，先得对暗号

民间传说，以前北京南城的老百姓，日子过得苦，吃不起正经肉。叫陈兆恩的这位河北农民，把苏造肉里边的五花肉换成猪下水，最后就发明了卤煮火烧。

卤煮火烧是低配版的五花肉，这个说法儿，听着挺有道理，实际可能不太靠谱。为什么这么说呢？因为河北本来就有跟卤煮火烧差不多的吃食，年头比苏造肉、卤煮火烧还都老得多，嘉庆皇上那会儿就有。

这事儿不是我瞎说。眼下您去保定那边，赶上饭点儿，就能看见好多人跟饭馆门口排大队。这帮人，进门以后，都得跟掌柜的吆喝一句："一罩二……二罩三……三罩五。"不知道的还以为是特务接头，对暗号呢。

保定人说的这套暗号，是当地的一种吃食，叫牛肉罩饼。牛肉罩饼，其实就是大锅的酱牛肉，连汤，跟炉子上咕嘟着。

吃的时候，先把整张的烙饼切成丝，铺在大海碗底下。整棵的大葱，二一添作五，拦腰一刀。光要葱白，不要葱叶。葱白切成细丝，吃的时候，先放到大勺子里边，下到炖牛肉的汤锅里，稍微焯一下。为的是断断生，去大葱的生葱味儿。

焯过一遍的葱丝，铺在饼丝上边，然后从锅里捞出来一块牛肉。这块牛肉，具体多少分量，吃主儿可以跟掌柜的现商量。保定人说的"一罩二……二罩三……三罩五"，指的就是饼和肉的比例。比如一罩二，意思就是说一两肉配二两饼。

酱牛肉切成大薄片，铺在葱丝上头。最后也是拿大汤勺，从炖牛肉的锅里，舀一勺滚开滚开的热汤，哗啦，往碗里一浇。这么一大碗，热气腾腾地端上桌，您还可以再按自己的口味儿，倒点儿醋，加点儿辣椒。吃的时候，一筷子下去，讲究是有饼丝，有葱丝，两种丝一块儿放在嘴里嚼。吃几口饼和葱，吃一片牛肉，再拿嘴贴着碗沿儿，转着圈，吸溜一口热汤。

话说到这儿，有朋友该问了，谦儿哥，牛肉罩饼，听着怎么有点儿西安羊肉泡馍的意思，这两种吃食，到底谁山寨的谁？我跟您说，这事儿真说不好，没准就是互相学习，互相借鉴。

自带酒水不叫事儿，自带干粮才是王道

直到八十年代初，全国各地的国营饭馆都有这么个传统，可以帮着加工烙饼。什么叫加工烙饼呢？那个年代的农民，普遍都不富裕。进城办事儿，舍不得花钱下饭馆，都是跟家提前烙两张饼，拿干净毛巾包上，揣在怀里，随身带着当干粮。

农民揣着这两张烙饼进了城，随便找个国营饭馆，跟服务员要碗白开水，再不就是后厨煮面条的那个热面汤，当稀的喝，坐在饭馆里边，就着烙饼吃。这个汤和水，根本就不要钱，白吃，吃完抹抹嘴就可以走。哪怕说再蹭饭馆两瓣蒜吃，倒人家点儿酱油、醋什么的，也不要钱。

您要是说，我兜里稍微有俩钱儿，想吃得滋润点儿。那就可以跟服务员说，把这两张饼给我加工加工，做个烩饼。

服务员把饼拿过去，交给大师傅。饭馆后厨都有调味儿用的高汤，大师傅把饼切成细丝，再配点儿白菜丝、虾米皮什么的，拿高汤一烩。出锅的时候，点几滴香油。农民连汤带饼，热热乎乎一吃，吃得挺舒服。最后多少给饭馆交两个加工费，经济实惠。

陕西那边小麦种得多，多少多少年以前，农民进城办事儿，带的一般都是锅盔、白吉馍这类的干粮。农民带着干粮进城，家里条件稍微好点儿的，吃饭的时候，就可以找个卖羊肉汤、羊杂汤的小饭摊，花钱买

碗汤。然后干粮是干粮，汤是汤，按水盆羊肉的路数吃。

有的农民，觉得凉饼子就热汤，吃着不顺溜。就把自己带的饼子弄碎了，泡在汤里边吃。卖羊肉汤、羊杂汤的这些个掌柜的，服务意识挺到位，主动就提出来了，说："老乡，干饼子，你这么泡泡就吃，里边泡不透，吃着不解气呀。要不这么着吧，你拿过来，搁锅里，我帮你咕嘟两下。"

再后来，有的掌柜的，服务更到位，干脆连白吉馍都提前给预备好了。这么着，慢慢地，就有了羊肉泡馍这么种吃食。

西安有羊肉泡馍，这个事儿，地球人差不多都知道，就算没去过西安也知道。西安当地还有种跟羊肉泡馍差不多的吃食，一般就只有地道的老西安人才知道。什么吃食呢？葫芦头泡馍。

葫芦头泡馍，是道汉民吃食，就是把羊肉泡馍的羊肉换成猪肠子。猪肠子归猪肠子，也不是说，这一整根猪肠子都能用。葫芦头，指的是猪大肠和小肠过渡的那段，学名叫盲肠。这截肠子，有两个拐弯，猛一看跟葫芦似的，所以俗称葫芦头。

大肠还是小肠，这是个问题

说到葫芦头泡馍，咱们翻回头，再说说卤煮火烧。这两年老北京的卤煮火烧挺流行，不光北京人吃，全国各地都有人吃，就连美国唐人街那边，都有卤煮店。吃了这么多年卤煮火烧，有个事儿，不知道您琢磨过没有？卖卤煮的小肠陈，为什么非得叫小肠陈呢？他怎么不叫大肠陈、盲肠陈呢？

有朋友说了，我就吃碗卤煮火烧，又不是上医院开刀动手术，还管它什么大肠、小肠？！

这事儿，真不是您想的这么简单。小肠陈，正名儿叫陈氏卤煮小肠。人家这买卖字号，明明白白就告诉您了，我们这卤煮火烧，用的纯是猪小肠，没有大肠。

话说到这儿，爱抬杠的朋友就该问了，既然有小肠陈，那有没有卤煮火烧专门用猪大肠的呢？

我跟您说，真有。眼下就在北新桥篦街那地方，有个小门脸，人家招牌上特意写了"卤煮大肠"四个字。

北京人，您甭看，明面上大大咧咧，都跟北京大爷似的那么个劲儿。实际呢，猪八戒喝磨刀水——有内秀，好多地方分得挺细。

就拿吃爆肚儿来说，一个羊肚儿能分出十来样东西，像什么肚仁儿、散丹、肚里儿，一样东西有一样东西的口感。老式年间，您要是进了爆肚儿店，张嘴跟掌柜的说："给我来盘爆肚儿。"那就算砂锅安把——怵勺了。

正确的打开方式，应该是二郎腿一跷，大嘴一撇，跟人家说："给我按规矩来。"

什么叫按规矩来呢？羊肚儿上分出来的这十来样东西，从口感上讲，有一个从硬到嫩的排序。人的牙口，肯定是越吃劲儿越小，越吃越累，吃东西的顺序就应该是先硬后软。按规矩来的意思，就是羊肚儿的这十来样东西，从硬到嫩，每样给我来一份。

做卤煮火烧，把大肠和小肠给它分清楚了，也是这么个意思。两种肠子，功能不一样，口感也不一样。大肠厚实，油重，脏器味儿也冲一点儿。小肠呢，薄，油少，味儿稍微小一点儿，吃到嘴里发脆，没大肠那么有韧性。

小肠陈当年都是守着相声园子、戏园子做买卖，主顾除了演员，就是观众。这样的人，兜里多少都趁俩钱儿，肚子里也有点儿油水儿，吃不惯猪大肠。所以人家卖卤煮，专门用的是猪小肠。

真正卖给社会最底层穷人吃的卤煮，就没这么讲究啦，油水儿越大，越不嫌大，用的是猪大肠。这么着，老北京的卤煮火烧，从此分成了两个门派。一个是卤煮小肠，再一个就是卤煮大肠。

　　今儿从卤煮火烧一直聊到大肠、小肠，也就只能聊到这份儿上了，再聊就该动手术了。咱们下回换个话题，接茬儿再聊。

毛豆

英式早点，
兔儿爷最爱

把不讲月饼进行到底

中国人每年要过中秋节，中秋节该讲点儿什么呢?

那位说，讲讲月饼，成不成?

我跟您说，不成! 郭老师有句名言，德云社的服务宗旨是不退票。咱们也可以定个规矩，八月十五不聊月饼，正月十五呢，不聊元宵。说不聊就不聊，甭管后面怎么着，就先定这么个规矩，看看到底能坚持多长时间。

有朋友问了，谦儿哥，这规矩可是你自己定的，我们没强迫。万一回头你没绷住劲，犯规矩了，怎么办?

那……用郭老师的话讲，我就犯了，你把我怎么着吧?!

这就是开头，扯两句闲话，咱们接茬儿聊中秋节的事儿。中秋节，不聊月饼，聊点儿什么呢？

老话讲，男不拜月，女不祭灶。老式年间，八月十五，给月亮磕头、上供的都是妇道，老爷们儿不能跟着瞎掺和。

中秋节晚上，吃完了团圆饭，家里的媳妇、闺女，外带老娘，这些妇女，刷完了碗，收拾完家伙什儿，就得跟院子里排摆香案。香案中间供的是月光码儿。什么叫月光码儿呢？就是黄表纸上印的一张老太太的画像。这老太太，正名儿叫月亮星君，又叫太阴星君，中国传统文化里边的月亮神。

那位说了，中国的月亮神，我知道，不是嫦娥吗？这事儿，您是只知其一，不知其二。嫦娥，跟月亮上头，最多只能算二把手，真正说了算、拿大主意的，是这老太太。

回头您可以翻翻《西游记》的原文，天竺降玉兔那回，玉兔精让孙悟空打得实在没辙了，就是这老太太带着嫦娥下界找孙猴儿和稀泥。孙悟空看见月亮星君，还得客气两句，打个问讯，跟人家说："老太阴，那里来的？老孙失回避了。"

意思就是说，我虽说是个猴儿吧，但也是个男猴儿。你呢，就算头发白了，满脸褶子，老太太了，那也是个女神仙。你是女，我是男，男女授受不亲，非亲非故，关系没近到那个地步，咱俩就不应该脸对脸，打照面。老话讲的男不拜月，也是这么个意思。

八月十五那天晚上，香案上除了供月光码儿，还得供两个兔儿爷，供几块月饼，供点儿应时当令的水果，外带一把鸡冠花、一把鲜毛豆。这个毛豆，不能是煮熟了的毛豆，纯就是生毛豆。就是把挂着豆角儿的黄豆枝子从黄豆地里边撅回来，跟鲜花似的，扎成小把，找个小瓶，插在里边，摆在供桌上。

中秋节给月亮上供，供桌上，为什么还得摆点儿鲜毛豆呢？刚才不是跟您说了吗，八月十五晚上，供桌上除了月光码儿，还得有俩兔儿爷。民间传说，兔儿爷最爱嗑毛豆。拜月的时候，供桌上摆点儿鲜毛豆，那就是给兔儿爷预备的，说到这儿，咱也顺便聊聊兔儿爷最喜欢吃的毛豆。

当毛豆遭遇茄子

花毛双拼，这是眼下好多朋友喝酒的时候，必点的一个酒菜，我也喜欢吃。尤其夏天，有的大排档特意还得挂个招牌，牌子上写着"老北京煮花生""老北京煮毛豆"。

"老北京煮毛豆"这说法儿，就跟现在您去前门大栅栏、什刹海、南锣鼓巷这些旅游区，绕世界全是什么老北京米线、老北京凉皮、老北京烤肠一样，纯属瞎掰。

为什么这么说呢？煮毛豆这种吃食，真正火起来，差不多也就是二〇〇几年以后的事儿。九十年代那会儿，吃的人都少。一百多年以前，带着皮的鲜毛豆，在北方，一般都是牲口饲料，喂驴、喂马用的东西。

兜里稍微有俩钱儿的人，要是说，今儿闲得没事儿，想喝两口。买不起特别高档的酒菜，最不济，也得弄几个五香花生豆，再不就是来盘带皮的煮花生，轻易不吃煮毛豆。

真要说吃毛豆的话，那也得把豆从豆角儿里边剥出来再吃。毛豆里边剥出来的那个豆，就是还没到十成熟的黄豆，颜色发青，又叫青豆。

之前聊花椒的时候，聊过一句老北京的炒麻豆腐。炒麻豆腐，炒的时候，讲究稍微放几个青豆。青豆的季节性特别强，过了这个村就没这个店了，所以现在炒麻豆腐里边放的那个豆，多数用的都是水泡的干黄豆。

鲜毛豆上市，差不多就是阴历八月份前后，夏末秋初这么个时间段。直到三十多年以前，那时候没有温室大棚，没有反季节种植，每年茄子上市，大概也是这个时间段。

毛豆和茄子，这两样东西凑到一块儿，就成了一道家常菜，叫毛豆烧茄子。全国各地这个季节，差不多都吃。

非油炸茄子，也挺好吃

茄子这种菜，用老北京的话讲，特别馋，吃油。所以茄子菜，哪怕说素烧茄子，不放肉，做出来要想好吃，必须也得多搁油。油越大，做出来的茄子吃到嘴里就越香。

三四十年以前，家家户户吃的油都是凭票供应，每人每月就半斤油，吃完就没了，必须得算计着吃。每年这个季节，您要是说，我想来个烧茄子、炸茄合。茄子好办，要多少有多少。唯独这个油，没地方淘换去。没有油，又想吃口烧茄子，老北京人实在没辙，就发明了一道时令小菜，叫"毒茄子"。

毒茄子，正名叫独咸茄，单独的"独"，咸味儿的"咸"。独咸茄，为什么叫独咸茄呢？以前有这么个说法儿，穷人想解馋，除了吃辣，就是吃盐。"独咸茄"这仨字，明明白白就告诉您了，这道菜里边没有油，光是盐，所以叫独咸茄。

独咸茄省油，就是费工夫。做这道菜，必须得提前一天准备。临动手以前，您还得看看天气预报。天气预报要是说，这两天全是大晴天，不下雨，不阴天，那没问题，您就动手做吧。要是说这两天有雨，桑拿天，那您只能先等两天再说。

长茄子太嫩，水分多，吃不出来口感，适合蒸茄泥凉拌。做独咸茄，必须得挑那种长老了的圆茄子。圆茄子洗干净，也不用讲究什么刀工，搁在案板上，按烧茄子的路数来，切成滚刀块儿。

切好了的茄子块，瓤朝上，皮朝下，码在包饺子用的那种盖帘儿上，然后搁在屋外头，在大太阳底下晾晒一天，直到晒得发蔫儿了为止。挺新鲜的茄子，为什么非得给它晒蔫乎了呢？

平常咱们做烧茄子，要想好吃，茄子块儿都得提前过一遍油，稍微炸一下。炸是为了让茄子脱水，再就是让油渗进去，给它炸得焦黄焦黄的，油水儿大一点儿。用科学的话说，这叫美拉德反应。炸到这个地步的茄子，接下来甭管是素烧还是炸茄合，都能吃出肉的口感来，不柴不涩。

以前的老百姓，家里没那么多油能用来炸茄子。把茄子切成块儿，放在大太阳底下晒，原理跟油炸差不多，为的就是让茄子脱水，改善口感。

晒蔫乎了的茄子，直接下锅，加水咕嘟就成，连炝锅的手续都可以省了。炖茄子的时候，按烧茄子的路数来，加酱油，加盐。您注意啊，盐得比平常稍微多放那么一点儿。独咸茄，盐要是放少了，口儿轻，就不好吃了。

锅开了以后，把事先剥好了的鲜毛豆，一小碗，给它倒进去，搅和匀了。然后大火改小火，慢慢㸆那个汁，让茄子和豆把滋味儿吸进去。临出锅的时候，重重的一把蒜末，撒进去，搅和匀了，茄子的香味儿，立马就出来了。茄子菜，要是不放点儿蒜末提味儿，怎么着也好吃不了。

茄子和黄豆跟锅里边小火慢㸆，㸆干了汁，㸆到都快有点儿煳了的时候，盛出来，找个大碗、小盆之类的家伙什儿，装在里边。浮头撒一层葱白丝。这时候，您再重新烧锅，炸点儿花椒油。要是能吃辣的话，炸花椒油的时候，里边还可以扔几个干辣椒段。

油烧得滚烫冒烟了，刺啦一声，匀匀实实，往葱丝上头一浇。老北京管这叫焌点儿花椒油，倒炝锅。浇完了花椒油以后，再撒一层湛青碧绿的香菜段，就算齐活。

独咸茄这道菜，您要是想当时做完了，马上就吃，趁热吃，甭管就大米饭，还是当浇头拌面条吃，都可以。放凉了以后，隔天再吃，更好，能下饭，也能下酒。

隔天再吃，茄子块儿嚼在嘴里，软里边多多少少还有点儿韧劲儿，滋味儿挺足，能吃出炸茄子的口感。毛豆跟菜汤里泡了一天，已经吸饱了滋味儿，就跟盐水豆的意思差不多。吃这种豆，大口大口往嘴里扒拉就没意思了，必须是拿筷子，从茄子堆里边，一个一个往外挑，一个一个搁在嘴里嚼。那是越嚼越香，越嚼越有味儿。

独咸茄，是以前的老百姓实在没辙，让日子给挤对出来的这么一道穷人吃食，穷人乐。现在大伙的日子过得都好了，翻回头再看，这道菜反倒还挺健康。为什么这么说呢？菜里边的油少，降血脂，能减肥。

黄豆面标配水蝎子

眼下超市里边，什么时候都有卖茄子的，独咸茄，一年四季都能吃。实在淘换不着鲜黄豆的话，跟炒麻豆腐似的，弄点儿水泡的干黄豆代替，也成。我看网上的小视频，有朋友搞了搞技术创新，往独咸茄里边放炒黄豆，就是天津人崩豆张的那个崩豆，口感好像还更丰富一点。

这法子，八成是打南方传过来的。南方好多地方都有这么个习惯，吃豆腐脑、吃面条的时候，跟里边稍微撒点儿炒黄豆。就拿贵州来说，贵州那边，吃菜讲究配蘸水。吃一种专门的菜，就得配一种专门的蘸水。贵州人吃的蘸水里边，好多也得撒点儿炒黄豆。

云南丽江有种吃食，叫黄豆面。黄豆面的那个面条，本身没什么太新鲜的地方，就是老北京打卤面、热汤面的意思，拌面的时候，碗里再撒一把炒黄豆。关键是人家吃面条配的那个小菜，挺特别。

老北京有句俏皮话儿，水蝎子——不怎么着（蜇）。水蝎子指的是蜻蜓的幼虫，学名叫水虿。

蜻蜓点水，这句话，您都知道。蜻蜓点水，说到底，是为了往水里甩子。蜻蜓甩子，变的幼虫，有鳃，平常跟水里猫着，能吃小鱼，吃蝌蚪，吃各种小虫子。长到一定时候，跟季鸟儿差不多，爬出水来，在岸边找块石头，找个草窠什么的，爬上去脱壳、蜕皮，长出翅膀来，变成大蜻蜓，就能满天飞。

这玩意儿长得跟蝎子有点儿像，看着挺唬人，实际没什么本事。拿在手里，不咬人，也不蜇人。所以老北京，借了个谐音，留下这么句俏皮话儿，水蝎子——不怎么着（蜇）。

丽江那边的老百姓，把水蝎子从河沟里捞出来，下油锅，炸得焦黄酥脆。吃黄豆面的时候，按规矩，就是一碗面条，配一小盘炸水蝎子，当地人叫炸水蜻蜓。

驴打滚是军粮

说起这个炒黄豆，传统评书《东汉演义》里边，有个大将军，叫马武。岑鹏、马武，跟《东汉演义》里边的角色，就相当于《大隋唐》里边的齐国远、李如归，都是丑角，专门负责搞笑。用现在时髦的话讲，这四个人都是嘎嘎们。

马武这人，历史上真有。老家是河南的，小时候搬到湖北那边去了，算多半拉南方人，平常吃饭也都是按南方的路数来。

现在您去北京昌平十三陵，十三陵长陵，就是明朝永乐皇上的坟头旁边，有个地方叫马武寨。民间传说，马武寨就是东汉那会儿，马武带兵驻守的地方。

东汉那会儿，昌平这边就算最前线了，老跟匈奴打仗，吃饭没准点儿。比方说那天正好是正月十五，中午饭点儿，食堂改善生活，吃煮元宵。马武站在军营里边，嘟嘟嘟，一吹哨儿。汉朝的兵丁们听见吹哨儿，都跑出来，集合，排队，唱着歌，端着饭盆，往食堂走。

就在这么个裉节儿上，军营外头，三声号炮，敢情是匈奴打过来了。军情紧急，您横不能说，我先去食堂，踏踏实实把元宵吃了，然后再打着饱嗝出去跟人家玩儿命去，是不是？那只能是撂下饭碗，抄起家伙，当时就走。

好不容易把这拨儿爷给糊弄走了，马武他们回到军营里边，集合，排队，唱着歌，端着饭盆，往食堂走。还是这么个裉节儿上，就听见军营外头，三声号炮，敢情是匈奴又打过来了。那就什么也别说啦，接茬儿照方抓药呗。

咱们长话短说啊，就这么个套路，来回折腾了六回。好不容易，匈奴彻底不来了。马武端着饭盆，带着大伙赶紧奔食堂，没想到走半道上，就让炊事班长给截住了。炊事班长报告说："将军，这元宵，要不，咱先甭吃啦。"

马武一听，火腾家伙就蹿上来了："凭什么呀?! 老子折腾一天了，想吃口顺溜的，还不成?! 今儿就今儿了，非吃元宵不可，别的不吃。"

炊事班长脸红脖子粗，急得来回直搓手，嘬牙花子："唉，将军，元宵不是我不给您吃。您说今儿这份折腾劲儿的，元宵打从中午就搁锅里边咕嘟着，老开锅。我们八个人轮着班续水都来不及。后来水都熬干了，元宵变锅贴啦。要不您凑合着，来俩锅贴？"

马武这顿锅贴吃的，真应了那句话了，老太太吃柿子——嘬瘪子。一边吃，一边骂街。第二天就发了个文件，改章程了。食堂每天早上起来，就把一天的饭全给做出来，人手一份，搁兜里揣着，随时打仗，随时吃饭，饿了就吃。食堂那天给大伙发的，就是一大块年糕，外带半斤炒黄豆。

有朋友问了，发干粮，干吗不发点儿馒头、咸菜呀？

刚才咱们不是说了吗，马武从小跟南方长大，算多半拉南方人，平常吃饭，也是南方口味儿。再就是说，年糕这玩意儿，它黏呀，不容易消化，吃到肚子里，比馒头搪时候。

没想到，新章程执行第一天，手下的兵丁就反映了，说将军，打仗，您给我们发块年糕，跟兜里揣着。那玩意儿，黏了巴叽，兜里有点儿土，有点儿头发、草棍什么的，一点儿没糟践，全糊年糕上了。脏还在其次，关键是这玩意儿，搁兜里容易，再想往外掏可就难啦。

再说这炒黄豆。嚼在嘴里，牙疼，腮帮子疼，那还是小问题。关键是战场上，没地方喝热水去呀。吃一肚子炒黄豆、凉年糕，咕咚咕咚，再灌两大碗凉水。好家伙，匈奴那边还以为我们是带着低音炮出来的呢，他们听得了，我们受不了。老这么着可不成，您赶紧想别的辙吧。

马武嚼了一天干黄豆，肚子里边，叽里咕噜，也不舒服。蹲在厕所里边，还真想出来一辙。干黄豆，我给它整个磨碎了，磨成豆面。新蒸得了的年糕，切成小块儿，包上豆馅，趁热，往豆面里边一扔，来回一骨碌。

来回一骨碌，年糕外头就裹上了一层豆面。这么着的话，年糕就没那么黏了，拿着、带着都挺方便。外头那层豆面呢，也挺香。吃年糕的同时，等于把炒黄豆也吃下去了，粗细搭配，营养平衡。老北京从此留下这么道小吃，驴打滚，又叫豆面年糕。

有朋友问了，谦儿哥，这事儿您说这么热闹，真的假的？我只能这么跟您说，反正现在您去十三陵那边，当地老百姓就是这么说的。

话说到这儿，驴打滚为什么叫驴打滚呢？家在农村，养过大牲口的朋友都有这么个经验：马、驴、骡子这类大牲口，一辈子差不多都是站着，睡觉也是站着。不会说跟人似的，天黑了，该睡觉了，夸嚓往那儿一躺，四仰八叉，呼噜就打上了。

特别是好马，甭管多累，晚上也是站着睡觉。要是说这匹马，好不秧儿的，突然就趴架了，卧槽了。那不用问，准是出毛病了。养马的，赶紧就得把兽医请过来，给它看看。

马、驴、骡子这类大牲口，一辈子老那么站着，平常要想放松放松，怎么办呢？以前农民带着牲口出去，干完一天的活儿，临回家以前，必须得找块干净的空地，让牲口跟上头自由自在地打几个滚。打完这几个滚以后，牲口浑身的肌肉就放松了，舒服啦。

地上不可能特别干净，尤其北方农村，全是黄土地，满地都是干土面儿。牲口跟地上打完了滚，浑身上下，沾的就全是黄土面子。所以牲口从地上站起来以后，还得摇头晃脑地抖搂抖搂，抖起一层烟来，把那层土面子给抖下去。

年糕往炒熟了的黄豆面里边一骨碌，裹上一层豆面，豆面还是黄色的，那不就跟驴、马这些牲口打滚的意思差不多吗？所以老北京的小吃，豆面年糕，又叫驴打滚。

半成品的半成品

黄豆跟北方一般都是配菜、配角。真正要想把这玩意儿当正菜吃，还得去南方。

湖南、湖北那边冬天有种吃食，叫腊八豆、霉豆子。湖南人吃的腊八豆，湖北人吃的霉豆子，意思其实都差不多。腊八豆、霉豆子呢，就是豆豉的半成品。

这种吃食，必须得等每年天凉了，立冬那天再做。干黄豆泡软了以后，下锅煮。黄豆煮熟了以后，给它捞出来凉凉了，然后搁在干净的布袋里边，让它长毛、发酵，就跟做黄酱、做豆豉的原理差不多。

煮熟了的黄豆出锅以后，煮豆子的原汤不能倒，必须得留下，搁在阴凉的地方存着，汤里边还得加点儿盐。

黄豆发酵个三四天就长出白毛来了。这种长了毛的黄豆，倒在干净的盆里，加上盐、姜末、花椒末，喷点儿白酒，给它搅和匀了。然后装在干净的坛子里边，再把当初煮黄豆的原汤倒进去。坛子盖上盖儿，封严实了，一直这么闷着，从立冬闷到腊八节，就可以吃了。所以湖南人管这种豆，叫腊八豆。

腊八豆是豆豉的半成品，有黄豆本来的香和甜，还有豆豉的鲜。从坛子里边抠出来一勺，直接拌米饭吃，就挺可口。要是当配料，再加工加工，炒个菜吃，那就更好啦。像什么腊八豆蒸腊肉、腊八豆炒鸭子，这些都是湖南人过年必吃的年菜。

憨豆先生爱吃茄汁黄豆

从湖南、湖北出发，顺着长江一直往东走，走到海边，上海有个罐头厂特别有名儿。梅林午餐肉、梅林沙丁鱼，这两种罐头，跟我岁数仿上仿下的人差不多都知道。

我小时候，学校组织活动，甭管春游还是秋游，谁包里要是能揣个午餐肉的罐头、沙丁鱼的罐头，那不用问，绝对是一等一的土豪。尤其是沙丁鱼罐头，沙丁鱼还在其次，关键是罐头里那个番茄汤。那个汤，带着鱼味儿，油汪汪，黏糊糊，酸甜口儿，拌米饭吃、蘸馒头吃都是一绝。

上海的罐头厂不光做茄汁沙丁鱼罐头，还做茄汁黄豆罐头。茄汁黄豆，说白了就是把茄汁沙丁鱼的鱼换成煮黄豆。这种吃食，最早是从洋人那边传过来的。

英国有个憨豆先生，您都知道。憨豆先生的那个豆（bean），指的其实就是黄豆。

在中国全国通行的早点，那得数豆浆配油条。最地道的英国早点呢？就是茄汁焗黄豆。勤快点儿的英国媳妇，都是头天晚上提前泡黄豆。第二天早上起来，再拿黄油、葱头、蒜末炝锅，新鲜的西红柿熬番茄酱，加点儿白葡萄酒、盐、糖什么的提味儿，然后把黄豆下进去，小火慢咕嘟。爷们儿起床以后，能吃口现做的早点，热乎的。

懒点儿的英国媳妇呢？超市里边也有现成的茄汁黄豆罐头，就跟上海产的罐头差不多。英国媳妇把这种罐头买回去，早上起来，打开盖儿，倒在碗里，跟微波炉里边转转，加加热就能吃。

英国人喜欢吃茄汁黄豆，当地老百姓还有这么个传说，后来让迪士尼拍成动画片了。这就是您都知道的《杰克和豆茎》的故事。《杰克和豆茎》里边说的那个豆，到底是黄豆，还是豌豆，眼下好像还没有准谱儿。

大概十来年以前吧，也不知道哪位高人受这故事启发，开始跟花卉市场卖一种魔豆。魔豆用的那个豆，学名叫红刀豆，又叫巴西豆，个头挺大。

个头大，豆瓣上就能提前拿激光刻上各种字。比方说刻上"中秋快乐"。回头豆子种到花盆里，豆苗长出来，上头就能看见"中秋快乐"这四个字。今年肯定来不及啦，明年中秋节，您就可以提前种这么两个豆，祝自己和身边的人节日快乐。

寻常滋味

有种故乡，
叫柿子红了。

炸
三
角

慈禧爱吃的炸三角，
怎么这么香

小白兔，白又白，
两只耳朵竖起来，
爱吃萝卜爱吃菜，
蹦蹦跳跳真可爱。

小白兔不吃胡萝卜

《小白兔》这首儿歌，最早也不知道是谁编的，好像自打中国有了
幼儿园以后，一代又一代的中国小孩儿，就差不多都会唱了。我小时候
上幼儿园，唱过。比我岁数再大点儿的 50 后，上幼儿园的时候，也唱
过。直到现在，小朋友够了岁数，上幼儿园小班，头天报到，阿姨教的
还是这首儿歌。

从 50 后到 00 后，好几代中国人唱来唱去，小白兔，白又白，爱吃萝卜爱吃菜。大伙的脑子里，最后就画出来个相互关联的圈，觉得小白兔最爱吃的就是胡萝卜。提起小白兔，脑子里马上想到的就是胡萝卜，提起胡萝卜，马上想到的就是小白兔。

好多地方还有这么个说法儿，小白兔的眼睛为什么是红的呢？就是因为爱吃胡萝卜。胡萝卜里边有胡萝卜素，胡萝卜素是红的，小白兔吃了以后，眼睛能上色儿。意思跟养热带鱼，平常多喂点儿红虫、小虾米什么的能上色儿，差不多。

其实吧，小白兔爱吃胡萝卜这个事儿，打根儿上说，纯粹就是编出来糊弄小孩儿玩儿的。为什么这么说呢？胡萝卜这类东西，水分、糖分的含量太高，纤维的含量少。抽冷子给小白兔吃一回，换换口儿，它吃得挺美、挺高兴。

真要是说让小白兔老吃胡萝卜，一天来二斤半，那就特别容易跑肚拉稀，没准就能把这只兔子的命给要了。所以说，您家里要是养兔子的话，主食还应该是草。胡萝卜、苹果之类的，十天半个月喂一回解解馋就成，不能往饱了吃。

伦敦上空的胡萝卜

传统评书里边有这么个说法儿，说是谁跟谁的智商，有高有低，不在一个段位上，俩人要是斗起心眼子来，那就如同老叟戏顽童。老百姓有句大白话，"人老奸，马老滑，兔子老了鹰难拿"，说的也是差不多的意思。

人就是这样，岁数越小，心眼儿就越少，别人随便说点儿什么话，都特容易当真的听。大人要是下着心地忽悠孩子，那也是一忽悠一个准，绝对没跑。就拿胡萝卜这事儿来说，我小时候还有这么个说法儿，眼下好像也没什么人提了。什么说法儿呢？

这两年市面上卖的胡萝卜，品种可能都改良了，味儿没有以前那么重。我小时候吃的胡萝卜，那是真有胡萝卜味儿，蹿鼻子。好多小孩儿不喜欢这个味儿，所以就不爱吃胡萝卜。赶上学校食堂吃炒三丁，肉丁、土豆丁全吃，唯独胡萝卜丁不吃，全挑出来单搁着，最后往泔水桶里一倒。

班主任要是看见了，马上就得嘟啷两句："那谁谁谁，你看看，全班三十多人，就你各色①，不吃胡萝卜！胡萝卜有营养，有胡萝卜素，能提高视力，知道吗?! 赶紧吃！"

"吃胡萝卜能提高视力"这个说法儿，现在三十岁往上的朋友，小时候应该都听家长、老师说过。三十岁往下的朋友呢，可能就没听说了。为什么没听过呢？因为前些年有专家研究出来了，说是这个说法儿跟小白兔爱吃胡萝卜一样，也是编的，纯就是忽悠人玩儿。

这事儿不是我瞎说。胡萝卜的原产于地中海地区。大概七百多年以前，这东西顺着丝绸之路，往东传到了中国。

现在一说吃西餐，大伙觉得肯定离不开胡萝卜、土豆、葱头这三样菜。实际呢，外国人吃胡萝卜比中国人晚得多。直到"二战"以前，胡萝卜在欧洲那边都是饲料，喂牲口的，没什么人吃。

二战打起来以后，兵荒马乱，实在没粮食吃啦，欧洲那边的老百姓，这才把胡萝卜从牲口嘴里抢过来，咔嚓咔嚓，自个儿啃。嘴里啃着胡萝卜，心里觉得不宣分，堵得慌，捎带手，还得甩两句闲咧子："什么呀，这是?! 是人吃的吗?!"

艺术来源于生活，1941 年，英国一个有名儿的广播电台把英国老百姓甩的这点儿闲咧子，归纳了一下，总结了一下，然后又升华了一

---

① 方言。意为性格孤僻，与人不好相处。文中此处指搞特殊。

下，编了段洋相声，叫《在战争之前，只有驴子才吃胡萝卜》。

老电影《伦敦上空的鹰》，好多朋友都看过。二战那会儿，英国的雷达，全世界最牛。德国想往英国那边打，当间儿隔着一条英吉利海峡过不去，只能派飞机从天上往下扔炸弹。多咱把英国人彻底炸服了，多咱算一站。

没想到，德国飞机过去一次就让英国飞机在半道上给截一次。再一再二，不能再三再四呀。自己这边的飞机老吃亏，德国人就得想辙，查查到底是什么原因。

英国人也挺对得起他们，特意成立了一个忽悠大队，每天旁的事儿不干，专门就负责编瞎话儿糊弄德国人。德国那边的特务派过来，调查自己的飞机为什么老吃亏，打从一进英国，人家就做好套儿等着他了。

德国特务进了英国以后，明面上看，周围全是普通过日子的老百姓。其实呢，男女老少，五行八作，全是忽悠大队扮演的。用拍电影的行话讲，提前编的本子，布的景儿。甭管溜达到什么地方，中心思想就一个——多吃胡萝卜。

比方说，德国特务溜达饿了，随便找个小饭馆，想打打尖。走进去，挑个空座坐下，英国店小二把菜单拿上来，德国特务接过去一看，丝熘片炒，焖熬咕嘟炖，全是胡萝卜，名副其实，那就叫胡萝卜开会。

要是溜达渴了呢，马路边上买根冰棍吃，胡萝卜味儿的，想买瓶汽水喝，还是胡萝卜味儿的。这哥们儿一赌气，全是胡萝卜味儿的，老子不喝啦！那边学校操场上有个水龙头，我喝凉水吧，撅尾巴馆，喝着痛快，还不要钱。英国的自来水，横不能也是胡萝卜味儿的吧？

这哥们儿一溜小跑，进了学校，抱着水龙头，咕咚咕咚，灌了个肚儿圆。直起腰，抬起头，一抹嘴，长吐一口气，觉得挺舒坦。没想到旁边教室，英国老师带着一帮学生正跟那儿上课呢："同学们，请跟我朗诵这篇课文，《吃胡萝卜，好处多》……"

皮裤套棉裤，必定有缘故。德国特务自从到了英国，那是一步一个萝卜坑，步步离不开胡萝卜，心里挺纳闷，他就得想辙扫听扫听。这事儿也是赶寸了，想什么，还就来什么。马路牙子上正好坐着个英国老大爷，右手一根胡萝卜，左手一个酒瓶子，喝得正带劲儿哪。用老北京的话讲，这叫胡萝卜就酒，嘎嘣脆。

德国特务装得跟没事儿人似的，溜溜达达走过去，皮笑肉不笑，冲着英国老大爷，一点头，一哈腰："哎我说，大爷，跟您打听打听。咱们这儿什么风俗，怎么都这么爱吃胡萝卜呀？"

再看英国老大爷，"咔嚓"一口胡萝卜，"滋喽"一口老伦敦二锅头，眼皮撩起来，撒摸这哥们儿一眼："怎么茬儿，爷们儿，这事儿你会不知道?!"

德国特务一听这口风，话里有话，肯定得捧着说，勾搭着老大爷说实话呀。"哦，大爷，您多原谅。我小地方来的，长这么大，没出过村。不如您老人家，经过，见过，知道的事儿多。要不，您受受累，让我长长见识，开开眼？"

没想到，老大爷还挺吃捧，几句话，就让他给说美了，又是"咔嚓"一口胡萝卜，"滋喽"一口二锅头。吃完，喝完，两只眼睛四下一寻摸，看看左右无人，压低了嗓门："爷们儿，您知道德国飞机，每次来咱们这儿，每次都吃亏，到底因为什么吗？"

"哦，因为什么呀？"

"我告诉你，就因为吃胡萝卜！"

"飞机是跟天上飞的，胡萝卜可是跟地里长的，这两件事儿，它挨着吗？大爷，您多辛苦，再给好好说说。"德国特务嘴上说着，手上客客气气，赶紧又给老大爷递了根烟卷。

老大爷把烟卷接过来，往耳朵上一夹，嘴一撇，脸一扬，脖子一梗梗："要不说你年轻哪！科学家研究啦，胡萝卜这玩意儿，含的胡萝卜素多。胡萝卜素，能明目。多吃胡萝卜，咱们飞行员的眼睛就亮。尤其是夜里，德国人看不见咱们，咱们呢，离着二里多地，就能看见他们。要不然，怎么回回都是他们吃亏哪?! 你今儿出门，保准是翻了皇历啦，能碰上我老人家。我们家二小子，就是飞行员。你要是换个人打听，他都未准知道!"

德国人，在各路老外里边，心眼儿实诚那是有名儿的。让英国人这么一忽悠，还就信了。信了怎么办呢? 那就玩儿命吃胡萝卜呗。别的国家一看，好嘛，德国人这么玩儿命吃胡萝卜，我们也不能输在起跑线上呀。你吃，我也吃，咱们赛赛，倒看看谁能吃。这么着，吃胡萝卜这股风，在欧美国家，就算刮起来了。

二战打完了以后，英国的那个忽悠大队，就散伙啦。撒了好些谎，造了好些谣，最后没人负责擦屁股。吃胡萝卜对眼睛有好处、能提高视力这个事儿，越传越邪乎，漂洋过海传到中国来，接茬儿又忽悠了咱们好几十年。

九十年代末那会儿，科学家重新又研究了研究，说是吃胡萝卜这个事儿，对眼睛多少还真有点儿好处。不过呢，最多也就是保证两只眼睛的视力原地踏步，不可能有提高。绝对不会说，原来是一点零的眼睛，咔嚓咔嚓，嚼两卡车胡萝卜，噌一家伙，当时就能蹿到一点五。那纯粹就是想瞎了心了，大白天撒癔症，说梦话。

甜蜜蜜，你像根胡萝卜

真要是较真说的话，中国人吃胡萝卜的年头，比外国人那可长得多。明朝有个李时珍，李大夫，写了本《本草纲目》。《本草纲目》里边，有这么句话，说是"生、熟皆可啖，兼果、蔬之用"。这句话，大概意思就是说，胡萝卜，生着吃，做熟了吃，都挺好；当菜吃，可以，当水果吃，也凑合。

李大夫的老家在湖北蕲春那边，算南方人。南方好多地方，过年的时候都有首儿歌，说是——

> 胡萝卜，抿抿甜，
> 看到看到就过年。
> 过年又好耍，
> 萝卜炖嘎嘎。

之前聊过一回老北京的炒嘎嘎。老北京的炒嘎嘎是拿棒子面做的，原先算是社会最底层老百姓吃的，穷人乐。南方说的这个嘎嘎，指的是肉。

眼下这日子口儿，南方老百姓过年吃的好多肉菜，里边多少都可以俏点儿胡萝卜。一盘菜端上桌，有荤有素，看着还红红火火，挺喜兴。就拿过年吃鱼来说，全国各地，百里不同风，十里不同俗，地方不一样，过年吃鱼的规矩也不一样。

有的地方，讲究年三十晚上拿活鱼上供，这条鱼还必须是鲤鱼。年三十上完供以后，转过天来，大年初一，全家人端着大木盆去河边，恭恭敬敬，把这条鱼再给放喽。为的是积积德，给自己攒点儿福报，新的一年，图个好运气。

有的地方，上完供的鱼从供桌上撤下来以后，全家还得吃。这叫散福，吃福根儿。吃归吃，吃的时候，也有规矩。比如说，您是年三十晚上吃的这条鱼。吃的时候，全家人都得可着一面动筷子，不能两面都吃。

三十晚上吃完年夜饭，拿筷子给这条鱼翻个身，没动过的那面朝上。离着老远，上眼一看，又是全须全尾儿^①的一条鱼。这半条鱼，按规矩，当时就不能再吃啦，必须找个阴凉的地方，先存着。从初一存到初五，也有一直存到正月十五的，然后全家人再吃，取的是年年有余的意思。

中国台湾地区，大年三十上供，也讲究给列祖列宗、各路神灵供一条鱼。台湾岛四面环海，潮气重，又是热带地区，生的鱼摆在那儿搁不住，容易坏。当地老百姓过年上供的这条鱼，都得提前搁到油锅里，使劲儿炸一遍，彻底给它炸干了、炸透了。炸透了以后，鱼身上的水分少了，保质期也就长了，摆在供桌上，不至于臭。

老话讲，心到神知，上供人吃。这条鱼甭管跟供桌上摆了多少天，最后还得落在人嘴里，归人吃。具体怎么个吃法儿呢？

上供摆了几天的鱼，撤下来以后，重新下油锅，再炸一遍，翻翻新。重新炸了一遍的鱼，装到盘里，浮头撒上点儿胡椒面，为的是去腥、提鲜。然后把胡萝卜、竹笋、金针菇、香菇、木耳，拢共五种材料，切成红、黑、青、白、黄五种颜色的细丝，按浇汁鱼的路数做一个酸甜口儿的糖醋汁，刺啦，往炸鱼身上一浇。

这道中国台湾版的浇汁鱼，正名儿叫五柳枝鱼。用当地老百姓的话说，过年吃五柳枝鱼，也有散福的意思，那是越吃越喜气。

五柳枝鱼为什么叫五柳枝鱼呢？这事儿掰扯起来，根儿又得往八九百年以前捯。中国糖醋鱼的老祖宗，往根儿上捯，那得说北宋年间，东京汴梁的宋五嫂鱼。

大宋朝分南北，泥马渡康王，宋高宗跑到临安当皇上以后，做糖醋鱼的这个宋五嫂，也就跟着一块儿跑过去啦。天长日久，东京汴梁的宋五嫂鱼，就变成了杭州有名儿的西湖醋鱼。清朝那会儿，杭州做西湖醋

---

① 方言。本指蛐蛐的须、尾完整无损，后泛指某一事物完好。

鱼最有名儿的馆子叫五柳居。

俗话说，人叫人，千声不语，货叫人，点手自来，酒香不怕巷子深。杭州的五柳居做的西湖醋鱼名气特别大，传来传去，一直往南传，最后就传到福建、台湾那边去了。

隔着好几千里地，当地老百姓也闹不明白这里边到底怎么回事儿，模模糊糊，听了个大概其，还有以为这道菜就叫五柳居哪。所以直到现在，福建的好多饭馆里，还有一道糖醋鱼，就叫"五柳居"。福建好多地方过年，必吃"五柳居"。

台湾地区离杭州，比福建更远一股节儿，老百姓说话的口音也更重一点儿，传来传去，传得更走褶儿，最后就传出来一个五柳枝鱼。五柳枝鱼，按字面上说，做鱼的时候，锅里就应该搁五根柳树枝。问题是柳树枝是苦的，搁在锅里容易串味儿，它不好吃。

当地的老百姓就想了个辙，跟鱼身上摆胡萝卜、竹笋、金针菇、香菇、木耳五种材料切的丝。五种丝，就代表五根柳树枝。这么着，歪打正着，以歪就斜，最后就发明了一道经典的台湾菜，叫五柳枝鱼。

等边三角形，油炸的最香

北方好些地方，过年吃胡萝卜，跟南方的路数正好反着，一般都是素的，吃的是胡萝卜的本味儿。

就拿老北京人来说，过年离不开"炸三素"。什么叫"炸三素"呢？就是油炸的胡萝卜素丸子，胡萝卜素馅的咯吱盒儿，再就是胡萝卜素馅的炸三角。三种吃食的名儿不一样，做的时候，归了包齐，都离不开胡萝卜、香菜、水疙瘩这三样东西。

就拿炸三角来说，分荤馅和素馅两种。荤馅的炸三角，用的是卤馅。什么叫卤馅呢？就是拿老母鸡吊的高汤拌的猪肉馅。

猪肉馅搁到高汤里边搅和匀了以后，给它冷冻一下。这么着的话，高汤跟肉馅就凝在一块儿，成了肉冻了。把这个肉冻切成丁，稍微俏点儿海米、韭菜末，包到面皮里边，下油锅炸。肉冻一受热，就重新化成汤了。吃的时候，能吃出来那种一咬一爆浆的效果。

清朝那会儿，正月这几天，皇上跟紫禁城过年，吃的就是韭菜猪肉馅的炸三角。慈禧太后寿活七十三岁，身子骨本来挺硬朗，也挺会保养，活个八九十岁那就跟白玩儿一样，为什么突然一下就"嘎嘣"了呢？

老北京有这么个说法儿，说慈禧这老太太，忒馋，吃什么都没够。七十多岁了，最爱吃炸三角，看见炸三角不要命。吃炸三角，还必须得吃肉多、馅大，一口咬下去顺嘴流油那种。用郭老师的话讲，这边吃着炸三角，那边枪毙她爸爸，都不心疼。

话说有这么一天夜里，老太后，好不秧儿的，想吃炸三角。一口气，噔噔噔，还就吃了十来个。七十多的人，吃这么油的东西，您想想，她受得了吗？结果当天晚上，睡着睡着觉，就开始跑肚拉稀。这一拉，还就没绷住劲，一泻千里，连着拉了十几天，最后活生生把人给折腾垮了。这个事儿，就是名副其实的为嘴伤人。

炸三角，破产也要吃

肉馅炸三角，算是各路炸三角里边的高档货。一百多年以前，要想吃这口儿，您只能下馆子。全北京做炸三角最有名儿的地方，在前门大栅栏，都一处。梨园行有位老先生叫王金璐，唱武生特别拿手。王先生年轻时候有个嗜好。什么嗜好呢？每回跟前门那边戏园子唱完了戏，散场出来，都得去都一处吃炸三角当夜宵。

素馅的炸三角，比肉三角低了好几个档次。老式年间，卖素三角，都是推着车、担着担，走街串巷。吆喝起来是这个味儿的："哎，三角哎，炸——焦！"吆喝到最后，强调的是"炸焦"的这个"焦"字，尾音拉得特别长。意思就是告诉您说，我这个炸三角，炸得焦，炸得酥，炸得脆，那是外焦里嫩。

做素馅的炸三角，讲究用的是北京特产的一种胡萝卜，叫鞭杆红。鞭杆红胡萝卜，粗细、长短都跟鞭子杆差不多，不是特别粗，也不是特别长。最小的鞭杆红胡萝卜，个头也就比花生大点儿有限。这种胡萝卜，您甭看个儿小，味儿可是特别足，含糖量也特别高，吃到嘴里嘎嘣脆，砸口儿甜。

眼下市面上卖的胡萝卜，多数都是橘红偏黄，那么个色儿。鞭杆红呢，红得发紫，差不多就是鞭子杆，再不就是老的葫芦、拐棍什么的，长年累月攥在手里，来回盘，最后盘出来了，盘红了，那么个色儿，所以叫鞭杆红。

鞭杆红胡萝卜，搁在擦床子上头，擦成细丝。大个儿的水疙瘩，搁在案板上，拿切菜刀，也给它切成细丝。

有朋友问了，胡萝卜和水疙瘩全是细丝，我省点儿事儿，都拿擦床子擦，再不就是都拿切菜刀切，成不成？

我跟您说，不成。为什么不成呢？您往后听，待会儿就明白啦。

肉三角里边包的是肉馅、鸡汤凝成的肉冻，素三角里边包的是焖子。什么叫焖子呢？就是拿白面、淀粉两掺，搁在锅里，加上水，打糨糊。糨糊打出来，彻底凉透了、凝住了以后，跟凉粉差不多，这叫焖子。

做出来的焖子，也是切成小丁，跟胡萝卜丝、疙瘩丝、葱花、香菜末掺和到一块儿，撒上熟芝麻、五香粉之类的作料，搅和成馅。包炸三角的皮，跟饺子皮差不多。就是包的时候，不能按饺子那么包，必须包成一个小号糖三角的造型，然后下锅油炸。

吃炸三角，最香、最过瘾的吃法儿，就是守着摊儿，挨着油锅，现包，现炸，现吃，直接吃锅挑儿。炸三角从油锅里边捞出来，焦黄焦黄的，刺啦刺啦，带着响，冒着泡，搁到盘子里，不能马上吃。先得拿筷子，扑哧，跟上头扎两个小眼儿，为的是放放里边的热气。别回头吃的时候，烫了舌头。

等到热气放得差不多了，再把炸三角夹起来，咔嚓，一口咬下去。外头的面皮就不用说啦，那是又脆又香。里头的胡萝卜丝，本身就嫩，水头足，又是拿擦床子擦的丝，特别细。搁到大油锅里使劲儿一炸，一受热，差不多就烂糊啦，变成胡萝卜泥了。吃到嘴里，那是又甜又面，稍微拿舌头一抿就能化开。

水疙瘩丝，本来就比胡萝卜丝硬，菜刀切的丝，再怎么着也比擦床子擦出来的丝粗。下油锅炸了一遍以后，水疙瘩丝还是脆生的，特别有嚼头。吃到嘴里，咸得有点儿杀口，不多不少，正好能解胡萝卜丝的甜腻。

胡萝卜丝又面又甜，水疙瘩丝又脆又咸，这是两个极端，两种口感。切成丁的焖子呢，夹在当间儿，软里边带点儿弹，弹里边带点儿软。细一品的话，还能呾摸出来葱花、香菜、五香粉、熟芝麻这些作料的香味儿。

一百多年以前，老北京人还有这么个说法儿，大街上的炸三角，轻易不能吃。为什么不能吃呢？吃这个东西，容易上瘾，就跟慈禧一样，吃一个，想两个，吃两个，想三个，兜里甭管有多少钱，最后都得老老实实，给人家撂下。平常抽冷子，吃一顿两顿，无所谓。要是老这么吃的话，贪贱吃穷人，早晚有一天，得把家里吃垮了。您就说，这个炸三角，它得有多勾人、多好吃吧。

所幸胡萝卜、水疙瘩什么的，眼下也不算什么值钱东西，都挺容易淘换。过年这两天，您要是得工夫，也可以应应景儿，自己跟家炸几个三角吃，肉的、素的都成。全家动手，守着热油锅，现包，现炸，现吃，直接吃锅挑儿，吃热乎的。

　　吃的时候，您也可以顺手拍两张照片，发到咱们的圈子里。大伙互相比比，看看谁炸的三角最地道，谁包的三角最像三角。

柿子

红事（柿）当头

南方的冷，才是真的冷

我先前顺嘴说过这么一句话："哪位要是发个评论说，谦儿哥聊得好，聊得有意思，一通聊下来，没嘣吧掉字，嘴也没瓢，那我这心里边就跟大冬天喝了凉柿子一样，透着那个痛快。"

没想到，有这么一位朋友，网名叫"轻于"，肯定是南方人，留了个言说："大冬天，热屋子里吃一个凉柿子，南方人表示体会不到。"

"大冬天喝了凉柿子"，这句话在北京也算是个固定说法儿。意思就是说办了什么事儿，或者听见别人说了什么话，心里头觉得特别痛快、特别敞亮。

这话说起来，差不多也就三十多年以前。那时候南北方还不兴互相串门儿旅游。好多北方人，真是，一辈子都不见得去过南方，对南方的那点儿印象，最多就是秋冬两季吃的香蕉、橘子，外带甘蔗。菠萝呢，鲜的也少见，多数都是糖水菠萝罐头。椰子根本看不见，平常也就是去商店，买两块椰子糖搁嘴里含着，过过瘾，解解馋，就得了。

马三立先生的经典段子《开粥厂》，那里边不就说了吗，八月十五吃月饼，特别好，怎么个好法儿呢？什变的，想什么馅，来什么馅。想吃白糖的，哗，一个大月饼，满变白糖的。掰下来一块，吃两口，腻了，心里又琢磨，还是枣泥的好吃，要不，来点儿枣泥的吧。再从月饼上掰下来一块，白糖没有了，满变枣泥。吃了两口枣泥，又腻了，听说南方有椰子。马三立先生这地方发音挺有意思，椰子不说椰子，得说"爷子"。"爷子"就"爷子"吧，还得是听说，都没亲眼见过。

那时候真是这样，好多南方人一想象北方，那就是千里冰封，万里雪飘，有那不讲卫生的人，随地吐痰，恨不得一口热痰从嘴里出来，掉在地上，"啪嗒"一声，冻得跟小石头子似的，这么冷。

北方人想南方呢？那就跟孙悟空过火焰山一样，穿着大背心、大裤衩就能过年，捎带手，还得扇着扇子。1988年央视春晚，赵丽蓉、游本昌两位老师演的小品《急诊》里边不就这么说的吗？

南方的爷爷，北方的姥姥，赛着疼孙子。游本昌老师演的南方爷爷说，你们北方条件不成，应该把孩子交给我，送到南方去。赵丽蓉老师演的北方姥姥就说："亲家公呀，不是我们不愿意送，就是你们南方忒热呀，尤其到了夏天，那热得跟火焰山似的，孙猴子都受不了，孩子去了，那还成？"

眼下网上不是有那么句话吗？不去南方，你永远不知道那地方冬天到底有多冷。最近这十来年，出远门旅游、工作的人越来越多，大伙这才发现，敢情南方的冬天比北方难受多了。

南方冬天的气温实际还是比北方高，多数都在零度左右，零上两三度那意思，零下的时候都少见。关键是屋里边没炉子，没暖气，屋里、屋外温度都差不多，潮气还特别重。

尤其是这个潮气，我去南方演出，住宾馆、招待所，有体会。别的不说，光那个被窝，永远都是半潮不干。往被窝里一钻，冰凉，人躺在里边，上下牙直打架，连哆嗦带吸凉气，被窝子且焐不热呢。

好不容易焐热了，天差不多亮了。大冬天的，怎么下定决心，排除万难，豁出去了，从热被窝里边钻出来。这事儿搁在南方，又是个事儿。

吃柿子，先得"拔"

北方不一样。甭管屋外头多冷，屋里边有炉子，有暖气。再往早了说，老式年间，还有火炕。最主要的是，北方冬天的气候干，不潮，没南方那么大的湿气。

哪怕说外头零下二三十度，北风那个吹，雪花那个飘，推门掀门帘子进屋，"噔"一家伙，一股热气迎面扑过来，能顶您一跟头。再赶上个大晴天，太阳特别足。您搬把椅子，怀里抱着一大把儿缸子。大把儿缸子里头，酽酽地沏着茉莉花茶，滚开的水，新沏的茶，又香又烫。守着烧得都红了的炉子，那么一坐。

沏茶用的烧水壶，就跟炉子上坐着，水烧得咕噜咕噜直响，壶嘴突突突往外冒白气。太阳透过窗户玻璃，斜着照进来。您要是仔细看的话，能看见阳光里边，有那种特别细的尘土，闪闪发亮，忽忽悠悠，来回飘。

家里养的老猫，跟炕上，拣个暖和的地方一趴，眯缝着眼，连晒太阳带打呼噜。您怀里揣着葫芦，甭管是蝈蝈，还是油葫芦，再"蝈蝈蝈悠悠悠"那么一叫唤。这小日子，借郭老师一句名言，活活美死！

北方冬天，屋里又干又暖和，待在里边舒服。真要是待的时间长了，人也受不了，燥得慌。眼下好多人家里没炉子了，烧暖气，也有这问题。特别是每年三月初，供暖季快结束那阵。外边的温度，高的时候已经十几度，小二十度了，屋里的暖气接茬儿还烧，不停。岁数大的老人，火力弱，觉得舒服。年轻人火力壮，真受不了，热得就想吃口凉的、喝口凉的，心里边才觉得痛快。

眼下您要是想吃冰棍、喝冷饮，哪怕说三九天呢，去超市就能买。过去没这个，直到九十年代初都是，每年只要入了秋，大街上慢慢就看不见卖冷饮的了。想吃，转过年来，立夏了再说。要是冬天想来口凉的痛快痛快，只有冻柿子。

冻柿子，冰凉梆硬，直接啃，也啃不动。冬天吃这玩意儿，有个专门的技术，得拿凉水拔一下。怎么个拔法儿呢？就是弄盆常温的凉水，把柿子泡在里边。水的温度高，柿子泡在里边，慢慢地就化冻了。

有朋友说，我想让它化得快点儿，来盆开水，成不成？不成，那么着，水太热，一下子就烫烂了。还有朋友说，弄盆凉水干什么，直接把冻柿子搁在屋里，热气一噓，它自己不就化了吗？这个偷懒的法子，实话跟您说，我还真试过，不灵。那么着的话，柿子确实能化，可里边的汤也跑了，最后就干巴巴一层皮，剩不下什么东西。

冻柿子搁在凉水里，泡大概二十分钟，半个小时，里边整个就化开了，跟新鲜的时候差不了太多。柿子外头呢，冻了一层冰壳。以前的老百姓，文化水平没那么高，不懂这里边的科学道理，以为是凉水把柿子里的冰，给"拔"出来了。所以就留下个说法儿，冬天吃冻柿子得拿凉水拔一下。眼下您去东北那疙瘩，当地人冬天吃冻梨，也是这个路数。

包着冰壳的柿子，从凉水里边捞出来，小心翼翼地把冰壳剥下去。这时候您再看化了冻的柿子，红彤彤，紧绷绷，颤颤巍巍，一兜水儿。外头那层柿子皮，用句文言讲，吹弹可破。

您把这么个柿子捧在手里，拿牙轻轻一咬，用嘴稍微那么一吸。一股柿子汤进到嘴里，又凉，又甜，又香，又爽口，还不用嚼。大冬天的，跟热屋子里猫着，连着喝这么两三个冻柿子，连胃都凉透了，那是真正的透心凉，透着就那么痛快。

这么着，老北京话里边，从此有了个算是固定说法儿，形容心里痛快，具体怎么个痛快法儿呢？就跟冬天喝了凉柿子一样。

冬天喝凉柿子，不光是为了图个嘴痛快。老北京民间传说，冬天喝凉柿子还能解毒，解冬天屋里生火烧煤，放出来的那个煤气的毒。清朝有个叫潘荣陛的读书人，写了本《帝京岁时经胜》，讲的都是明朝那会儿，北京的风土民情。《帝京岁时经胜》里有这么句话，说的是："盖柿出西山，大如碗，甘如蜜，冬月食之，可解炕煤毒气。"

满城尽吃柿子馍

盖柿，就是现在说的磨盘柿子。柿子这种水果，不分南北方，全国各地都有。稍微有点儿区别，也就是品种不一样，再就是形状不一样。就拿眼下中国产柿子最有名儿的地方陕西富平来说，当地人种的，多数都是牛心柿子。

2019 年，《长安十二时辰》带火了西安的火晶柿子。火晶柿子，老北京叫小火柿子，种得少。一般都是过去住四合院的老百姓，跟院子里种那么两三棵，主要是为了看，不为吃。

陕西关中平原那边的老百姓，以前有个约定俗成的规矩，家家户户房前屋后都得种几棵火晶柿子。一个是怕家里的妇女生小孩儿，生完了小孩儿，奶水不足。这时候，就可以让小孩儿喝几个火晶柿子，就相当于喝奶粉了。

再一个是防灾年，怕没粮食吃。陕西民间有个说法，柿子是木粮食。意思就是说柿子跟别的水果不一样，实在没辙的时候，能当粮食吃，救急。眼下您去西安城东边的临潼，当地老百姓有种吃食叫柿子馍，说白了就是拿火晶柿子的汤和面，烙的小面饼。

每年秋天，西安满大街都卖一种小吃，叫黄桂柿饼，跟临潼的柿子馍差不多。这种小吃，据说是唐朝末年，关中平原闹灾，粮食绝收，天下大乱。黄巢起义军走到临潼那边的时候，当地老百姓实在拿不出正经粮食，就男女老少齐上阵，烙柿子馍给起义军吃。

《满城尽带黄金甲》那电影，您都看过。黄巢打到长安城那会儿，正好赶上秋天，八月桂花香。黄巢他们手里拿着柿子馍，边走边吃，脑瓜顶上就是桂花树。一阵秋风吹过，金黄的桂花从树上掉下来，直接就掉在柿子馍上，等于是给柿子馍加了作料，吃起来更香了。西安从此留下这么一道季节性特别强的小吃，叫黄桂柿饼。

柿子的冤家是老太太

老北京吃柿子，真正讲究的，还得吃磨盘柿。个儿大，分量足，吃一个是一个，它解气呀。整个北方的规矩，差不多都是霜降那天开始摘柿子。柿子从树上摘下来，是涩的，当时不能吃，必须得放一阵子。

您要是说我嘴急，争分夺秒，非就得马上尝这个鲜，也有办法。什么办法呢？就是把柿子放到温水里泡几天，行话叫漤一下。漤出来的柿子，甜了，可还是硬的，吃的是个脆口儿。这时候，推着小车，挎着篮子，走街串巷卖柿子的，得这么吆喝："哎，赛倭瓜的大柿子，涩了管换啊！"

您听听，赛倭瓜的大柿子。人家说的"赛倭瓜"，跟侯宝林大师《叫卖图》抖的那个包袱，"哎，吃栗子吧，老倭瓜味儿的"，意思不一样。指的不是说这柿子吃到嘴里跟倭瓜一个味儿，那就卖不出去啦。人家的意思是说，我这柿子大，个儿赛过老倭瓜，您买回去，这把就算抄上了。

柿子从树上摘下来，放上两三个月，慢慢就软了。走街串巷卖柿子的，吆喝起来，后边那半句话不变，前边那半句得调整。吆喝起来是这样的："哎，喝了蜜的大柿子，涩了管换啊！"

喝了蜜的大柿子，这句话什么意思呢？前边聊冻柿子的时候，咱们就说了。吃软柿子的标准流程，是把柿子托在手里，轻轻拿牙咬个小口儿，然后嘴凑上去，一嗞，把柿子里边的甜汤，连带嚼起来咯吱咯吱的那个"小舌头"，全嗞到嘴里。柿子外头的那层皮，一般就不要了。这个吃柿子的流程，叫"喝了蜜"。

一百多年以前，老北京小孩儿有首歌谣，唱的就是这个喝了蜜的大柿子：

大柿子，圆又圆；

外头红来里头甜；

有爹有妈甜如蜜；

没爹没妈苦如黄连。

老北京还有句俏皮话儿，老太太吃柿子——嗞瘪，也是从"喝了蜜"这儿化过去的。什么叫"嗞瘪"呢？好多朋友都有这么个习惯，碰见为难着窄的事儿，爱嗞牙花子。比方说您正跟单位上着班呢，发小来电话了："那谁谁谁，您最近兜里宽敞吗，哥们儿这些日子，实在是罗锅儿上山——钱紧，要不咱们串乎串乎，你先借我俩仨的。"

这么个褃节儿上，您的内心，那必然是激烈的矛盾斗争。借吧，这钱十有八九，得是肉包子打狗；不借吧，那这朋友就算完啦。您跟这儿心里一纠结，脑门上一见汗，没说话之前，先得嗞几下牙花子："这事儿吧，这事儿……唉……是吧……"

回头您有空的时候，可以自己比画比画，嗞牙花子的同时，腮帮子肯定也得跟着往里边瘪。老太太岁数大了，天生的牙掉得都差不多了。过去的老人跟现在不一样，很少舍得花钱装假牙，牙掉了也就掉了。嘴里净是空堂儿，本来就瘪，再使劲儿一嗑柿子，更瘪。老北京从此留下这么句俏皮话儿，老太太吃柿子——嗑瘪。

那位说了，光老太太吃柿子嗑瘪，老大爷吃柿子，他就不瘪了吗？这事儿吧，您不能太较真。老北京的好多俏皮话儿，都是从老太太身上找辙，拿老大爷抖包袱的少。我琢磨着，没准是因为老太太比老大爷好欺负。

老大爷力气大，脾气也倔，惹急了他，胡子一撅，眼一瞪，弄不好真拿拐棍抢你。老太太普遍都慈祥，脾气好。再者说，以前的老太太都是小脚，跑不动。真要是说惹急了眼，您赶紧跑就完了，老太太指定追不上。要不怎么还有句俏皮话儿，老太太吃柿子——专拣软的捏呢。

我这就是顺嘴胡说，您一听一乐，不能当真。老年人，咱们什么时候，都得多尊重。尤其老北京，特别讲究这个规矩，得尊敬老人。

有种故乡，叫柿子红了

吃柿子，拣软的捏。直到现在，我也有这个爱好。每年秋天，十月底十一月初，大兴，我马场那边的农民赶集，就开始卖自己家树上摘的柿子了。花个三四十块钱，能买半麻袋。柿子买回去，跟窗台上，横竖成排，码整齐了。剩下的事儿，用句文艺点儿的话说，那就交给时间吧。每天挨个儿盘一遍，哪个软了就吃哪个。

再往早了说，我小时候住胡同大杂院那会儿，好多人家秋天都不用花钱买柿子，自己院里边有柿子树，到日子就能摘。之前咱们说过老北京跟院里种树，讲究挺多，不是什么树都能种。

普通的树，讲究是前不栽桑，后不栽柳，当间儿不栽鬼拍手。什么叫鬼拍手呢？就是杨树。杨树的叶子多、叶子大，稍微有点儿风就哗啦哗啦响。老百姓管这叫鬼拍手，说是能把鬼给招来，不能往院子里种。

果树呢，也有讲究。梨树不能种，这您都知道，占个"离"字。桃树，也不能种。有朋友问了，桃树不是辟邪的吗，好多人还特意花钱买桃木剑呢，怎么就不能往院里种了？

这事您得这么想。桃树要真能辟邪，那也是因为它本身自带仙气，能成精作怪。回头您跟院里种棵桃树，别的邪是都给辟走了，最后剩下这位大爷，怎么办？那不成了前门驱虎，后门招狼了吗？所以说桃树，轻易也不能往院里种。

真正有资格能往院里种的果树，都得有吉祥寓意。比如说苹果树，平平安安。枣树，早利子。核桃树，和和美美。石榴树，多子多福。柿子树，事事如意。院里种的柿子熟了，又圆又红，跟树上挂着，抬头就能看见，还有个说法儿，叫红事当头。这里边的事儿，细掰扯起来，全都带讲儿。

直到现在，您去北京胡同里边溜达，见着最多的果树，除了枣树，就是柿子树。好多人中学语文课都学过篇课文，《故都的秋》。九十月份的北京，秋高气爽。头顶上的天，瓦蓝瓦蓝的，飘着几朵白云彩，跟棉花糖一样。

这个时间段，您跟胡同里边溜达溜达。枣树上的枣，那是有青有红。柿子树上的柿子，全红，柿子叶呢，也是有青有红，看着就觉得喜兴。这时候，脑瓜顶上鸽子成群一飞，鸽哨儿呜呜一响。远处再来个磨剪子、磨刀的，哗啷哗啷，一摇晃手里那串小铁板："磨剪子嘞，抢菜刀……"

那种感觉，只能用五个字形容，哪五个字呢？这里是北京。

过年吃柿饼，谁定的规矩？

北京种柿子树最有名儿的地方，在王府井商业区北边，丰富胡同19号。那个小四合院，是1949年以后，老舍先生住的地方。院子里边长了两棵大柿子树，每年秋天，柿子结得滴里嘟噜，红红火火。老舍先生给这地方起了个名儿，叫"丹柿小院"。丹柿小院现在已经改成老舍纪念馆了，免费的，不要票。您要是有机会路过，别忘了顺便进去看看。

老舍先生住在丹柿小院那会儿，写过篇小说，叫《正红旗下》，讲的都是他小时候，住在北京东城区交道口国子监方家胡同时候的事儿，讲得挺好玩儿。

《正红旗下》里边有个桥段，说的是老北京年三十晚上，有一种年饭。您看好了，是年饭，专门上供用的，不是年夜饭。年饭具体怎么做呢？按老舍先生的说法儿，先得弄点儿好大米，做捞饭。还不能把大米彻底煮熟了，七八分熟，夹生着就得捞出来，装在一个干净坛子里边。

米饭装到坛子里以后，摆上几颗红枣，最上头盖一块柿饼，还得撅几根新鲜的松柏树枝，插在米饭上。松柏树枝上头，再挂几个金银纸叠的小元宝，有点儿洋人过圣诞节的意思。这么加工出来的饭就叫年饭，供在祖先神灵牌位前头，能保佑这一家人来年事事如意，有饭吃，多发财。

眼下中国好多地方都有这么个习俗，过年上供必须得有一盘柿子，最不济，也得来盘柿饼。过年供柿饼，这习俗要是往根儿上捯，那可远了去了。

话说三千多年以前，商朝有个叫祖乙的皇上，把他弟弟祖丙封到大概就是今天山西河津那边当诸侯，建立了一个小国家，叫耿国。耿国在中国历史上不是特别有名儿，可它旁边那地方名气挺大。什么地方呢？

喜欢听评书的朋友准知道，绛州府龙门县，薛仁贵他们家。

耿国这国家不大，传的时间可是挺长，直到春秋那会儿，才让晋国给灭了。山西老百姓为了纪念耿国这位创始人，祖丙，过年上供，都讲究供一盘柿饼。

为什么非得供柿饼呢？山西人说话，鼻音重。比如八十年代末，田连元先生说《杨家将》，讲到寇准寇老西的时候，倒个山西口，说话都是这个味儿的："嗯……你个混账驴球球的。"柿饼这两个字，用山西口音说，就是"思饼"，有"思念祖丙"的意思。

山西人历史上有过好几次大移民，往别的省份搬家。最有名儿的一次，明朝初年，永乐皇上修完了北京城，发现房子盖好了，没有老百姓，自己是光杆司令。这才刷了道圣旨，从山西往北京调人。直到现在，北京通州那边的老百姓还有这么个说法儿，说他们的根，在山西洪洞县，那棵大槐树底下。

山西移民走遍了全国各地，顺手就把过年供柿饼的习俗带到了全国各地。眼下您去山东菏泽，当地老百姓管柿饼不叫柿饼，叫耿饼。这个"耿"，指的就是古代山西的那个耿国。

老北京卖柿饼，跟卖柿子的，算两个行业，单有一路吆喝："哎，大柿饼嘞，蜜饯饯。"您要是说，我就想大热天，三伏天吃口凉柿子，痛快痛快，就得靠冬天存下来的柿饼。

三伏天吃凉柿子，具体怎么个吃法儿呢？我这回也学学郭老师的先进经验，咱们拴个扣子，刨个坑。等天热了，您各位都穿上大背心、大裤衩的时候再聊，让大伙从心理上好好凉快凉快。

油饼

油饼香不香，
窟窿很重要

有爱就得炸出来

1991 年的老电影,《喜剧明星》里边有这么个桥段,讲的是一个在国营饭馆上班炸油饼的大姑娘,看上了一个小伙子,于是开始倒追这个小伙子。

炸油饼的大姑娘倒追小伙子,要想把心里的这点儿意思,拐着弯地给它表示出来,也就只能拿油饼当信物呗。小伙子每天骑着车上班,从她饭馆门口路过。大姑娘都是加双倍料,二斤高高儿的,给这哥们儿炸一个特大号的油饼。

老话讲,吃了人家的嘴软,拿了人家的手短。小伙子见天儿吃双倍料的大油饼,主意可是挺正。糖衣炮弹打过来,我把糖衣剥下来吃了,炮弹再给你打回去,玩暧昧,油饼照吃不误,人呢,坚决不要。人家心里有别人,喜欢的是一个幼儿园阿姨。用现在的话讲,炸油饼的这大姑娘被当成备胎了。

长年累月，热脸老是贴人家的冷臀部，当备胎。您想想，炸油饼的大姑娘心里能没气吗？心里有气，还不好意思跟这哥们儿当面锣对面鼓地直接说。怕的是俩人彻底闹掰了，那就一点儿指望都没有了。

偏赶上这两女一男，全是电影迷，做梦都想当演员，仨人结伴，上了电影学院的培训班。参加过艺考的朋友都知道，电影学院专门有表演课。老师现场临时出个题目，比如说，春秋题，正月里来正月正，我陪小妹看花灯。然后学生按老师出的这个题目，自由组合，几个人即兴表演一个小品。

炸油饼的大姑娘上表演课，老师出的题就是让他们仨合伙演一回三角恋，女朋友吃醋，指着男朋友的鼻子尖骂大街。这事儿，说句老话，那就叫三伏天想吃冰，老天爷当时还就下雹子，正好撞在枪口上了。

炸油饼的大姑娘，手掐着腰，横着眉，瞪着眼，这顿卷哪："小白脸，没良心，死不了，臭嘎嘣的，你摸着心口想想，我虽说就是个炸油饼的，可我每回给你炸的油饼，那都是最大最大的呀！这么些油饼，难道全吃进狗肚子里了吗?! 你凭什么非喜欢她，不喜欢我?! 啊?! 凭什么?! 凭什么?! 凭什么?!"

谈恋爱炸油饼的这个包袱，到了1994年，《我爱我家》又给改了改，油饼改油条。讲的是老傅他们家的小保姆，每天早上起来，负责上街排队，给全家人买油条。结果一来二去，跟炸油条的小伙子好上了。小伙子把心里的那点儿意思，全往油条上招呼。小保姆买回来的油条，好家伙，半斤多一根。

油饼啊，你慢慢炸

油饼、油条，油条、油饼，这事儿掰扯起来，其实也挺有意思的。

但凡炸油饼的地方，差不多都能炸油条。倒过来说，但凡炸油条的地方呢，差不多也都能炸油饼。

炸油饼，就是把面擀平了，上头再戳俩窟窿，刺啦，扔到油锅里一炸。炸油条呢，是把面切成条，抻长了，拧在一块儿，刺啦，扔到油锅里一炸。炸来炸去，反正都是那一锅油，一团面，搂草打兔子，捎带手的事儿。

话虽这么说，八十年代那会儿，国营饭馆卖早点，油饼卖得好像还是比油条多。每天早上起来吃油饼的人呢，好像也比吃油条的多。最起码，北京是这样。那时候在国营饭馆上班，卖早点的人，跟别人做自我介绍的时候，也得这么说，"我是饭馆炸油饼的"。一般不会跟人家说，"我是炸油条的"。

再比如说，那时候大伙的日子，普遍都不富裕。冬天，一件大衣穿在身上，连着穿好几个月，没法儿洗，没法儿换。穿大衣的这位，稍微再喇乎点儿，平常吃饭什么的不注意，沾上好多油点子。周围的人看见了，开玩笑，都得这么说："嘿，我说，您这衣服怎么穿的？油渍麻花，好家伙，弄得跟炸油饼的似的。"

七八十年代那会儿，民警的制服是深蓝色的，夏天是上白下蓝，冬天是全蓝。这种蓝，有个专门的说法儿，叫"察蓝"，就是电视剧《便衣警察》里的那身衣服。

派出所民警，冬天穿一身蓝，无所谓，交警就不好办了。怎么不好办呢？这身衣服，往马路当间儿一站，目标不明显，指挥交通，大伙看不清楚。后来交通队想了个辙，执勤的时候，胳膊上戴两只白套袖。

交警上岗指挥交通，都跟食堂大师傅似的，一边往马路中间溜达，一边戴套袖。赶上有那嘴损的坏小子，就得这么跟人家逗咳嗽："哟嗬，交通队改行了啊，改炸油饼的啦！"他也绝对不会说，交通队改行炸油条了。

油条的风头压过油饼这个事儿，说到底，可能还是因为九十年代以后，老百姓的生活节奏越来越快。油条，再怎么说，吃着也比油饼方便。尤其是早上起来，着急上班的年轻人，手里攥根油条，一边走，一边就能吃。吃完油条，擦擦手，抹抹嘴，最多也就是重新抹抹口红，别的什么都不影响。

油饼就不一样啦，多少可能麻烦点儿。写字楼上班的女白领，西服裙，白衬衫，小皮包，高跟鞋"嘎嗒嘎嗒"踩着，捯饬得挺时髦，手里举着个大油饼。

偏赶上这张油饼，分量再足点儿，火候炸得也老点儿，起着泡，嘎嘣脆。咔嚓，一口咬下去，多半张脸，油汪汪，全埋在油饼里边，灌一脖领子油饼渣，白衬衫再油一大片。真要是这么着的话，那就甭上班了，先回家洗脸换衣服去吧。

油饼配萝卜，赛过活神仙

老北京人，尤其是老人，多数都习惯跟家吃早点。

大清早，睡醒觉起来，不着急刷牙洗脸，先坐水。搪瓷的大缸子，夸嚓夸嚓，两大把茶叶，扔进去。必须是茉莉花茶，别的茶叶，绿茶、红茶什么的，都不成。滚开滚开的水，高高举起来，哗啦，往大把儿缸子里一浇，砸起一层白沫来。

然后把缸子盖儿盖上，闷一会儿，为的是让茶水多出出色儿，回头喝的时候，色儿重，味儿足，能喝出杀口的感觉来。沏完了茶，再刷牙，洗脸，把自个儿拾掇利落了，出门遛早儿。

喜欢养鸟的，提搂着鸟笼子，去公园，找小树林。愿意唱两嗓子的，那就专挑什刹海、护城河，这些有水的地方去。为的是让嗓子借个水音儿，唱出来的动静儿，显得透亮。

跟外头过足了瘾，溜达回家，半道顺手买俩油饼。拿着油饼到家，茶水正好是温凉不盏儿的，色儿也泡出来了。这时候，先把油饼撂下，大把儿缸子端起来，咕嘟咕嘟，猛灌两口，通通七窍，涮涮肠子。这几口茶水喝下去，把家里的半导体，话匣子打开，缸子里重新续上开水，坐在那儿，稳稳当当，吃油饼。

　　刚出锅的油饼，都是当间儿脆，四周围软。吃的时候，拿手一小块一小块撕着吃。一张油饼，两种吃法儿。当间儿炸脆了的地方，不用就别的东西，直接吃，吃的就是焦香酥脆的口感。四周围软和的地方，吃的时候，可以配点儿小咸菜。

　　这个小咸菜，冬天，您还不用单花钱买。头天夜里当水果吃的萝卜，甭管卫青，还是心里美，大伙都愿意吃里边的瓤，萝卜皮，嫌辣，没人吃。没人吃的萝卜皮，晚上临睡觉以前，给它切成小块儿，搁在碗里，浮头稍微撒点儿盐，别的什么作料都不搁。

　　第二天早上，吃油饼的时候，萝卜皮正好腌得入了味儿，能跟碗里杀出一小汪水来。这叫爆腌萝卜皮。撕一块油饼的软边，捏一块腌萝卜皮。油饼在外，萝卜皮在内，卷着吃。一口咬下去，油饼是软的，软里边稍微又带点儿韧劲儿。萝卜皮呢，让盐腌得脱了水以后，就是艮的了。脆里边带点儿艮，艮里边带点儿脆。细一嚼，还能品出来点儿萝卜皮的辣味儿，正好能解油饼的腻。两样东西凑到一块儿，那是越嚼越有味儿。

　　就着爆腌萝卜皮，一张油饼吃下去，嘴里就该叫渴啦。这时候，新续的茶水，正好又是温凉不盏儿的。您再把大把儿缸子抄起来，咕嘟咕嘟，猛灌两口。茶水、油饼、萝卜皮，这三样东西，跟胃里一开会，咕噜噜，那么一起"化学反应"，当时就能打几个萝卜味儿的饱嗝。

　　这几个饱嗝打出来，味儿不好闻，可是让人觉得浑身上下，透着那么滋润。清气上升，浊气下降，好像每个汗毛眼儿都咧开嘴跟您说"哈喽"一样。

有个梦，叫糖油饼

　　我小时候，家里人每天早上赶着上班、上学，早点吃不了这么消停，不过也是端着小铝锅、搪瓷盆，去早点铺把油饼、豆浆买回来，全家人一块儿吃。吃完了早点，肚子里有食儿，身上暖暖和和，然后大伙再出门，该上班的上班，该上学的上学。

　　平常负责给家里买早点的，多数都是我。家大人，抽冷子，一个月也去那么三四回。但凡赶上家大人去早点铺买早点，买油饼、豆浆，这一大摞油饼买回来，我都得先检查检查，好好翻翻。翻什么呢？翻翻这一大摞油饼里边，有没有一张糖油饼。要是有的话，那不用问，必定是给我预备的。

　　那时候不光我们家这样，家家户户，差不多都是这么个规矩。早点铺的白油饼，六分钱一个，外加一两粮票，糖油饼呢，八分钱一个，加一两粮票。要是没有粮票的话，还得再多花一分钱。

　　赶上家大人买早点，觉得小孩儿最近表现不错，没让班主任请家长，考试没有不及格。自己呢，单位的事儿，办得也顺溜，心情不错。这么着，两好并一好，一咬牙，一跺脚，不过啦，比平常多花两分钱，给孩子买张糖油饼吃，解解馋。

　　小孩儿从一大摞油饼里，把这张糖油饼翻出来，心里跟明镜儿似的，知道是给自己买的，那也得玩儿点儿假招子，虚着让让。尤其老北京人，过日子讲究这个，小孩儿吃东西，不能占先，不能吃独食。融四岁，能让梨，必须懂得谦逊恭让之礼。

　　比方说，我们家，我姥姥岁数最大，那就得先让让我姥姥。手里攥着这张糖油饼，半往前递，半往回收，虚头巴脑，虚情假意，那么个劲儿："嘿嘿，姥姥，您尝尝。"

　　老人，隔辈亲，您想想，能跟孩子争嘴吗？明知道是花架子，也得这么说："姥姥牙都掉啦，吃不了甜的，回头牙疼，你吃吧。"

我等的就是这句话呀。赶紧把油饼往回一收，掉过脸来，还得再虚让让父母。父母，更不可能吃这张油饼啦，挺不耐烦的劲儿，一摆手："赶紧吃吧，回头凉啦！麻利儿的，吃完赶紧上学去，别迟到。"

这套流程走下来，这张糖油饼才算名正言顺，落在我嘴里。

吃糖油饼，有个专门的技术，什么技术呢？必须得会揭皮儿。

糖油饼跟白油饼最不一样的地方，就是表面上贴了一层糖皮儿。小孩儿最稀罕的，也是这层糖皮儿。好东西，必须留到最后再吃。所以吃糖油饼的时候，先得拿两根手指头，连撕带掏，跟蚕吃桑叶差不多，挑着吃那些没有糖的地方。吃到最后，就剩薄薄一层糖皮儿，再整个往嘴里一塞。

糖皮儿让热油炸了以后，早就是酥的啦。往嘴里一塞，说句美食节目用臭了街的大俗词，那是入口即化。一股甜水儿，带着焦香味儿，从嘴里流到胃里。这张糖油饼吃的，才算真正解了馋、过了瘾。

那位说了，就一个糖油饼，多花两分钱的事儿。索性多买几个，全家都吃，一块儿吃，一次把瘾过足了，不就完了吗？

吃糖油饼这事儿，现在挺容易，只要不怕得糖尿病，可劲儿造，没限制。七八十年代，那会儿，不成。老百姓有句俗话，吃不穷，穿不穷，算计不到，准受穷。普通工人，那时候每月挣三四十块钱，全家人，连老带小，每天吃早点，差不多是五毛钱，一个月就是十五块钱。一天多花两分，不显，两天多花两分，不显，连着花一个月，您试试，准得吃出亏空来。

糖油饼也就只能隔三岔五，抽冷子，多花两分钱，买那么一回，让家里的小孩儿解解馋，就得啦，不能往饱了吃。所以说，跟我岁数仿上仿下的人，小时候，心里差不多都有一个吃糖油饼的梦。

炸油饼也得两面三刀

这两年，老北京糖油饼跟网上传得挺火，好多朋友还自己跟家炸。话说到这儿，您知道一张糖油饼，炸得到底地道不地道，怎么能一眼就看出来吗？我告诉您，数窟窿。

糖油饼炸得地道不地道，为什么非得数窟窿呢？要不这么着吧，我还是给您讲个小故事。这个故事说的是北宋，四帝仁宗年间，包龙图，包青天，倒坐南衙开封府。

话说有这么一天，包公早上起来，刷牙，洗脸，吃早点。展昭赶早上街遛弯儿，顺手买的刚出锅的热油饼、热豆浆，配上几块小酱萝卜，热热乎乎，烫嘴又烫心，包公吃得挺美。吃完了早点，打着饱嗝，打算再来两碗茶水，爽爽口，解解油腻。刚把茶碗端起来，只听得衙门外头，咚咚咚，三声鼓响，有人喊冤。

包大人，那是有名儿的清官，清如水，明如镜，爱民如子。听见外头有人喊冤，赶紧，咕嘟咕嘟，猛灌两口茶水。喝完茶，一抹嘴，招呼一声，来呀，王朝、马汉、张龙、赵虎，众衙役，速速升堂，将那喊冤之人，与我带上堂来。

喊冤的人带上堂来，敢情是俩大姐争一个孩子，都说自己是这孩子的亲妈。这俩大姐呢，也不是外人，一妻一妾，全是东京汴梁有名儿的大财主马员外的媳妇。

马员外，头些天得暴病，"嘎嘣"一下子，奔西方极乐世界去了。就留下这一妻一妾，外带一个吃奶的孩子。这一妻一妾，用现在的话讲，都说自己是亲妈，争孩子的抚养权。为什么争孩子的抚养权呢？您都明白，抚养权后头勾着的是财产权，这里边的油水儿挺大。

宋朝也没有亲子鉴定，DNA。滴血认亲的事儿，纯属瞎掰。俩大姐咬紧了牙，都说这孩子是自己亲生的，外人看着干着急，真没辙。包大人可能也是那天早上的油饼吃痛快了，灵机一动，想了个招儿。让开封府的衙役，拿白灰跟地上画了个圆圈。用老天桥儿的话说，这叫画了个锅。

圈画完了，孩子往当间儿一放，告诉这俩大姐："拔河，你们都玩过吧？今儿咱们就玩儿一回拔河，你们俩，一人攥着孩子的一条胳膊，往自己怀里拽。谁的胳膊粗，劲儿大，能把孩子拽过去，这孩子就算谁的。"

俩大姐一听，包大人既然发话了，那就拽呗。

吃奶的孩子，什么都不懂，让人一拽，身上觉得一疼，他肯定得哭呀。眼瞅着孩子哇哇一哭，当姜的这位大姐，心里一犹豫，手上一含糊，没留神，一松劲儿，让那位把孩子给拽过去了。

当妻的这位，得意极啦。怀里抱着孩子，高仰脸，挺胸抬头，跟大堂上一站，看着包公。意思就是说，我赢啦，您看着办吧。

这时候，您再看包公，左手一捋三绺墨髯，嘿嘿嘿，冷笑三声。右手，啪，一拍惊堂木，断喝一声："嘟！胆大的妇人，这孩子必定不是你的。个中情由，还不与我从实招来！"

众衙役听包大人这么一说，那得帮着捧捧场呀。齐刷刷喝喊堂威，一蹾手里的水火无情棍："咚咚咚……威——武——"

妇道人家，哪儿见过这个阵势呀？心里一害怕，兔儿爷折跟头，那就算窝犄角啦，当时往地上一跪，坦白交代。

这大姐呢，身体多少可能有点儿毛病，自打过门，嫁给马员外以后，压根儿就没生过孩子。古时候的规矩，娶了媳妇，生不了孩子，老爷们儿合理合法，可以再娶个妾。新娶的这个妾，还挺不含糊，一过门，就生了个大胖小子。

马员外的原配媳妇一看，将来爷们儿要是有个三长两短，当妾的这位指着孩子说事儿，必然得分我的家产呀。牙一咬，心一横，先下手为强，勾搭着外人，给马员外的饭里下了点儿毒药。打算毒死了马员外以后，再抢孩子，为的是独霸家产。

包大人想出来这么一个招儿，就是算准了，亲妈肯定下不去那个狠手，豁出去，铆足了劲儿拽孩子。谁要是下得了这个狠手，能把孩子拽过去，反倒说明她不是亲妈。

包大人画圈断孩子的这个故事，传来传去，传到元朝，就成了一段杂剧，叫《包待制智赚灰阑记》。《包待制智赚灰阑记》的故事，顺着丝绸之路，传来传去，传到德国那边。不到一百年以前，有个叫布莱希特的戏剧家觉得挺有意思，把这故事里的人名儿、地名儿换了换，前因后果改了改，旧瓶装新酒，玩儿了个翻拍，编出来一个《高加索灰阑记》。

这两个故事再往前捯，好几千年以前，《圣经》里边也有这么一个故事。讲的是犹太人的老祖宗，所罗门王，碰见俩犹太大姐抢孩子，最后用的也是类似的招儿。

龙泉窑的糖油饼，有开片

有朋友问了，谦儿哥，您这儿讲了半天抢孩子，这事儿跟油饼沾边吗？

我跟您说，肯定沾边。好多朋友都知道这么个成语，两面三刀。两面三刀这个说法儿，跟中国历史上，白纸黑字，头一回用，就是在《包待制智赚灰阑记》这个故事里边。

老北京炸油饼这个行业，师傅带徒弟，有这么一句口诀，说是四六寸，两面三刀。四六寸，指的是白油饼的尺寸。回头您可以注意观察一下，真正地道的白油饼，按大面儿上说，应该是长方形的，长六寸，宽四寸，每个油饼的分量应该在一两五左右。

炸油饼您都见过，流程是这样的。小面团，从大面团上切下来，这是第一刀。小面团擀成薄面饼，还得再来两刀，开两个窟窿眼儿。然后，刺啦，往油锅里一扔。一个白油饼，长六寸，宽四寸，有正反两个面，炸的时候，拢共切三刀。合起来说，就是四六寸，两面三刀。

糖油饼跟白油饼有两个不一样的地方。一个是，正宗的糖油饼，应该是圆的，不是方的。再一个就是，糖油饼中间只开一个窟窿眼儿，不能开两个。为什么只开一个窟窿眼儿呢？

用炸油饼的行话说，炸白油饼的手法是翻，生面饼扔到油锅里，拿大筷子来回翻腾几下，就算熟了；炸糖油饼的手法呢，是摁。糖油饼刚下锅的时候，是有糖的那面朝下。扔到油锅里以后，趁着它还没变硬，必须拿着大筷子，压在面饼中间，使劲往下摁，把它摁成一个小碗的形状。

摁成小碗以后，再把它反过来，倒扣在油面上。倒扣过来以后，烧开了的热油，正好从油饼中间的那个窟窿眼儿喷出来，再朝四周围扩散，跟火山爆发的意思差不多。

那位问了，跟油锅里弄个小火山，除了好玩儿点儿，还有什么实际作用吗？

我跟您说，这里头的门道多了去了。糖油饼，最好吃的地方，就是上头那层糖。玩儿这么一回火山爆发，最后炸出来的糖油饼，用油饼界的行话讲，能起沙。什么叫起沙呢？

宋代的哥、汝、官窑都有那种有开片①的瓷器，这种瓷器的那层釉是裂的。最地道的糖油饼，炸出来以后，上头的那层糖也应该有开片，行话就叫"起沙"。

油饼上头那层糖，细一看，跟翻起来的鱼鳞差不多，黑红黑红的，似粘着，似没粘着，好像拿手轻轻一碰，当时就能掉，那么个劲儿，炸

---

① 又称冰裂纹，本为瓷器釉面的一种自然开裂现象。

得又酥又透。提鼻子一闻，能闻出来一股焦糖的香味儿。

要是按普通白油饼的路数炸，跟糖油饼上头开两个窟窿眼儿，最后炸出来的糖，是死的，紧贴在油饼上，绝对出不来起沙的效果。

所以说，下回，甭管是跟网上，还是马路边上，再看见有人吆喝说，他炸的是地道的老北京糖油饼，别的先搁旱岸上，您数数油饼上的窟窿眼儿。只要是俩窟窿眼儿，那甭问，这位肯定是个假行家，炸出来的糖油饼肯定也地道不了。

全国各地，每个地方，差不多都有每个地方的油饼，做法儿和吃法儿，也都不太一样。回头我再写一篇，聊聊全国各地的油饼，讲讲和油饼沾边的那些故事。

花椒

撩汉送花椒，
也算传统文化

川菜不辣，才是王道

这两天我跟家闲得没事儿，追剧玩儿，看了个电影，文艺片，叫《花椒之味》。大概讲的是，有一个老爷们儿，嘎嘣突然就去世了。去世以后，留下一闺女。

老家儿去世了，闺女就得忙活，给张罗白事儿呀。没想到正办着白事儿呢，俩大姑娘找上门来了，说自己也是这老爷们儿的闺女。仨大姑娘，三个妈，同父异母。

要按一般人的想法，这仨大姑娘当场就得打起来。打到最后，还得去电视台，每人脸上捂个大墨镜，坐在那儿互撕。主持人、律师跟旁边，连劝架，外带煽风点火。

《花椒之味》这电影的思路不一样，仨大姑娘，没打。不光没打，姐儿仨最后处得还挺好，真就处成一家人了，是个大团圆的结局。电影改编自小说《我的爱如此麻辣》，导演大概是觉得原著这么个名儿忒接地气了，忒白，不文艺，后来就给改了个名儿，叫《花椒之味》。

麻辣——花椒，花椒——麻辣，意思还是那个意思，换了个说法儿，档次立马就上去了。

提起麻辣，好多朋友的第一反应肯定是川菜。那辣椒、花椒放的，就跟不要钱似的。尤其是下饭馆，点个川式辣子鸡。服务员端上来，搁尖儿搁尖儿一大盘子，全是油炸的花椒、辣椒。您拿着筷子，得跟挖地雷似的，来回扒拉着，找鸡块儿吃。

要说起来，最地道的川菜，应该是一点儿辣椒都不放。为什么这么说呢？因为中国原先不产辣椒。辣椒这玩意儿，原产地在美洲。哥伦布发现美洲以后，洋人这才把辣椒带到欧洲。

辣椒传到欧洲以后，到了明朝才坐着船，走海路，传到中国来。要不您看，为什么直到现在，四川人都管辣椒叫"海椒"呢，一说吃泡菜就是"泡海椒"。名字里带个"海"字，意思就是告诉您说，这玩意儿是国外传进来的，算进口货。

种棵辣椒当花看

眼下您看各种美食节目，老能听见这么个说法儿，中国人的口味儿，是南甜北咸，东辣西酸。南甜、北咸好理解，西酸也好理解，中国西部的老百姓，多少都好吃口酸的。西北有浆水，陕西的浆水菜、浆水面；西南地区呢，有泡菜，有酸汤呀，贵州有酸汤鱼，云南有酸木瓜，广西有酸笋。

唯独这个东辣，它没法儿解释。为什么这么说呢？您可以找张地图，把中国东边，靠海的这些地方，从北往南，整个捋一遍，从鸭绿江口开始，一直捋到广西北海那边。这么些地方里边，有一个地方是吃辣椒吃得特别有名儿的吗？好像没有吧。

反倒是越往西走，辣椒吃得越厉害。就拿陕西来说，陕西老百姓有句俗话，陕西八大怪，辣子是道菜。现在您去陕西馆子吃饭，甭管是吃𱋷𱋷面还是吃羊肉泡馍，都讲究来两勺油泼辣子。

油泼辣子，搁在过去，这是陕西有钱人家的吃法儿。要是没钱呢？新蒸出来的大馒头，新烙出来的饼，趁着热乎气儿，房檐底下成串挂着的干辣椒，摘下来俩仨的，往里头一夹一卷，稍微再撒点儿盐。然后往门口一蹲，两只手拿着，喤喤喤一吃，这就算是一顿饭。

话说到这儿，南甜北咸，东辣西酸，"东辣"这个说法儿，到底是怎么来的呢？开头，咱们就说了，辣椒的原产地在美洲，哥伦布发现美洲以后，辣椒这才坐洋人的船，走海路，拐弯抹角，传到中国来。辣椒传到中国来，最早是在什么地方入的境，上的岸呢？这个事儿有专家考证过，可能就是东南沿海，浙江那边。

辣椒传到中国东南沿海以后，最早没人吃，纯就是种在花盆里边当花看。这两年昆曲挺流行，尤其大学生、文艺青年，都讲究看看汤显祖的《牡丹亭》。《牡丹亭》里边有段小贯口，把那时候大户人家的花园里种的花全讲了一遍，拢共三十多种。这三十多种花里边，就有辣椒花。

比《牡丹亭》稍微再晚那么些年，清朝浙江杭州，有个叫陈淏子的读书人，写了本讲花卉栽培的书，叫《花镜》，里边有这么句话，说是："番椒，丛生白花，果俨然秃笔头，味辣色红，甚可观。"

番椒，指的就是辣椒，椒前头加个"番"字，跟海椒的意思一样，都是告诉您说，这玩意儿是从国外来的，中国原先没有。

叫陈淏子这哥们儿，当年不光是种辣椒当花看，应该还吃过两口，要不然，他也写不出来"味辣色红"这四个字。吃过两口归吃过两口，辣椒传到中国东南沿海，大概一百多年，一直就没流行开，老百姓都不愿意吃。

为什么不愿意吃呢？东南沿海那边的菜，它鲜呀。大螃蟹，大皮皮虾，嘛吧乱蹦，从海里捞出来，盐都甭放，搁锅里蒸蒸就能吃，还倍儿鲜。要是跟辣子鸡块儿一样，一个螃蟹，搁八斤花椒、八斤辣椒，那反倒糟践东西了。

　　《舌尖上的中国》不就说了吗？新鲜的食材，只需要最简单的烹调。现在也是这么回事儿。您下馆子吃海鲜，肯定有个经验，尽量多清蒸，少油炸，少麻辣。作料下得越重，做的手续越复杂，说明饭馆卖的海鲜越不新鲜，弄不好还是臭鱼烂虾。

　　明末清初，天下大乱，西南当地原先的老百姓，死走逃亡，没剩下几个。天下太平了，地得有人种，不能闲着呀。所以清朝那会儿，好多老百姓就开始从东南沿海，顺着长江，带着辣椒，往西南那边搬。这就是历史上有名儿的湖广填四川。

　　那时候没有高铁，没有飞机，西南地区吃海鲜，没东南沿海那么方便。最多也就是弄点儿干墨斗鱼、干虾皮、海带什么的吃，解解馋。俗话说，要解馋，辣和咸。东南沿海的老百姓搬到西南以后，伙食水平比原先降了，辣椒就开始越吃越多。

　　南甜北咸，东辣西酸，是湖广填四川以前就有的说法儿。湖广填四川以后，老百姓说这句话，已经说顺了嘴了，再没改过口，一直就这么说到今天。

辣不是那个“辣”

　　中国是明朝才有的辣椒，不过，甲骨文里边，其实早就有“辣”字，也有“椒”字。

　　有朋友问了，中国古代没辣椒，那时候的人，他上哪儿找这个辣的感觉去呢？这事儿好办，没辣椒，咱们可以找东西代替呀。比方说，葱姜蒜，都是辣的，韭菜、芥末也都是辣的。眼下老百姓还有这么句俗话，蒜辣口，葱辣心，韭菜辣断脖子筋。

葱姜蒜，韭菜，芥末，这都是大路货，常见的东西，高级的也有。

独在异乡为异客，
每逢佳节倍思亲。
遥知兄弟登高处，
遍插茱萸少一人。

唐朝王维的这首诗，每年阴历九月初九，重阳节，电视上、广播里，差不多都得嘚啵两句。茱萸主要有三种，山茱萸、吴茱萸和食茱萸，这三种茱萸都能吃，多少还带点儿辣味儿。意思跟现在贵州酸汤鱼里边放的那个木姜子差不多。

重阳节登高，插茱萸这风俗，打根儿上说，是怎么来的呢？南北朝那会儿，有个叫吴均的文人，写了本扯闲白儿的书，叫《续齐谐记》。这本书就说，东汉时期，汝南地区，今天河南平舆县那边，有个叫费长房的道士。

八仙里边有个铁拐李，费长房就是铁拐李的徒弟。后来艺满出师，回乡创业，在汝南那边行医看病，顺便还跳跳大神，给人相个面、算个卦什么的，干的是旱门的买卖。

费长房有个朋友叫桓景，俩人算街坊。话说有这么一天，哥儿俩早上起来，喝完了胡辣汤，各出各的家门。费长房抬眼一看："呜呼呀，贤弟，你这个印堂发暗，满脸晦气，不日之间，必有血光之灾呀。"

那时候的人都迷信，桓景一听，赶紧说："大哥，咱哥儿俩处了这么些年，关系这么好。这事儿您得想辙，帮我破破呀。"

费长房就给他出了个主意，让桓景九月初九那天，带着全家男女老少出去躲躲，郊游，爬山去。爬山的时候，每人跟胳膊上挂个香囊，里边装上茱萸，为的是辟邪、去晦气，就跟端午节挂菖蒲、插艾草是一个的意思。

桓景挺听话，带着全家人出去，身上挂着香囊，连爬山带野餐，溜溜儿折腾一天。晚上回家一看，家里鸡、鸭、鹅、猪、狗、牛，外带耗子洞里的耗子，全死绝了，一个没剩。他们听费长房的话，算是白捡了一条命。从此中国老百姓就留下这么个风俗，九九重阳节登高，插茱萸。

传说就是传说，我一说，您一听，不能当真。重阳节，阴历九月初九，身上戴茱萸香囊这个风俗，根儿往前捯，最早可以捯到北魏那会儿。《齐民要术》里写过，号召老百姓跟水井旁边种茱萸，种得越多越好。

种这么多茱萸，干什么呢？古代没有自来水公司，饮用水没法儿消毒。茱萸多少带点儿辣味儿，按古人的说法儿，水井周围种茱萸，茱萸连籽儿带叶掉在井里，等于是给井水杀菌消毒了，相当于现在自来水里边加氯气。

眼下南方吃木姜子，最高级的吃法儿，是拿这玩意儿榨油，榨木姜子油。中国古代，辣椒传进来以前，您要是想吃口辣的，最高级的吃法儿，就是跟碗里稍微点两滴答茱萸榨的油，吃起来是又香又辣，挺开胃。

明朝的李时珍，李大夫，在《本草纲目》里边特意提了一句，告诉大伙怎么拿茱萸榨辣油。这句话是这么说的："食茱萸、榜子、辣子，一物也。高木长叶，黄花绿子，丛簇枝上。味辛而苦，土人八月采，捣滤取汁，入石灰搅成，名曰艾油，亦曰辣米油。"

辣椒传进来以后，就方便多啦。犄角旮旯儿的地方，随便撒俩籽儿，就能长，就能结，摘下来还能直接吃。有现成的辣椒吃，那谁还费那个力气摘茱萸榨辣油去呀。

这么着，天长日久，茱萸在中国，慢慢地就没什么人吃了，等于是让辣椒给戗了行了。

椒也不是那个"椒"

说完了辣，再说椒。"椒"这个事儿，掰扯起来，比"辣"简单。辣椒传进来以前，"椒"这个字，在中国专门就指一样东西。什么东西呢？花椒。

花椒，这是辣椒传进来以后的叫法儿。辣椒传进来以前，您家里甭管是炖鱼，还是炖肉，没花椒了，临时出门，随便找个杂货铺、油盐店，推门进去，跟掌柜的说："您受累，给我来点儿花椒。"

人家可能压根儿都不知道您想买的是什么东西。辣椒传进来以前，您要是出门买花椒，正确的打开方式，必须得把这俩字倒过来，告诉人家说："师傅，劳驾，您给我来点儿椒花。"

古人为什么管花椒不叫花椒，叫椒花呢？花椒树，好多朋友都见过，大概是每年五月份，夏天开花，开的是那种黄里边稍微带点儿白的小花。花掉了以后，树上就结花椒了。

花椒刚开始是绿的，然后越长越红，长到八月左右，熟透了，花椒外头那层红皮，"啪"的一下炸开，露出来里边黑的小籽儿。古人觉得花椒熟了以后炸开，跟开花一样，所以就管这玩意儿叫"椒花"。

眼下青年男女谈恋爱，讲究是男青年给女青年送花，送红玫瑰。尤其是情人节、七夕节那几天，您看去吧，凡是卖花的都发财了。谈恋爱送玫瑰花，那是洋人定下来的规矩。

洋人的规矩传进来以前，中国古代谈恋爱，也讲究送花，还是女送男，用现在时髦的话讲，这叫倒追。女送男，倒追，具体送的什么花呢？就是眼下您炖鱼、炖肉，炒个豆芽，炒个土豆丝，炝锅用的花椒，古时候叫椒花。

当然了，干花椒，已经黑了的那个，肯定不行啊。必须得是刚从树上摘下来，倍儿红，看着就那么喜兴的鲜花椒。哪个古代女青年要是觉得哪个古代男青年看着挺顺眼，有点儿意思，随便找棵花椒树，揪把鲜花椒，往对方手里一递就成。

《诗经》里边有首诗，叫《东门之枌》，讲的就是青年男女谈恋爱，送花椒的事儿。话说到这儿，有朋友就该问了。眼下赶上什么事儿，送什么花，都有讲究。比方说，送玫瑰什么意思，送康乃馨什么意思，送菊花什么意思，全都有规定，这叫花语，不能瞎送。古代男女青年谈恋爱，送花椒，是个什么意思呢？

这事儿要说起来，其实挺简单。侯宝林大师的经典段子《婚姻与迷信》，好多朋友都听过。那里边有个桥段，说是两口子结婚，得往床上撒花生，这叫花搭着生。意思就是说，俩人结婚以后，孩子不光得多生，还得花搭着生，有男有女，一儿一女，一枝花。

花椒长在树上，滴里嘟噜，全是籽儿，跟花生差不多，也有多子多孙的含义。古代男女青年谈恋爱，女青年主动给男青年送花椒，翻译成现在男女青年谈恋爱，表白，用得最时髦、最新潮的话，就是"我想给你生个娃"。

那位说了，多子多孙，我送俩大石榴，成不成？干吗就非认准了花椒呢？这话，您算问到点子上了。石榴，在中国原先叫"海石榴"。这说法儿，您一听就明白了，也是外国传进来的东西。石榴的原产地在波斯，就是今天伊朗那边。汉朝张骞通西域以后，这才顺着丝绸之路，慢慢传到中国来。汉朝以前，没有。

赐死"神器"花椒水

花椒有这么个吉祥寓意，所以汉朝那会儿，还有个风俗，就是结婚的时候，洞房装修，有条件的人家，得把花椒磨成面，掺到泥里边，然后刷墙。

花椒泥刷墙，有两个意思。一个意思，就是祝愿两口子结婚以后，多子多孙，多生孩子。再一个意思呢，跟咱们前边说的重阳节挂茱萸差不多，用它防病、驱邪。现在好多朋友家里，存的米怕长虫，弄包花椒搁在里边，也是这个原理。

这种洞房，中国历史上有个专门的说法儿，叫椒房。那时候的花椒，人工种得少，都是野生的，金贵。椒房，一般老百姓还住不起，多数都是皇上的媳妇，娘娘们住。

中国传统文化，跟人打招呼，不能指名道姓，得想辙找各种代称。所以您看讲汉朝的古装剧，要是赶上编剧有点儿文化，剧里边的娘娘们，就都叫什么什么椒房，姓张就叫张椒房，姓王就叫王椒房。意思跟清宫剧里边，小主们都管自己叫本宫差不多。

西晋有个石崇炫富，这段历史，中学历史课上，您都学过。石崇炫富，有一招儿，就是把他们家的房子，有一间算一间，全改成椒房。

皇上有钱，富有四海，最多也就是给娘娘们住的宫，太后住的宫，外带自己住的宫搞个精装修，弄成椒房。人家石崇不介①，家里的房子，连门口传达室带后院厕所，全精装修，都弄成椒房。那叫一个味儿冲，去他们家串个门儿，感觉就跟现在您去批发市场买花椒、大料那地方差不多。

从石崇炫富那会儿，再往后说二百来年。北魏孝文帝，打算赐死自

---

① 北京话，表否定。

己的长子。皇上赐死，按说书先生的说法儿，也有套路，一般都是给三样东西：一把宝剑，一条白绫，外带一壶毒酒。你愿意怎么玩儿，任选一种，自己挑。

孝文帝呢，没按套路出牌，玩得挺哏儿，多少也有点儿炫富的意思。下旨，把儿子叫过来，仓库打开，弄点儿花椒泡酒里，喝死为止。还是这个人，临死之前要赐死自己的媳妇，皇后冯氏，还用这个套路：仓库打开，弄点儿花椒熬汤，愣把皇后也喝死了。

那位说了，花椒熬汤，喝得死人吗？真要喝得死人的话，我们平时拿花椒炝个锅，是不是也有生命危险哪？这事儿吧，侯宝林大师有句名言，阿司匹林不是毒药，一次吃二斤半，您也受不了。

明朝以后，辣椒传进来，戗了花椒的行，再加上人工种花椒的也比以前多了，花椒越来越不值钱，老百姓随随便便都吃得起了。大伙觉得再管这玩意儿叫椒花，忒文艺，不接地气，不朴实，也容易跟辣椒开的那个花弄混。干脆就把"椒花"两个字给掉了个个儿，从此就有了"花椒"这么个说法儿。

麻豆腐，拼颜值

辣椒传进来以前，花椒值钱，连带种花椒的地方，也跟着高大上。好多地方就拿花椒说事儿，蹭热度。比方说现在您去湖北恩施那边，当地有个椒园镇，古代就是产花椒的地方。

明朝有个大忠臣，叫杨继盛，朋友们给他喝号带花，起了个号，叫椒山先生。眼下您去北京老宣武区，宣武门外，达智桥胡同，还有个杨椒山祠。杨继盛后来被贬到甘肃临洮那边，那儿也是有名儿的花椒产地。当地直到现在，还有个地名，就叫椒山。

再比如说，京西门头沟有个潭柘寺。先有潭柘寺，后有北京城，这

227

句话，只要您去潭柘寺，讲解员肯定得跟您说一遍。您真要是去了门头沟呢，当地老百姓还有个说法儿，叫先有椒园寺，后有潭柘寺。

椒园寺，就是永定河边有座龙泉山，龙泉山底下，山沟里的一座千年古寺。往少了说，最起码比潭柘寺还早五百年。明朝有个大军师叫姚广孝，就是帮着燕王朱棣起兵造反的那位。姚广孝跟着燕王朱棣来北京以后，最早就是在椒园寺挂单修行。

说来说去，说了这么半天，又绕回北京来了。

北京有道传统小吃，豆汁。豆汁是粉坊拿绿豆磨碎，做完了粉丝、粉条、凉粉这些东西以后，用下脚料发酵做出来的酸汤。发酵好了的下脚料，把酸汤澄出去，剩下的相当于豆腐渣的东西，也是一道老北京的传统吃食，叫麻豆腐。

麻豆腐这道吃食，眼下各种打着老北京招牌的饭馆，菜单上差不多都有。实际做出来的东西，端上桌，别的不说，光看造型就不合格。那位说了，一个破豆腐渣，下脚料的下脚料，还讲究造型？这事儿您有所不知。老北京本来就有这么个说法儿，两毛钱买的麻豆腐，您得拿二十块钱的东西去配它。

最地道的麻豆腐，必须拿羊油炒。您要是说实在淘换不着羊油，素油也成。就是炒的时候，必须得多放点儿嫩羊里脊肉，再就是多放点儿最肥的羊尾巴油。

热油、葱花炝锅，羊里脊肉切丁，羊尾巴油也切丁，下锅煸炒。炒到一定时候，按个人口味儿下点儿黄酱，主要是为了让炒出来的麻豆腐，吃到嘴里有股酱香。

麻豆腐下锅以后，必须把煤气灶的火拧到最小，小火慢咕嘟。咕嘟的时候，还得往麻豆腐里边儿，稍微悄几个青豆，再搁点儿盐，调个咸淡。咕嘟够了火候，盛出来装盘。

这时候您注意，必须讲究造型，不能是一堆麻豆腐，随随便便往盘子里那么一摊。得跟老外吃的布丁蛋糕似的，跟盘子里堆个小圆锥。圆锥顶上，拿勺子提前打个小窝儿。

新鲜的韭菜，切成一寸长的段。韭菜段不能跟撒香菜一样，直接往麻豆腐上撒，必须是插，在提前打好的那个小窝儿周围，插一圈。这时候，您再重新坐锅，炸点儿花椒油。花椒油里边，按个人口味儿，还可以搁几个干辣椒段。

炸好的花椒油，趁热往麻豆腐顶上的那个小窝儿里一倒。刺啦一声，把羊肉的香味儿，麻豆腐的香味儿，还有韭菜的香味儿，都给它激发出来。老北京管这叫焌点儿花椒油，厨师的行话叫倒炝锅。

这么个褃节儿上，您趁着花椒油还跟麻豆腐上头噼啪乱响的劲儿，赶紧往桌上端。端上桌，趁着热乎劲儿，抓紧时间吃。这才叫最地道的老北京炒麻豆腐。

今儿跟您聊了半天，从《花椒之味》这个电影，一直聊到花椒油配麻豆腐，也聊得差不多了，得，咱们下回接着聊。

黄瓜

小孩儿得管，
黄瓜得拍

一

今天咱们聊聊黄瓜。聊黄瓜，从哪儿开始聊呢？我倒是想跟您聊聊木樨肉，聊聊这道菜到底是怎么来的，都有什么讲究，怎么炒它才好吃，聊聊"木樨肉"这仨字到底当怎么讲。

关键木樨肉这事儿吧，之前咱们聊过一回了。要是回回锅，二来来，再聊一遍，多少就显得有点儿糊弄人，您说是不是？琢磨来琢磨去，干脆，要不这回咱们就从黄瓜籽儿开始聊吧。

那位说了，我们家又没菜园子，也不种黄瓜，黄瓜籽儿有什么可聊的？您别着急，容我慢慢道来。

我喜欢养马，这事儿您都知道。养马这行有这么个说法儿，说是懂行、会养马的人，每年定期得给马喂几回醋拌的黄瓜籽儿。这事儿不是我瞎说，家在农村、养过大牲口的朋友可能都听说过。

不光是马，包括骡子、驴这类的大牲口，要是受伤了，再不就是最近身体不好，亚健康，头晕、眼花、腿抽筋，干活的时候没力气，饲养员就可以弄点儿老陈醋，拌黄瓜籽儿，让牲口吃几顿。据说吃几顿就能见点儿好。

再往远点儿说，以前农村养鸡、养鸭子都是散养。鸡和鸭子每天都是早上起来，跟家吃完了饭，自己溜达出去，去村里、野地里边找食儿吃。溜达来，溜达去，难免就有让车轧了、被人踩了的情况，弄得腿折、翅膀断。

鸟类跟人不一样，人是伤筋动骨一百天，鸟类骨头的愈合能力特别强。折了以后，也不用打石膏，找两根小木头棍当夹板，把受伤的地方固定住，多少再给它点儿黄瓜籽儿吃。有个十天半个月的，就能好。

养鸽子也有这么个规矩。小鸽子出壳十天左右，还不会自己吃食呢，得靠大鸽子嘴对嘴地喂。这时候，您就可以弄点儿米饭，馒头也成。再找根黄瓜，把黄瓜中间带籽儿的那个瓢掏出来。

甭管馒头还是米饭，配上带籽儿的黄瓜瓢，搁在嘴里，嚼烂糊了，嚼匀乎了。这时候，再吐到手里，搓成条，弄成棒子粒儿那么大的小球。拿手把小鸽子的嘴掰开，给它塞进去。

按养鸽子圈的说法儿，出壳十天左右的小鸽子，吃几顿黄瓜籽儿，能壮骨。长成大鸽子以后，身板结实，有力气，飞得高，飞得远，耐力好。这种鸽子参加比赛，尤其是远程的信鸽比赛，就比小时候没吃过黄瓜籽儿的鸽子有优势。

话说到这儿，有朋友问了，谦儿哥，吃黄瓜籽儿壮骨，长力气这事儿，靠谱吗？真要是靠谱的话，那咱们国家运动员就甭吃别的啦。奥运会的时候，每天来两卡车黄瓜，可劲儿招呼，金、银、铜牌，咱们还不得全包了？

这事儿吧，我只能跟您这么说，最起码不是我瞎编的。中医药典里边白纸黑字写着呢，说是黄瓜籽儿能补气，壮骨。所以好多地方都有这么个风俗，赶上亲戚朋友没留神，出意外了，骨折。去医院看病人的时候，一般都是给人家带点儿黄瓜籽儿吃，说是黄瓜籽儿能接骨。

当然了，黄瓜籽儿接骨这个事儿，就是个民间偏方。哪位真要是说赶上这种事儿，咱们还得听大夫的，讲科学。

二

说起吃黄瓜籽儿，我前些日子还上了个当。上的什么当呢？这些年，世界各地的稀罕水果，咱们国家引进种植得挺多。榴莲、火龙果什么的，已经都不算什么新鲜东西了。

刚入夏那会儿，我跟家闲得没事儿刷手机玩儿，看见网上有卖火参果的，说是原产地在非洲。那玩意儿长得倒是挺好看，红里带黄，胖乎乎的，短粗。猛一看，就跟咱们平常吃的那种秋黄瓜似的。只不过就是火参果身上的刺儿特别明显，跟海参差不多，色儿又是以红的为主。所以卖水果的给它起了个名儿，叫火参果。

我一看，这玩意儿卖得也不贵，二十来块钱能买五斤，还包邮，那就来一箱呗。快递送到家，这玩意儿吃法儿还挺各色。外头那层皮，看着好看，实际不能吃。吃的时候，得一切两半，拿小勺掏里边的瓤和籽儿吃。

有朋友问了，感觉怎么样？味道好极了吧？

我跟您说实话，甭多了，吃两口，准骂街。为什么骂街呢？这玩意儿吧，除了长得比黄瓜好看点儿，颜值高点儿，吃到嘴里，跟黄瓜，那是一样一样的，还不如黄瓜爽口呢。早知道，您说我花这冤枉钱干吗。直接奔菜园子，摘两根老黄瓜吃不就完了嘛，跟火参果一个味儿。

说起吃黄瓜，一般就是俩极端。有人爱吃口老黄瓜，越老越不嫌老，人家觉得嫩黄瓜吃到嘴里没东西。老黄瓜呢，味儿足，有嚼头，越嚼越香。

这种老黄瓜，您想去自由市场买，还没有。非得去农村，菜园子，黄瓜架上自己摘去。有的黄瓜老，是农民故意留的种，有的呢，是黄瓜叶长得密，盖住了，摘黄瓜的时候没发现，所以就越长越老。

黄瓜老到一定程度，它就真黄了，差不多就是黄里透着白，白里透着黄，那么个颜色。外边那层刺儿呢，慢慢地也就褪了，越长越光溜，猛一看，跟小西葫芦似的。

爱吃老黄瓜的人，来这么一根，两只手抱着，咔咔地那么啃，大口大口地嚼，觉得过瘾、解气。尤其是老黄瓜中间那层瓤，多少还带点儿酸甜味儿，黄瓜籽儿嚼在嘴里，滑滑溜溜，挺禁嚼。市面上卖的嫩黄瓜，绝对吃不出来这么个口感。

您要是说，牙口不好，嚼不动老黄瓜，那也没关系。老黄瓜摘回去，按做西葫芦馅的路数来，瓤掏干净，皮削了，搁在擦床子上擦成细丝，撒上盐，杀杀汤，然后就可以和馅，包饺子吃。

吃黄瓜馅的饺子，必须得搁肉，最好还是牛肉。黄瓜牛肉馅的饺子，煮熟了以后，个个儿带汤，一咬一滋汤，一吃一个肉丸。牛肉里边，单有一股黄瓜的清香味儿，比西葫芦馅的饺子好吃。

三

多数人吃黄瓜，还是爱吃口嫩黄瓜。所以您看，自由市场卖黄瓜的，吆喝都是："快来买啵，顶花带刺儿的嫩黄瓜，新鲜啊，刚摘的。"

绝对没人吆喝："赶紧买吧，我这黄瓜年头长，都起包浆了。买回去，您就算抄上了，能当擀面杖使，撅都撅不折！"

老百姓普遍都爱吃口顶花带刺儿的嫩黄瓜，种黄瓜、卖黄瓜的，就得想方设法，让您愿意买呀。

眼下自由市场卖的黄瓜，跟八九十年代最不一样的地方，就是个个儿顶花带刺儿。恨不得小孩儿胳膊那么长、那么粗的黄瓜，也不知道是抹药了，还是有什么技术手段，顶上照样带花，花开得还挺好。那真正叫老黄瓜刷绿漆——装嫩。不光黄瓜顶花带刺儿，丝瓜呢，也带花。看着都瘆得慌，不敢买。

我小时候，市面上轻易还真看不见顶花带刺儿的黄瓜。尤其夏天，那时候温室少，反季节的东西少。老百姓过日子吃菜，都是跟着季节走，要么臭大街，要么就一点儿都没有。每年夏天，进了六月份，国营菜站、副食店门口，差不多都是老三样。哪老三样呢？扁豆、西红柿、黄瓜，全是夏天最应季、最大路货的菜。

卖菜的也不跟现在似的，还讲究个卖相。扁豆、西红柿、黄瓜从郊区、农村拿大卡车运过来，全是跟副食店、菜站门口，人行便道上，那么一堆，堆得跟小山似的。黄瓜堆里，那是有粗有细、有弯有直、有嫩有老，什么德行的全有。

大黄瓜堆旁边，还得有一个小黄瓜堆。小黄瓜堆里边全是挑出来的残次品，卸货的时候摔折了的黄瓜，而且是黄瓜脑袋少、屁股多。多数都是后半截，黄瓜尾巴，有的还烂糊糊的。

那位说了，这破玩意儿，有人要吗？您看您这话说的，肯定有人要呀。尤其上岁数的老太太，买菜的时候，好贪个小便宜。贪小便宜呢，用相声《卖布头》里边的话说，那就得吃大亏。

卖菜的，看见有老太太推着小车，挎着菜篮子过来，离老远就得扯着脖子招呼："老太太！赶紧来吧！黄瓜处理！便宜！"

老太太听见喊"处理""便宜"，那能不往前冲吗？按那时候的市价说，正经黄瓜，一毛钱，最少也能买两三根、三四根。要是这种缺胳膊短腿的处理黄瓜呢？那恨不得能买一洗脸盆。

猛一看觉得好像挺多、挺值，关键是买回去还得再加工呢，烂的、坏的都得给它拾掇下去，全不能要。拾掇干净了，您再一看，嘿，剩不下多少，还不如直接买两根正经黄瓜吃呢。

四

黄瓜这种菜，老百姓过日子，家家户户离不开，都得吃。可您真要是说想吃个拿黄瓜做的大菜，特别上品的菜，好像也没有。北方吃黄瓜，顶到头了，也就是炒个木樨肉，来个黄瓜丁炒虾仁，黄瓜片炒鸡蛋，黄瓜片鸡蛋汤，再不就是熘肝尖、爆腰花的时候，稍微俏点儿黄瓜片。

南方人吃得更精细点儿，来个酿黄瓜。把黄瓜里边的瓤掏出去，塞满了肉馅，上锅蒸。湖北还有道名菜，黄瓜炖泥鳅，泥鳅、黄瓜一锅炖。说来说去，黄瓜都只能算是配菜，为的是添点儿绿色，解解腻，去去油。

就拿四川人吃的蒜泥白肉来说，讲究的吃法儿，是吃肉的时候，右手拿筷子，左手拿一整根黄瓜。吃几口肉，喝一口酒，再"咔嚓"咬一口黄瓜，为的是解腻、清口。意思就跟甘肃、内蒙古那边吃手把肉的时候，必须配大蒜瓣一样。

老北京炙子烤肉，也有一种差不多的吃法儿。炙子烤肉，分文吃和武吃两种。文吃的意思就是说，您老老实实跟饭馆大堂里边坐着。大师傅猫在后厨，替您烤肉。肉烤熟了，装盘，端上来。您再拿着筷子，规规矩矩，斯斯文文，坐在那儿细嚼慢咽，慢慢咂摸滋味儿。

武吃呢，就是您自个儿守着烤肉的炙子，现烤现吃。

炙子底下烧着火，尤其赶上三伏天，旁边待不住人。您要是说，弄得跟吃西餐似的，穿西装，打领带，大皮鞋往脚上一蹬，吃炙子烤肉去。甭多了，有半个钟头，非中暑不可。

三伏天吃炙子烤肉，武吃，正确的打开方式，必须得脱个大光膀子，光脚丫子，就穿个拖鞋，大裤衩。反正老式年间下饭馆的，多数都是老爷们儿，没什么妇女，连服务员都是男的，谁也甭嫌弃谁。

几个大老爷们儿，光着膀子，穿着大裤衩，肩膀上还得搭条随时擦汗的白毛巾，围着烤肉的炙子，那么一站。一只脚踩着凳子，酒瓶子搁在凳子腿旁边。左手拿着整根的黄瓜，湛青碧绿，右手拿着筷子，跟炙子上刺啦刺啦地烤肉。

肉烤熟了，拿筷子夹起来，趁热就往嘴里塞。吃几口肉，再把酒瓶子抄起来，咕咚咕咚，连灌两口。觉得嘴里边油大了，稍微有点儿腻了，再"咔嚓"一声咬一口黄瓜。

几个老爷们儿，围着烤肉炙子，胡吹海塞，连吃带聊。嘟嘟嘟，小火车满嘴那么一跑。这么一顿烤肉吃下来，就跟洗了个桑拿差不多。出一身透汗，浑身上下的汗毛眼儿全张开了，过瘾，解馋。

眼下去好多烤鸭店吃烤鸭子，服务员也是，给您端上来一小碟黄瓜条。有的朋友按吃春饼的路数来，把黄瓜条跟鸭子肉什么的，一块儿卷到饼里边吃，那就露怯了，没这么个吃法儿。

烤鸭最地道的吃法儿，饼里边只能卷甜面酱、烤鸭，再就是葱丝，这三样东西。黄瓜条得留到最后，单吃那么两口，为的是解解油腻，去去嘴里边的葱味儿。您要是把黄瓜条卷到饼里边吃，黄瓜的水分大，烤鸭一吸收黄瓜条里边的水分，就影响口感了。

生吃黄瓜，我觉得最过瘾的吃法儿，就是把整条黄瓜拿在手里，直接那么咬着吃。北京老爷们儿夏天吃面条，单有一门技术，回头您可以试试，挑战一下。什么技术呢？

三伏天，赶着太阳快落山的时候，家里甭管是吃打卤面、炸酱面，还是芝麻酱凉面，满满当当，抓尖儿抓尖儿，盛那么一大碗。左手端着碗，右手拿筷子，一边搅和着，一边往院子里边溜达。

人拿筷子，主要用的是大拇哥、食指、中指这三根手指头。这么一来，中指和无名指中间的那个指头缝，再就是无名指和小拇哥中间的那个指头缝，等于就闲出来了。

北京老爷们儿吃面条，玩得最牛的一招儿，就是左手端着面碗，右手拿着筷子，拿筷子的同时，右手中指和无名指中间的那个指头缝里夹一瓣蒜，无名指和小拇哥中间的那个指头缝里夹一条黄瓜。

这么个架势，从屋里溜达到院里边，找个阴凉地方，甭管蹲着还是坐着，稀里呼噜，把面条往嘴里边一吸溜，腮帮子塞得都能鼓起来。吸溜几口面条，咔嚓，咬一口大蒜瓣；吸溜几口面条，咔嚓，再咬一口黄瓜。

老北京人，讲究是个礼儿，嘴里塞得满满当当，看见街坊邻居，也得跟人家打招呼："哟嗬，二哥，您……您这是刚下班？……吃……吃了吗？"

五

生吃黄瓜，要想再讲究点儿，那就得把整条的黄瓜搁在案板上，拿菜刀，啪啪啪，一拍，然后一剁。白胖白胖的大蒜瓣，也是搁在案板上，啪啪一拍，一剁。蒜和黄瓜装盘，撒上点儿盐，倒上醋，点几滴答香油，这就是一道下酒、开胃的小菜，拍黄瓜。

拍黄瓜，不光中国人喜欢吃，洋人也喜欢吃，人家那边管这道菜叫具有东方神秘气息的黄瓜沙拉。2018 年那会儿，英国人跟法国人为了拍黄瓜这事儿，跟网上还掐起来了。

法国人，在各路洋人里边，那得算特别会做饭的，烹饪技术跟咱们中国人有一拼。英国人呢？在各路洋人里边，那得算特别不会做饭的，做出来的菜要多难吃有多难吃。除了德国人，就数他们做饭的手艺差。

法国人吃饭，有这么道传统小凉菜，叫芥末拌黄瓜。说白了，就是黄瓜切块儿凉拌，稍微再加点儿黄芥末。只不过法国人做的这道菜，黄瓜不能拍，只能切花刀。凭良心说，这比咱们中国拍黄瓜的手续，多少还复杂点儿。

英国人原先没吃过什么好东西，眼皮子浅，觉得法国人的芥末黄瓜好吃。后来一吃咱们的拍黄瓜，再吃法国人的芥末黄瓜，就不灵啦，觉得稍微差点儿意思，没中国的拍黄瓜好吃。典型的吃饱了骂厨子。

法国人得着信儿以后，肯定不乐意呀，就找英国人，打算掰扯掰扯。俩国家隔着英吉利海峡，你一言，我一语，一直掰扯到今天，也没掰扯出个准谱儿来。

六

法国人凉拌黄瓜，不拍，中国人凉拌黄瓜呢，讲究的是必须得拍。话说到这儿，我就想起一个事儿来。凉拌黄瓜必须得拍，您说这规定最早是谁提出来的呢？

拍黄瓜这个事儿要想掰扯清楚了，根儿必须得往山东那边捯。鲁菜里边有道传统凉菜，叫蓑衣黄瓜。蓑衣黄瓜，好多朋友都吃过。这道菜，看的主要就是厨师的刀工。整条的黄瓜，切成一片一片的，中间还不能给切断了。最后切出来的黄瓜的样子，就跟以前过节的时候屋里挂的那种纸拉花一样。

那位说了，吃根破黄瓜搞得这么复杂，这不是成心折腾人吗？

话还真不能这么说，当年发明这道菜的人，弄这道手续，必定就有人家的道理。据说，蓑衣黄瓜，是御厨发明的一道宫廷菜。皇上，您都知道，生活水平高，成天价大鱼大肉，可劲儿造。鸡鸭鱼肉老吃，吃絮烦了，也得想辙，弄点儿爽口、解腻的小凉菜吃。

皇上，那是真龙天子，有身份的人，不可能跟咱们一样，整只的扒鸡端上桌，伸手一把就给大鸡腿拽下来，整个拿着，就那么啃。鸡腿啃腻了，啪叽，往碗里一扔。两只大油手跟龙袍上蹭蹭，抄起一根黄瓜来，张开大嘴，咔嚓一下，半根就没了。您想想，这能是皇上吗？这是马三立先生说的，他们界壁儿，邻居，练气功那张二伯。

皇上吃饭，甭管什么时候，都得小口小口地吃，细嚼慢咽。皇上吃的菜呢，肯定也得往精细了做。蓑衣黄瓜，就是当初皇上吃饭的时候，用来解腻、开胃的这么一道小凉菜。

凉菜，最怕的就是拌出来不入味儿，吃到嘴里，白不呲咧，没滋没味儿。怎么能让凉拌黄瓜入味儿快，还尽可能多入点儿味儿呢？最简单的办法就是把黄瓜切得块儿小点儿，片薄点儿。这么着，当年跟宫里边当差的厨师，就发明了这道蓑衣黄瓜。

蓑衣黄瓜发明出来以后，慢慢就流传到民间了，老百姓也挺喜欢吃。唯独有一节，老百姓每天得下地干活，得出门上班。不可能说，为了吃个凉拌黄瓜，弄根黄瓜，跟家戴着眼镜切半天，旁的事儿什么都不干了。

蓑衣黄瓜做不了，就得重新打鼓，另开张，想别的辙呀。也不知道哪位高人，就发明了拍黄瓜这道凉菜。

拍黄瓜，从原理上说，跟蓑衣黄瓜差不多，实际就是简化版的蓑衣黄瓜。拍那么几下，一个是为了把黄瓜给拍碎了，拍成形状不规则的小碎块儿，这么着比切出来的黄瓜块儿更容易入味儿，调味汁也更容易挂在上边。再一个就是为了把黄瓜的果肉给拍松。黄瓜拍松了以后，就跟海绵一样，更容易把调味汁给吸进去。英国人觉得法国的芥末拌黄瓜不如中国的拍黄瓜好吃，差其实就差在这个地方。

七

今儿聊了半天黄瓜，聊到最后，我这脑洞又稍微开了那么一下。

四川、甘肃方言里边有这么个说法儿，那边的老百姓形容什么人缺心眼儿，就可以说这个人，瓜，瓜娃子。瓜娃子，翻译成普通话，就是傻瓜的意思。

傻瓜，应该算是一句特别文明的骂人话，有时候大概都不能算骂人话。比方说九十年代那会儿，数码相机出来以前，有种相机叫傻瓜相机。傻瓜相机为什么叫傻瓜相机呢？意思就是说，这种相机，操作起来特别简单，不用调焦距，也不用对光圈。就跟现在的数码相机、手机差不多，自动对焦，您只要会按快门就成。傻瓜都能用，所以叫傻瓜相机。

说了这么多年傻瓜、傻瓜的，您知道傻瓜的这个瓜，指的到底是什么瓜吗？回头找个时间，咱们专门聊聊这个事儿。

五湖四海之味

『磨剪子嘞，抢菜刀……』

胡辣汤

这道河南名吃，
治好了于谦的感冒？

大家好，咱今天来聊聊大河南的特色美食——胡辣汤和羊肉烩面，一个是早餐里的扛把子，一个是面食里的带头大哥，在河南菜里的地位就像是热干面在武汉，肉夹馍、羊肉泡馍在西安，卤煮、炸酱面在老北京，那是不能不提的美食。

喝一碗，一身汗，排毒又养胃，全天都舒坦！

常听相声的朋友，知道我们德云社有个演员，叫岳云鹏，他家就是河南濮阳的。他总说，吃来吃去，除了饺子，就是胡辣汤和羊肉烩面最好吃。我每次去河南，也都必点这两样，其实，算不上什么正儿八经的菜，就是日常里离不了，隔段时间不吃就想得慌。不信，您去问问周围河南朋友，八九不离十，都好这口儿。

咱先从胡辣汤开始聊。早年间，我去河南玩儿，那会儿还有路边支摊卖早点的。不到七点，我就火急火燎地跑到一个摊儿上，朋友说这家地道，不过得赶早，等到八九点就什么也不剩了。

那场面，我现在还记得，一群人排着长队，有的端着饭盒，铝的那种，上下两层，底下可以装点儿汤汤水水，上头放油条、包子。有的双手揣兜，等着打好饭，坐路边直接吃的，那里摆着几张方桌。不过，大家都伸长了脖子往前瞅，生怕排到自己什么都没了。

最前头呢，是几张拼在一起的长桌。上头支了口大锅，一个男的戴着白帽子、白袖套、白围裙，拿根长筷子，炸着金灿灿的油馍头。油馍头其实就是北京油条的迷你版。旁边还有一个小点儿的煎锅，里头是皮和底煎得金黄的水煎包。

桌子另一边，是位女同志。这位大姐，一手拿着个长木勺，从锅里一抎，另一手抄起一个白瓷碗，碗的底特别浅，估计是能显得给得多。她快速把汤倒进碗里，然后再从眼前的盘里，抓把香菜末，往汤上一撒，嘴里还吆喝着："不要香菜的恁①提前吭声！加醋嘞桌子上有！"

然后，端着汤的人，再到旁边要油条、油馍头、水煎包或者菜饺，找地儿坐下，一桌上能坐四五个人吧，也甭管认识不认识，凑一桌上吃得那个香啊。

等好不容易排到我了，只剩个锅底，给我盛饭的大姐还说呢："剩底儿了，多给你抎点儿！"旁边一哥们儿说："可稠了，底儿里东西可多了！"我一看，这胡辣汤，颜色有点儿像老北京的油面茶；黏糊糊的样子，又有点像炒肝儿，不过比炒肝儿稀点儿，里头有海带丝、碎粉条、豆腐皮，还有羊肉碎和小块儿的面筋。

面筋把肉汁都吸进去了，嚼着挺香。汤味儿那叫一个爽！胡椒味儿

---

① 河南话，你。

特别浓，还有羊汤的鲜。要是觉着喝到最后，嘴巴里有点儿太麻了，可以加点儿醋进去，这样一来，肉汤就不那么腻了，也不会觉得太麻太辣。我看旁边的人，都是用油馍头蘸着汤往嘴里送。还有人干脆把整个油馍头泡到汤里头吃。

河南的这个胡辣汤，算是我吃过的早餐里，口味儿挺重的了，可就这样，还有人紧着往汤里下辣椒呢！不是辣椒面，而是用油炸过的辣椒，闻起来有股羊油蹿鼻儿的香。我瞧着人家吃，自己都觉得有点儿辣得上头。

胡辣汤治好了于谦的感冒？

说到这儿啊，我想起前段时间上网看见的一篇文章——《胡辣汤，治好了于谦的感冒！》。一开始还以为是哪个标题党，按现在流行的话说，难道是在蹭我的热度？反正我看了那个标题挺好奇，就点进去看，这一瞧啊，原来是个乌龙。

人家这里头的于谦，不是我，而是那位历史上赫赫有名的大臣，那位写"粉骨碎身浑不怕，要留清白在人间"的传奇人物。不知道现在学校课本里头，还有没有他的那首《石灰吟》。

很荣幸，能和这样的传奇人物同名。这位于谦呢，算是个官二代，从小家里管得严，人家自己也用功，十五岁就熟读名人著作，像是诸葛亮、岳飞、文天祥这些人，都是他当时的偶像。

等他走上工作岗位之后呢，也非常勤政爱民，按照历史的套路，自然是得罪了一些人。这里头为首的，就是当时权倾朝野的，叫王振的大官。

王振是谁呢？他原本是个教书先生，可放着好好的基层公务员不做，非得去宫里上班，而且据说是自宫的，就是自己给了自己一刀，为了仕途，这位可真拼啊！不过呢，人家的付出也得到了回报，明英宗挺宠他的。只要是王振看不顺眼的人，基本上都被整得死去活来。

据说有一次，于大人进京面圣，朋友都劝他给王振带点儿礼物，走动走动，他不肯啊，岂能向恶势力低头？就因为这点儿小事儿，居然被王振陷害，关进监狱，差点儿被处死，后来还是山西、河南两地的官员还有群众游行抗议，朝廷才免了于大人的死罪。

当时的群众，为什么如此爱戴于大人呢？他勤政爱民啊，他在河南做官的时候，有次到郑州视察，恰好是他生日。搁其他大官，好不容易过个生辰，那可不得摆上几十桌酒席，多请点儿人来，起码收红包收到手软吧。可这位呢，只是溜达到路边，在一个名叫"胡记"的小饭馆喝了一碗热腾腾的汤。

香喷喷的高汤，里头好些个又麻又辣的香料，再加上碎肉丁、面筋、豆腐皮、海带丝，放了卖相一般，可这个独特的味儿让于大人记得牢牢的。

后来，又有一次，他从山西出差回河南，通宵熬夜办公，旅途劳顿，让他又累又有点儿感冒，没什么胃口，就突然想起之前那碗汤的味儿了！也甭管什么时辰，连夜去敲"胡记"的门，老板一看，这大半夜的，咋有官兵来店里？我又没犯法！等听完才明白，原来是于大人想喝汤了，赶紧挽起袖子，添了足足的料，恨不得亲自端去给大人喝。

也挺神奇，于大人喝了这碗热腾腾的汤之后，全身大汗淋漓，什么疲劳啊，感冒啊，不舒服的感觉一扫而光。他觉得挺痛快的，也不用吃药打针，喝碗汤就好了，就包了十两银子，让手下给这个胡老板送过去。还顺道捎了句话，大概意思就是，此汤甚好，可以用你的姓来命名并推广。胡老板收到银子，对于大人感激涕零，就把这个汤起名叫"胡辣汤"，以后的生意也越来越红火。

其实，关于这个胡辣汤的起源，有各种不同的版本，也有人说，胡辣汤是韩愈发明的，就那位唐宋八大家之一。这是怎么说呢？有一次他作为行军司马，和门下侍郎裴度班师回朝。当时天特别冷，刚打完仗，本来累到不成的士兵又得挨着冻。

韩愈坐不住了，急得到处溜达，瞧见装着战利品的马车，里头有金银珠宝、布匹粮食……突然，他瞟见了几袋东西——胡椒！韩大人应该是略通医术，起码了解胡椒的功效，就叫人把胡椒磨碎了，加到牛肉汤里头，再找点儿现成的零碎菜，豆腐丝什么的，往汤里一放。

大家一喝，都觉着浑身那个畅快啊，不但不冷了，好像都不怎么累了，跟喝了红牛、吃了士力架一样，满血复活。他的领导裴度看着眼前的景象，觉得挺带劲儿的，亲自给韩愈发明的这个汤起名叫"胡辣汤"！

其实，还有什么小太监献给宋徽宗的"延年益寿汤"、严嵩讨好皇上的"御汤"这些，各种各样的版本，您要是感兴趣，可以搜搜，都挺好玩儿的……不过，为什么关于胡辣汤的起源会有这么多种说法儿呢？

我想可能是因为胡辣汤一直都是民间小吃，就没怎么上过正儿八经的史书。不过，宋朝有本叫《太平惠民和剂局方》的书，据说是全世界第一部官方编写的药书。这里头提过，当时很流行的做法儿是，在食物里头，一般就是肉粥里，加点儿辛香的药物，有益于气血通畅，还能醒酒消食。估计那会儿的这个"食物"，就是胡辣汤的老祖宗了。所以说呢，这个胡辣汤里的辣，是胡椒的"辛辣"，而不是辣椒的辣，所以喝胡辣汤，完全不用担心长痘、上火，说不定喝碗通气血的汤，脸上的痘反而下去了呢！

适合冬天的一碗汤，不同地的不同法

虽然河南人一年四季都把胡辣汤当早餐，但我觉着，这个汤比较适合大冬天喝。你想啊，冬天多冷啊，要是一早上就能来碗热气腾腾的汤，一天都暖暖和和的。

不过挺可惜的，我在北京还没喝到过特正宗的胡辣汤。之前，鼓楼那边还有一家叫"烩面王"的河南饭馆，前几年关门了。有河南朋友说，做河南菜费时费力，又卖不上价钱，挺难的。就比如说吧，要想做一碗正宗的胡辣汤，就挺耗工夫。

首先得用骨头汤，起码得是熬了好几个小时的、高汤做底，才能香。有个做厨师的朋友就曾经和我说过，很多餐馆里头，都是用鸡骨头、猪骨头之类的熬一大锅浓汤，做菜的时候添点儿进去，提鲜。

然后呢，根据不同配方，有的只加胡椒、生姜、八角、肉桂这些挺基础的作料；有的呢，还会加三四十种草药进去。用个纱布把作料包好，丢锅里煮，碎末不会漏到汤里头。再从另一个锅里头，把炖得香喷喷的、大块儿的四方肉捞出来，切碎，和面筋、粉条、豆腐皮、海带丝一起倒进高汤里头，再把面芡慢慢顺着锅边倒进去，搅一会儿，最后再加点儿五香粉之类的调料，撒把小葱碎末，就能出锅了！

传统做法呢，这个面芡，比较讲究。现在不少人，自己在家做胡辣汤，都是用买好的面筋块儿和调味包，一搅和就得了。但过去，是得用淡盐水和面揉成面团，再往里不停地加水，"洗"出面筋。洗面筋的这个水就是稀淀粉糊，颜色像是乳白的花生浆，就是后头用的面芡。这种方法做出的面筋更筋道，胡辣汤也更黏稠。

在汤里加草药这种做法，和老北京的卤煮也是一个路子。有不少家做卤煮的，也会在里面加些草药。只不过呢，每家在汤里头具体加什么，各不相同。所以呢，河南不同地界儿，也会有不同的胡辣汤的做法。

这里头，有几个比较有名儿的派系，像是北舞渡胡辣汤。北舞渡镇，在漯河市舞阳县北边，有两千多年历史了，在明、清两代，算是非常繁华的地儿，地理位置好，有"北舞渡日进斗金""九门九关小北京"之称。这里有很多知名的小吃，像卷子馍、羊肉烧卖、酥油火烧、糯米元宵等等，可最有名儿的，还得说是胡辣汤。比起其他地方的胡辣汤，这儿的胡辣汤颜色更深、汤更浓，用的是羊肉高汤和羊肉块儿，中药味儿和辛辣味儿不是特别明显，味道柔一点儿。

当地人还给胡辣汤起了个很雅的名字——"八珍汤"，听起来是不是觉着，里头加了很多名贵食材？其实，八珍，就是指里头东西多，除了羊肉、面筋、海带丝、粉条、豆皮、花生米、胡椒粉、姜末这些东西，还会根据不同的时令加不同的菜，比如木耳、黄花、菠菜等等。

这儿的胡辣汤，还有一种特殊吃法儿，就是可以和豆腐脑混着吃。一样半碗，叫"两掺"。豆腐脑，您各位应该也都吃过，就是用黄豆做出来的滑滑的、软和的稀豆腐块儿，有股子清甜的香，正好可以和胡辣汤中和一下，嫩豆腐味儿和辛辣的汤味儿混在一起，吃着也挺有感觉！

另外一个名气也挺响亮的，就是逍遥镇胡辣汤了。逍遥镇，这名字听起来，是不是挺自在的？随风飘飘天地任逍遥啊！这个镇在周口市西华县，这边的胡辣汤，里头放的是牛肉，还是肉丁。除了基础的食材，还有花生和干黄花菜，大都加了不少中草药，味道更辛辣、香浓。

河南大南边的信阳，这边的胡辣汤，就挺不一样的。有的用牛肉，也有用半肥半瘦的猪肉做的，汤底是猪骨。而且，里头还会有红糖和鸡蛋，用的不是红薯粉，是绿豆粉条。

看到这儿，可能有些人就问了，听您这么说，胡辣汤是不是都挺重口啊，万一我要是不能吃辣，还想尝尝这种特色汤可怎么办啊？您听我接着说啊，其实，胡辣汤还分肉的和素的。上面咱说的这几种，都属于肉的，哪类肉配哪类高汤。还有一种里面不加肉的素胡辣汤，就比如开封吧，就有种素胡辣汤。

提起开封，您是不是也第一时间想起咱包大人了啊？铁面无私辨忠奸的包拯，一直都是开封的代言人。看了挺多关于他的电影电视，我总想，里头怎么都没有展示一下包大人日常吃的美食呢？

因为，开封作为几朝古都，这里除了很多名胜古迹，美食那也是杠杠的。比如灌汤包、桶子鸡，还有花生糕、绿豆糕、双麻火烧等糕点。感兴趣的朋友，下次去开封，可以去鼓楼夜市上，满坑满谷的小吃，任君选择。

有点儿跑题啊，一聊起吃，就想把我知道的都抖搂出来，生怕大家错过点儿什么，就好像只要是我说了，您各位就能吃到似的。咱接着聊，开封的胡辣汤，就分肉的和素的。其中，素胡辣汤没有肉，颜色像是羊肉汤那种，淡淡的，胡椒用的是白胡椒，给它磨成粉加进去。还有些养生提味的药材。这种汤，被称为养生胡辣汤，如果是完全不能吃一丁点儿辣，又想尝尝胡辣汤的朋友，可以试试这种素胡辣汤。

还有一个地方，也有素胡辣汤，就是河南的汝州，是平顶山底下的一个县级市。这边的素胡辣汤呢，煮锅特别有意思。用个一米多高的竹筒，支起来锅子，两头粗，中间细，像少数民族打的腰鼓。锅沿儿一圈，塞满了配菜——金黄的鸡蛋丝、翠绿的豆角儿段、红红的辣椒丝、淡黄色的豆腐丝，还有白绿色的葱丝，配着汝州特产的粉条，这边因为土地适合种红薯，过去很多家收的红薯，手工压成粉条，吃起来特别筋道。盛上这么一碗色香味俱全的胡辣汤，撒点儿香菜，放一小勺醋，喝着那叫一个美。

烩面，甩出来的"中不溜"

聊起河南菜，有人觉着挺奇怪的，按说，作为几朝皇上待过的地儿，菜应该很讲究，可从这个胡辣汤里就能瞧得出来，其实河南菜挺随意的。也有朋友说，河南菜不精细。比起那些摆在盘里，要色有色、要样有样的几大菜系，是有点儿"中不溜"。

可要是稍微了解一下河南近代史，就能明白，这地方经历的战争、自然灾害不断，闹过不少灾荒。像那个电影《1942》里演的那样，大批大批的河南人，拉家带口地逃荒。所以呢，河南人其实都挺务实的。就像他们爱吃的烩面一样。一碗面里头，有汤有面，有肉有菜，吃不饱，还能就着火烧、馒头吃，滋补又养生，经济又实惠。

那顺着这个话头，咱们就说说烩面。烩面，是古时候汤饼的一种，宋朝那会儿，还是在非常繁华的汴京，也就是开封，有"插肉面""大煳面"供应，这就是羊肉烩面的前身。

烩面的精髓在于面和汤，首先面要筋道。一般会用精白面粉，兑点儿盐和碱，和面，不停地揉；然后就是熬汤，得是上好的鲜羊肉，反复浸泡下锅，撇干净血沫，有的还会加进去劈开的羊骨，露出骨髓那种，再放入大料，煮至少五个小时以上。熬出的汤白白亮亮的，像牛乳一样。然后，再把醒好的面拉成薄条，两指宽。有些面馆还会由专门师傅表演拉烩面的这个过程。两手一边抖一边扯面，扯得呼呼三响，那场景是好看。不过这个面必须得是和得很筋道的面，不然一扯就断，那就闹笑话了。

据说，这个烩面，最早是被李世民和武则天带火的。对，就是唐太宗，他登基前，在一个寒冬腊月的日子里，患病落难了，暂住在一个农户家里。这家主人，把院子里养的四不像，也就是麋鹿，炖了汤，做了点儿面条，扯巴扯巴下进汤里，李世民吃了浑身通畅，病也好了。

他登基以后，派人找到这户农家，赏赐了金银，还让宫里御厨学习这道菜。到后来，武则天也很喜欢吃烩面，不过因为麋鹿特别稀少，所以慢慢地大家都用山羊代替，就成了羊肉烩面。据说慈禧避难山西那会儿，也经常吃这个面滋补身体。

皇上、女皇都喜欢的面，当然被老百姓们各种追捧了。可说实话，老百姓也不知道，具体的烩面到底长什么样，只知道那是面条和高汤配肉、海带、青菜、豆皮做的，所以在这些基础上，每个地方都有不同的做法。

最近一次去河南演出，我还尝了一种炝锅烩面，把生羊肉放在锅里炒到半熟，再加高汤下烩面，出锅后只放香菜和青菜。这么做，汤里的肉更香、更入味，据说现在挺流行的。

还有些商家在汤底里琢磨法子，比如加入鲍鱼、鱼翅、海参、鹿茸、冬虫夏草，还有专门定制的烩面，起步价一碗一百八十八。我觉着吧，这有点儿背离了老祖宗发明烩面的初衷，也就是个噱头。烩面最开始是为了让人吃饱，价格又亲民，所以对配料、汤底都没有那么多讲究。

其实，也就是这种"中不溜"的个性，让河南菜虽然不那么精细，但却让人觉得接地气。吃饱了，吃好了，才最带劲儿，您说对吧？

煎饼

问世间，
哪儿的煎饼能补天

磨剪子嘞，抢菜刀

全国各地，说话的口音不一样，所以一样的买卖，吆喝出来的套路，也不一样。吆喝起来，真正能做到全国统一的，只有一种买卖，您知道是哪种买卖吗？就是这个"磨剪子嘞，抢菜刀"。

好多朋友都觉得磨剪子、磨刀这套吆喝，京味儿特别足，只有北京这边才能听得见，实际不然。回头您可以观察观察，甭管什么地方，只要是推着自行车走街串巷磨剪子、磨刀的，吆喝起来，全是这套。最多也就是口音有点儿区别，大面儿上差不了太多。

磨剪子、磨菜刀这套吆喝，怎么就弄得全国各地都一样了呢？这事儿掰扯起来，离现在其实没多远，满打满算，也就是四十多年以前。二十世纪七十年代那会儿，全国流行八个样板戏。八个样板戏里边，有一出戏叫《红灯记》，好多朋友应该都知道。

《红灯记》里边有个跑龙套的小角色，是个磨剪子、磨刀的，上台以后，没有别的词，张嘴就是"磨剪子嘞，抢菜刀"。他这套吆喝，那可是专业剧作家编的词，节奏感、音乐性什么的都特别强，跟唱歌似的，让人一听，心里透着就那么豁亮，多少有点儿帕瓦罗蒂的意思。

全国各地磨剪子、磨刀的，觉得这句吆喝挺哏儿、挺好听，后来就都跟着学。这么着，一传十，十传百，天长日久，就成了行业规范了。

你找我补锅，我给你放花

补锅匠这行，跟磨刀的不一样，没有专业编剧帮着编词，吆喝起来，那都是别开天地，另创乾坤，自成一家，一个地方有一个地方的味儿，谁跟谁都不一样。

湖南那边，吆喝的时候特直白，拢共就俩字——补锅。八十年代，高压锅流行起来以后，又多了五个字——修理高压锅。湖南的补锅匠走街串巷，把这七个字连到一块儿，吆喝起来，差不多就是这个味儿的："补锅，修理高压锅……补锅，修理高压锅……"

当然了，人家吆喝的时候，用的是湖南话。您可以脑补一下湖南口音。

浙江、江苏那边的人，说话的口音柔和，甜度高，说话的时候，话作料、语气词，用得也特别多。补锅匠吆喝起来，拐弯的地方多，尾音拉得特别长，悠悠扬扬："补锅哦，生铁补锅哦……"什么叫生铁补锅呢？以前中国老百姓用的锅，尤其是农村的那种大柴锅，一般都是铁锅。铁锅要是没留神，漏个小眼儿的话，把补锅匠叫过来，人家就能跟炉子上化点儿铁水，往漏的地方一浇。铁水是黏糊的，等于当时就糊在这个窟窿上了，凉了以后，就把漏的地方给堵住了。

补锅匠每次干活，化铁水，分量不可能掌握得那么精确，多少都得留点儿富余。补完了锅，剩下的这点儿铁水怎么办呢？传统补锅匠的规矩，每回干完了活儿，都得把化铁水用的那个小坩埚，行话叫"煨子"，端起来，哗啦，把里边剩下的铁水，往修锅这位他们家门口的砖墙上一泼。

滚烫的铁水，撞在砖墙上，"啪"的一声，就散开了。大大小小的火星掉在地上，噼里啪啦一响，跟放鞭炮差不多。趁着这个热闹劲儿，补锅匠还得说两句吉祥话："红红火火，大吉大利！"

修锅这位看见这么个景儿，听见这么两句吉祥话，心里一舒坦，手一松，就能多给俩钱儿。下回再有什么事儿，还愿意找他。

眼下全国好多地方，过年这几天，都有打铁花的表演。好几百斤铁，搁在炉子上，化成铁水，等到天黑以后，大勺子抔起来，哗啦哗啦，往墙上泼。铁水撞到墙上，火星子满天飞，比放花都好看。打铁花这事儿，往根儿上捯，最早就是补锅匠玩儿起来的。

铝的外号叫"钢拢"

我住阜成门白塔寺那会儿，铁锅就不流行了，老百姓都愿意用铝的东西，铝锅、铝盆、铝饭盒、铝水壶，觉得这些东西比铁做的家伙什儿轻省，还好看。那时候大伙管铝还不叫铝，叫"钢种"，也有叫"钢精"的，意思就是说，这玩意儿，比铁还硬，比钢还强。

老北京人说话，乌里乌涂，容易吞音吃字。"钢种"这俩字，传来传去，传走褶儿了，慢慢就传成"钢拢"了。直到现在，好多六七十岁往上的老人，还是这么说，钢拢盆、钢拢锅。

铁锅容易生锈，再加上见天儿做饭，烟熏火燎，永远都是黑的。铝不生锈，可是容易氧化。用的时间长了的钢拢锅，外头油渍麻花，一层都是黑的，里头呢，也是乌涂涂的，没有刚买回来时那么亮。

有的人爱干净，隔那么几个月，觉得锅脏了，看着硌硬得慌，就得跟家里的小孩儿说："去，拿着咱家钢拢锅，找有沙子的地方，好好打打！"

"打打"是北京话，意思就是说，把这口锅，里里外外，拿湿沙子全给它蹭一遍，重新抛抛光。小孩儿，好像没几个不喜欢和泥、玩儿沙子的。拿着家里的钢拢锅，找个沙子堆，搂草打兔子，捎带手的事儿，玩儿着就把活儿干啦。

铝锅，本身就比铁锅薄。打一回，不显，打两回，不显。越打，锅就越薄。打来打去，早晚有那么一天，噗，打出来一个窟窿。

铝跟铁不一样，铝锅漏了，不可能跟补铁锅似的，化点儿铝水，把漏的窟窿眼儿给它糊上。只能是想辙，跟漏的地方打补丁。要是锅底漏了的话，干脆就换底。

那时候北京的胡同里边，补锅的肩膀上挑着根扁担。扁担一头是个小工具箱，里边装着各种零七八碎的东西；一头是个小车床，走街串巷，都得这么吆喝："换锅底，修理锅底！……修理锅底，换锅底！"

谁家的锅漏了，听见这声吆喝，就可以把锅端出来，让他给修。补锅匠用的那种小车床跟做瓷器的车床差不多，破锅的底朝上，倒扣在上头，脚一踩机关，整个就能转起来。

车床上配套的还有车刀，刀刃特别快，那真可以说是吹毛断发，削铁如泥。比如说，您家那口锅正好是底上漏了个窟窿，锅扣在车床上，转起来以后，车刀就可以贴着比锅底稍微高一点儿的锅帮儿的位置，唰……转着切一圈。

这么转着切一圈，锅底整个就都给切下来了。切出来的茬口儿还特别齐，是平的，不会像直接拿手切的那样，里出外进，七扭八歪。

要是有哪位朋友是搞冶金的，或者是工厂、4S店的钳工、钣金工，您肯定知道，铝跟铁还有个特别不一样的地方。什么不一样的地方呢？铁能焊，铝没法儿焊。真要是说铝的东西折了、漏了的话，不能焊，只能整个换件儿，再不就是弄点儿 502 之类的胶水，凑合粘粘。

钢拢锅见天儿都得做饭，做饭就得沾水，还得搁在火上烧。502 凑合粘上了，当时看着挺好，用不了十天半个月，冷不丁一下子就得开胶。回头偏赶上正月十五，合家团聚，吃元宵。巧克力的、山楂的、桂花的，各种馅的元宵，满满当当，煮了一大锅，黏黏糊糊，热气腾腾。

煮元宵的这位还挺高兴，乐吧唧儿的，美吧唧儿的，端着元宵锅，从厨房往餐厅走，嘴里还得吆喝一声："哦，元宵来……"

多半拉"来"字还憋在嗓子眼儿里没出来呢，只听得"扑哧""妈呀""咣当""咕咚"，连着就是四声。那位说了，什么呀这都是，我听着怎么那么乱乎呢？

您别着急，容我慢慢给您说。

刚才咱们不是说了吗，502 粘铝的东西，当时对付着能糊弄过去，工夫大了，准开胶。煮元宵的那口锅，新换的锅底，就是拿 502 凑合粘上的。端着元宵锅，从厨房往餐厅走，没留神，锅底猛地一下，整个就掉了。满满一锅元宵，扑哧，一点儿没糟践，全糊脚面上了。

一锅煮元宵糊在脚面上，您想想，谁受得了呀？端着元宵锅的这位，觉得脚上一烫，再一疼，嘴里这声"妈呀"，立马就得叫出来。脚上觉得疼，手上不自觉地就得松劲儿。空锅，"咣当"一声就掉在地上了。再后来呢，脚面上糊着二斤多煮元宵，越烫越疼。这位实在坚持不住了，腿一软，咕咚，一个屁蹲儿，坐地上了。

这套流程，咱们给它总结总结，精练精练，概括概括，就是"扑哧""妈呀""咣当""咕咚"，连着四声。

钢拢锅，换锅底，不能焊，也不能拿 502 粘。新锅底，怎么着才能给它鼓捣上去呢？这个事儿，您得往北京南边看。好多外地朋友也都知道，北京南边，永定门旁边，有个天坛公园。

天坛有个祈年殿。祈年殿整个是拿木头搭起来的，一根钉子都没有。一根钉子没有，怎么把这些木头捏咕到一块儿呢？人家用的是中国传统木匠的榫卯工艺。

榫卯工艺，就是跟木头上刻出各种接口，然后让它互相咬在一块儿。补锅匠换锅底，用的也是差不多的原理。锅底切下去以后，旧锅茬口儿的外圈，必须重新加工一遍，拿锤子敲出来一圈菊花纹，相当于螺丝口那意思。

打算换上去的新锅底，不是单纯就一个平板锅底，上头稍微也得带那么几厘米高的锅帮儿。锅帮儿的内圈，对应的，也得敲出来一圈菊花纹。

新锅底的尺寸，稍微得比旧锅茬口儿的尺寸大那么一点儿。当然了，大太多也不成，就是将将能套上那样。新锅底往旧锅的茬口儿上一套，一拧，再拿锤子，当当当，转着圈那么一敲，两边的菊花纹，互相就咬住了。用老北京人的话说，刀对了鞘，吃住劲儿了，再想往下拆都不容易。

补锅匠手里还有一种特制的白胶泥。新锅底跟旧锅，互相咬住了以后，再拿白胶泥，那么一腻缝。等胶泥彻底干透了，那就算万年牢，怎么装水都没问题。

下回要是锅再漏了，只能把这个锅底再切下去，重新装一个新锅底。所以那时候老百姓过日子，还有这么个说法儿，说锅是越补越浅。原先是个蒸包子、蒸馒头的大蒸锅，连着换七八回锅底，没准就改成灰太狼他媳妇用的平底锅啦。

女娲是个"补锅侠"

您知道补锅这行的祖师爷是谁吗？

我告诉您，是女娲娘娘。为什么是女娲娘娘呢？女娲补天的故事，只要是中国人，差不多都知道。这故事，大概意思就是说，很久很久以前，"咔嚓"一家伙，天就裂了个大窟窿。天裂了，大气层漏气啦，地上的老百姓，日子也就没法儿过了。

这么个裉节儿上，女娲娘娘找了好些大石头，堵在这个窟窿上。然后呢，玩儿的就是生铁补锅的路数，又找了好些柴火，烧起来一把大火，把这些石头都给烧化了。石头烧化了以后，变成岩浆，糊在窟窿上，一冷却，一凝住，就把天给补上了。这就是女娲炼石补天的传说。

女娲娘娘，连天都能补，补个锅，那就不算什么啦，张飞吃豆芽——小菜一碟。所以补锅这行，就把女娲娘娘当成了自己的祖师爷。

不光是补锅这行，下回再看打铁花的表演，得空，您可以找演员打听打听。刚才咱们说了，打铁花最早是补锅匠给玩儿起来的。所以表演打铁花的演员，临出场以前，按最传统的规矩，也应该给女娲娘娘烧香磕头，保佑自己别出危险，别让铁水给烫着。

襄阳城中，找到了你

听了这么多年女娲补天的故事，您知道女娲补天的那个地方，具体在哪儿吗？不知道的话，您听过 1983 版《射雕英雄传》的插曲《一生有意义》吧。1983 版《射雕》，演到最后，就是郭靖、黄蓉带着丐帮的人，帮着南宋大军守襄阳，打了一场大胜仗，算是个大团圆的结局。再往后说，《神雕侠侣》里边，郭靖、黄蓉守襄阳，连着守了十多年。守到最后，襄阳城破，两口子战死在襄阳城，又是个挺悲剧的收尾。

直到现在，还有好多朋友替这两口子操心，说金庸金大侠，这地方写得有毛病，是个大漏洞。郭靖、黄蓉两口子，武功那么高，入百万军中取上将首级，如同探囊取物，普通的小兵，根本挡不住他们。元朝人马打破了襄阳城，两口子跑了不就完了吗，何苦留在城里等死呢？

这个事儿，掰扯起来，也挺简单。飞雪连天射白鹿，笑书神侠倚碧鸳，金大侠讲了这么多故事，讲来讲去，归了包齐，跳不出去一个"情"字。稍微有点儿生活阅历的朋友其实都明白，"情"这个事儿，好多时候，根本就不讲理。

就像《三国演义》里边写的那样：刘备带着蜀国兵马打东吴，谁都知道，这么干不对。连刘备自个儿都知道，这么干，八成不对。可是呢，明知道不对，咬着牙，他也得干。为什么呢？为的是兄弟手足之间的情义。所以老百姓才有这么个说法儿，说是宁学桃园三结义，不学瓦岗一炉香。襄阳城破了，郭靖、黄蓉要是凉锅贴饼子——蔫溜，马前翘，那也就不是郭靖、黄蓉了。

《射雕英雄传》的事儿也挺有意思，往深了聊的话，那就没边啦，以后咱们可以专门讲一讲。今儿还是先说郭靖、黄蓉守的这个襄阳。

美女，留个珠子吧

民间传说，金大侠写的郭靖、黄蓉守的这个襄阳，往前捯好几千年，女娲补天的地方，也在襄阳。不光女娲补天的地方在襄阳。中国古代还有这么个说法儿呢，咱们的老祖宗是一男一女，男的叫伏羲，女的叫女娲，伏羲是女娲娘娘的爷们儿，全天下的人，都是这二位的后代。

伏羲去世以后，按主流的说法儿，埋在了河南淮阳。现在您去淮阳那边，当地还有一座伏羲陵。要是按非主流的说法儿呢，伏羲过世以后，就埋在了他媳妇当年炼石补天的地方，湖北襄阳。女娲、伏羲是一男一女，一阴一阳，一龙一凤，所以，传说襄阳又叫龙凤城。

襄阳旁边紧挨着一条大河，叫汉江。有一本书叫《列仙传》，专门讲各路神仙的八卦。

《列仙传》里边有这么个故事，大概意思就是说，有一年的正月二十一，老百姓刚过完年，吃完元宵没两天。

正月二十一这天，有个叫郑交甫的读书人，吃饱了没事儿干，带着个小书童，跟汉江边上瞎溜达，打算遛遛食儿。溜达来，溜达去，也不知道怎么回事儿，这哥们儿啪叽一家伙，就站住了，定在那儿不动了。腿不动了，眼睛可没闲着。站在那儿，张着大嘴，伸着脖子，瞪着眼，一连串注目礼，好家伙，眼里刺啦刺啦直冒火星子。

书童跟旁边站着，觉得挺纳闷。顺着他的目光看过去，明白了，敢情江边上有俩大姑娘，也跟那儿遛弯呢。这俩大姑娘长的，那叫一个好看，底板本身就不错，还特别会捯饬，穿得也挺时尚。

最惹眼的就是俩大姑娘的腰带上挂着的宝珠。这两颗珠子，也不知道到底是什么材料，每个差不多都有小鸡蛋那么大，贼亮贼亮的。戴在身上走夜路，都不用打手电，就那么亮。

眼下小伙子走在大街上，看见哪个大姑娘，用北京话讲，看得过，有一眼，追着人家多瞅两眼，其实不算什么。哪怕说主动过去，没话找话，跟人家搭搁搭搁，要个联系方式，互相加个微信，好像也不算什么。最坏的后果，也就是大姑娘轻伸玉腕，指着这位的脑门来一句："不要脸，你个臭流氓！"

搁以前，这其实算是一个大胆的举动。姓郑这哥们儿玩儿的也是一样的路数。干看着，觉得不过瘾，打算跟那俩大姑娘搭搁搭搁，要个信物。要什么信物呢？他可就看中了人家身上那两颗珠子啦。

书童见天儿跟街面上混，知道人情世故，是个明白人，当时就提出来了，说："爷，咱出来就为散散心，您说您，何苦招惹人家呢?！这儿的人都是巧言令色，您上去就管人家要珠子，人家可能给你吗? 到时候恐怕您没得着珠子还招惹了祸患，后悔都来不及!"

书童这段话可不是我瞎编的啊。《列仙传》的原话就是，"此间之人，皆习于辞，不得，恐罹悔焉"。

姓郑这哥们儿，用北京话讲，脸皮比城墙拐弯都厚，不在乎这个。人不要脸，天下无敌。惹祸就惹祸，死活我今儿还就非得搭这个话。俩大姑娘呢，还挺随和，也没生气，当场把珠子摘下来就给他了。

姓郑这哥们儿，脱了鞋，就想上炕，上了炕，还想盖被卧，那是得寸进尺。平白无故得了两颗珠子，还想跟人家要个电话号码，留个微信。没想到，刚要张嘴，那姐儿俩，"噗噗"两声，化作两团白烟，当时就没影儿啦。敢情这俩大姑娘是汉江里边的女神仙。

这件事儿出了以后，每年正月二十一，襄阳那边就多了个节日，叫穿天节。过这个节的时候，襄阳城的老百姓，男女老少，都得上汉江边上溜达溜达，看看能不能捡着当地特产的一种小白石头子。

这种石头子，不用人工打眼儿，当间儿天生就带眼儿。按襄阳当地人的说法儿，穿天节这天，谁要是能跟汉江边上捡着这种石头子，回家弄根红绳一穿，挂在腰上，再不就是挂在脖子上，就一辈子都能有好运气。

老北京人，早上出门办事儿，脸上要是老乐呵呵的，乐吧唧儿的，美吧唧儿的，周围的街坊邻居看见了，开玩笑，就可以这么问一句："怎么茬儿啊这是? 美得屁颠儿屁颠儿的，捡钱包啦?!"

差不多的意思，放到襄阳那边，就可以这么说："你捡着窟窿石头啦?!"

吃煎饼，能补天

中国传统文化里边，还有这么个说法儿，女娲补天，那也是有时有点儿的。具体什么时候呢？也是正月二十一。所以每年正月二十一这天，也就是女娲补天纪念日这天，又叫天穿节。您注意啊，是天穿节，意思就是说，天漏了，穿了个窟窿，跟襄阳的那个穿天节，正好掉了个个儿。

曹雪芹写《红楼梦》，开头就告诉您了，贾宝玉是女娲补天剩下的半块石头，实在用不上了，最后就留在了人间。薛宝钗的生日呢，回头您可以翻翻《红楼梦》原文，还就是正月二十一，女娲补天纪念日。所以说，贾宝玉、薛宝钗，这俩人的缘分是天注定。

不到一百年以前，每年正月二十一这天，老百姓还有这么个风俗，家家户户跟院子里架上锅，摊煎饼，吃煎饼。吃煎饼的时候，还得单挑出来一个煎饼，拿红绳穿上，挂在自己家的房檐底下。意思就是给女娲娘娘打打下手，帮着补补天。

天穿节，穿天节，时间一样，都是每年正月二十一这天。襄阳那地方，跟女娲娘娘又挺有缘分。两个故事掺和到一块儿，越传越乱，越传越走褶儿。传来传去，襄阳当地最后就传出来这么个说法儿，说天穿节和穿天节实际都是一码事儿，全是女娲补天纪念日。正月二十一这天，大伙去汉江边上溜达，想捡的那个中间带眼儿的小白石头子，就是女娲娘娘补天，最后剩下的那半块石头。

甭管这天到底是什么节吧，正月二十一的时候，您别忘了弄个煎饼吃。烙两张饼，卷肘子、酱牛肉吃，也凑合。咱们自己解解馋，找找乐，也算给女娲娘娘搭把手，出把力。管不管用，先搁旱岸上。萨马兰奇老爷子不是早就说了吗？关键在于掺和。

肉夹馍

老潼关风陵渡，
吃个馍，吹吹哨儿

有眼儿，能吹，那叫鼻儿

中国各地都有这么个习俗，讲究是阴历四月，赏柳色，吃柳芽。我小时候，每年到这个季节就是，家大人给个小篮，再不就是给个那种带提手的书包，告诉说："去，撸点儿柳芽去，留神着点儿，别摔着啊，别把裤子给剐破了。"

小孩儿都愿意干这个，它好玩儿呀。三四个人，拉帮结伙，去小树林里找几棵柳树，一人一棵，爬上去，连说带笑，玩儿着就把活儿给干了。

柳芽苦，还有股说不出来的味儿。按老百姓的说法儿，春天吃这个，能清热解毒，去火。去火归去火，柳芽苦，还有味儿，直接吃，吃不下去。小孩把柳芽撸回家，家大人得先拿开水焯一下，为的是稍微去去苦味儿。

焯完以后，再找个盆，把柳芽搁在里边，拿凉水泡几天，每天定时换水。老北京管这叫"拔"一下，为的是把柳芽的苦味儿，再多给泡出去点儿。泡上那么两三天，柳芽的苦味儿没那么大了，就能吃了。

怎么个吃法儿呢？最家常的吃法儿，就是加盐、醋、香油，凉拌。拌的时候多搁蒜泥，为的是遮柳芽那个味儿。不嫌麻烦的话，也可以吃馅，包包子，包棒子面的菜团子，都成。

甭管包什么，拌馅的时候，必须多搁黄酱，最好是搁炸酱，油稍微大一点儿，有肉更好。吃柳芽馅，为什么得多搁黄酱呢？黄酱味儿重，也能遮柳芽的味儿。

您要问这玩意儿到底好吃不好吃，说实话，真不好吃。一般都是家大人吃，小孩儿吃那么两口，咽药似的，意思意思，尝个新鲜也就完了。小孩儿春天撸柳芽，为的是享受那个过程，捎带手还能玩儿。

玩什么呢？吹柳鼻儿。

柳鼻儿，正名儿应该叫"柳笛"。柳鼻儿，那是老百姓过日子，说的大白话。为什么叫柳鼻儿呢？"鼻儿"这个说法儿，是个泛称，但凡带眼儿，搁在嘴里一吹能响的小玩意儿，都可以叫"鼻儿"。

比方说踢足球，甭管九十分钟，还是加时赛，一百二十分钟。裁判最后"嘟……"一吹哨儿，比赛结束。电视台播音员这时候就得说："终场哨声响起，观众朋友们，比赛结束了。"这是普通话，正规的说法儿。要是换成老百姓的大白话呢？那就得说："得，赶紧换台看电视剧吧，裁判都吹鼻儿啦！"

再往大了说，好多算不上正规乐器，又能出点儿动静儿的东西，也可以叫"鼻儿"。比方说遇见什么紧急情况，您打110，民警火速出警，"嗡嗡嗡"，警车闪着警报上了马路了。大伙看见，还得注意避让。

按正规播新闻的说法儿，这叫拉响警笛，奔赴现场。要是马路边上，闲得没事儿，坐那儿摇着蒲扇聊天儿的老太太看见了呢，就得这么说："呦，他大婶，怎么茬儿呀这是?! 警察拉着鼻儿就来了。"

腮腺炎是吹柳鼻儿后遗症

柳鼻儿，就是拿柳树枝外边那层皮儿做的一种小哨儿，吹起来带响。吹柳鼻儿，好像只能是春天，眼下这个时间段。我也不知道谁规定的，反正过了这个季节就没人玩儿了。据说是因为，只有春天，柳树枝外头那层皮儿才拧得下来。

您注意我说的话啊，是拧下来，不是剥下来。拧，是做柳鼻儿专门的手法。做柳鼻儿，先得找根柳树枝。太老不成，太嫩也不成，必须是不老不嫩，靠中间那段。给它从树上撅下来，大概半拃长就可以，最多别超过一拃。

那位说了，我手艺高，来个两米的柳鼻儿。您做得成做不成，咱们另说。就算能做出来，恐怕也吹不响。为什么呢? 这里边还有个振动频率的问题。柳鼻儿做太长了，含在嘴里，气吹过去，它振不起来。

半拃长的柳树枝，拿在手里，得来回拧。就跟有的朋友吃橙子，不愿意拿小刀切开吃，愿意剥皮吃整个的，剥皮之前先把橙子搁桌子上来回揉，让外头的皮跟里头的瓤互相分开，剥皮的时候好剥，那个道理一样。

拧柳树枝，拧到一定时候，里边的木头芯跟外边的皮就分开了。我这么一说，您觉得挺容易，实际不然，挺费事儿。尤其小孩儿，有耐心烦儿的少，拧的时候着急。越着急越拧不好，稍微不注意，把柳树皮拧破了，这根就算报废。只能换一根，重新打鼓，另开张，接茬儿再来。

拧到了火候的柳树枝，里边的木头芯抽出去不要，剩下的外边那个树皮管，就是柳鼻儿。木头芯抽出来，不能马上扔，还得有个手续，什么手续呢？念咒语。

一二三四五，金木水火土，要想戏法儿变，还得抓把土……这是过去老天桥儿，摞地卖艺、变戏法儿的咒语。给柳鼻儿作法，单有一路咒语，我记得是这么说的："捶，捶，捶，捶喇叭，喇叭不响，我打它。"

小孩嘴里这么说，手里还得配合着拿抽出来的木头芯，跟柳鼻儿上来回敲打几下。这个手续走完，柳鼻儿就算完工，能吹了。搁在嘴里一吹，有的是"嘟嘟"响，有的是"嗡嗡"响。具体怎么个响法儿，跟柳鼻儿的长短，还有柳树皮的薄厚，都有关系，没准谱儿。真正能吹出调儿来的，少。

几个小孩儿，每人嘴里一个柳鼻儿，"嘟嘟嘟，嗡嗡嗡"，屋里屋外，满大街连跑带闹，觉得挺有意思。家大人听着闹心得慌，就得想个辙，编个瞎话把小孩吓唬住，让他别玩儿。所以好多地方，老百姓都有这么个说法儿，说是吹柳鼻儿容易得腮腺炎。

现在的小孩儿，轻易还看不见有得腮腺炎的了。我小时候，差不多人人一辈子都得摊上三件事儿，哪三件事儿呢？出疹子，出水痘，再就是得腮腺炎。三样里边，每个人最少也得摊上一样，也有点儿背，三样都占全了的。反正这三样都是一辈子就得一回，得过一回以后，就有免疫了。

腮腺炎不要命，就是腮帮子得肿几天，疼。春天小孩儿一吹柳鼻儿，大人就吓唬说："再吹?! 再吹回头得腮腺炎，肿腮帮子，带你上医院，找大夫打针去！"

还有的家长，更狠，告诉小孩说，蝎子最喜欢柳鼻儿那动静儿。白天吹柳鼻儿，蝎子跟墙缝里猫着，听见了，晚上睡觉的时候就找你去。吓得小孩晚上睡觉，把被窝都得捂严实了，小缝都不能有。浑身上下，卷乎起来，连脑袋都蒙被窝里，脚都不敢往外伸。就怕一个没留神，让蝎子给蜇了。

柳鼻儿，应名儿叫柳鼻儿，实际用春天的杨树枝也能做，别的树好像都不成。1986 年的老电影《血战台儿庄》，我小时候特别爱看。打仗片，您想，小男孩儿、半大小子，哪有不爱看的？

《血战台儿庄》里边有个桥段，讲的是一个老班长，猫在战壕里吹柳鼻儿。人家是高手，能吹出调儿来。您有空可以上网，把这老电影再翻出来看看。电影里边，那位老班长拧柳鼻儿的原材料，应该是根酸枣枝子，肯定不是柳树、杨树。

不知道这是当初的剧组疏忽了，还是真就有这么种玩儿法。回头我也找棵酸枣树试试去。

朋友啊，你慢些走

说起柳树，中国传统文化里头还有个风俗，叫折柳送别。大概意思就是说，送亲戚朋友离开家，出远门。送出去老远，眼瞅要分手的时候，送人的这方得从路边的柳树上头撅个柳枝下来，交到要走的这方手里。

这风俗什么意思呢？现在，您家里来客人串门儿，甭管临时坐半个钟头，抽根烟，喝碗茶水就走，还是实在亲戚，连吃带玩儿，住半个来月。最后人家要走的时候，礼节上，您必定得送送，把人家送出门去，嘴里还得客气两句："您慢走啊，慢走，有空再来！"

这位要是开车来的呢，您就得说："注意安全啊，慢点儿开！"

对方多着急，哪怕着急赶飞机呢，您也只能跟人家说慢点儿开。绝对没有说："赶紧，上车，插钥匙，打火！给油！你倒是给油呀，怎么这么肉呀？！麻利儿的啊，限你三十秒之内从我们家门口消失！"真要那么着，就是成心找碴儿打架呢。

古代中国人折柳送别，也是这么个意思，柳树的"柳"跟留下的"留"谐音。送人的时候，撅个柳树枝，交到对方手里，等于就是含蓄地告诉人家："朋友啊，你慢些走，慢些走啊，慢些走……"

包括古代大道边上修亭子，也是借个谐音，告诉出门在外的人，您停一停，别着急走。要不怎么有个说法儿叫长亭送别呢。"长亭外，古道边，芳草碧连天……"您看北京西站的房顶上，为什么非得修三个亭子呢？说到底，也是这么个意思。

一千多年以前，唐朝，李白写了首词，叫《忆秦娥》，里边有这么句话，"年年柳色，灞陵伤别"。李白说的这个灞陵，指的就是西安东边的灞桥。眼下您去西安旅游，西安灞桥区那地方，还能看见一座石头古桥。这桥，隋朝那会儿就有，又叫折柳桥。

为什么叫折柳桥呢？送君千里，终须一别，这句话大家都知道。平常家里来客人，走的时候，您肯定得跟着出门，送那么两步。这时候，客人也得跟您客气客气："得，您留步，赶紧回去吧。"

唐朝的规矩，送亲戚朋友出远门，往东走。出了长安城，最远最远，送到灞桥这地方，就得互相说再见了。送人的这位，顺手从道边的柳树上，撅个柳枝下来，交到要走的这位手里。从此留下个典故，叫灞桥折柳。

要走的这位，手里拿着柳枝，骑着马，再不就是骑着驴，下了灞桥，顺着大道，往东走，能走到一个特别有名儿的地方。什么地方呢？潼关。

两条河，两套书

潼关为什么叫潼关呢？因为这地方有条大河，古时候叫潼水，现在叫潼河，算渭河的支流。您听说书先生讲《大隋唐》，有这么个说法，叫八水绕长安，八水长安城。有的老先生，第一个字咬音咬得特别重，也有叫"灞水长安"的。

八水长安，说白了，就是古时候长安城周围有八条河。最有名的是泾河、渭河。泾渭分明，这成语，只要是中国人，差不多都知道。

渭河，三千多年以前，就是姜子牙直钩钓鱼，愿者上钩的地方。钓来钓去，钩来个文王访贤，兴周八百年，《封神演义》，这是一部评书。

泾河呢，里边住着个龙王爷，专门负责给长安城下雨。后来吃饱了撑的，跟算命先生袁守诚较劲儿，下雨的时候，多下了几个点。玉皇大帝急眼了，要宰他。龙王爷找到李世民，想托他帮帮忙，留自己一条命。

结果忙没帮成，这才引出唐太宗游地府，刘全献瓜，长安城办水陆大会，唐僧登台讲法。观音菩萨变成一老和尚，跟唐僧逗咳嗽玩儿："法师讲的是小乘佛法，可能讲大乘佛法否？"

接下来就有了孙猴儿保着唐僧西天取经，九九八十一难。又是一套活，一部书。

风陵渡看月亮

潼关的北边，占了八水长安的两水，渭水和洛水。南边是秦岭，西边是华山。东边儿呢，紧挨着黄河，也是个特别有名儿的地方，叫风陵渡。老北京有燕京八景，潼关也有潼关八景。风陵晓渡，算是潼关八景里边的一景。

什么叫风陵晓渡呢？意思就是说，天刚蒙蒙亮那会儿，北京话讲，鬼龇牙那会儿，坐着老式的摇桨木头船，过黄河。感觉上，应该跟燕京八景的卢沟晓月，差不了太多。

卢沟晓月，卢沟桥，您都知道，北京西南方向，五环旁边，挨着宛平城。最近这十来年，每年八月十五，宛平城都得办个赏月庙会，庆祝阖家团圆。用句俏皮话儿形容这个玩儿法，那叫猴吃麻花——满拧。相当于清明节上坟，哭错坟头了。

卢沟晓月，实际上是惨月，跟阖家团圆一毛钱关系都没有。为什么这么说呢？卢沟桥，自古就是北京城南边的交通要道，跟潼关风陵渡的意思差不多。凡是从南边进出北京城的人，都得从这座桥上过。

出过远门，或者常年离家的朋友，您可以情景代入一下。甭管是火车站，还是飞机场。阴历八月份，秋景天。小风飕飕吹着，树叶哗哗落着，用句文艺点儿的话说，那真是秋雨秋风秋煞人。

天上挂着一大圆月亮，惨白惨白的。眼瞅要走了，您看看周围送行的亲人，再抬头看看脑瓜顶上的月亮。心里必定是五味杂陈，一声长叹，唉……感情丰富点儿的人，没准当场就能哭出来，绝对找不着阖家团圆的高兴劲儿。

反过来说，甭管出国留学，还是上班，这人一去十几年，几十年，少小离家老大回，乡音无改鬓毛衰。好不容易回国了，到家了。还是那么个场景，下飞机，下火车，您拎着行李，抬头看看天上的大月亮，肯定也是一声长叹，悲喜交加，心里的悲多于喜。

卢沟桥，对北京人来说，就相当于西安的灞桥。以前出远门办事儿的人，头天晚上，多数都是跟城里，永定门内，找个小店住一宿。第二天早上，踩着开城门的点儿，摸着黑，赶早出城。走到卢沟桥，正好就是鬼龇牙，天刚蒙蒙亮的时候。

出完了远门，回家的人呢？北京当时的规矩，天黑就关城门。人走到卢沟桥这儿，来不及进城，只能也是找个小店凑合住一宿，第二天赶早再进城。

一进，一出，这二位，走到卢沟桥上，碰了头了。抬头一看天上的大月亮，卢沟晓月。出门的这位心里想的是，这趟又得好几个月，也不知道是凶是吉，最后能不能平平安安回来。唉……悲从心头起，长叹一声。回来的这位呢，心里想的是这趟真不容易，我可算是到家了。唉……想到这儿，也是悲从心头起，长叹一声。

潼关风陵渡，比北京卢沟桥的年头可长得多。别的不说，女娲娘娘眼下还跟那儿埋着呢。这么个环境，甭管您是从陕西坐船往山西去，还是从山西往陕西来。早上五六点钟，船走到黄河中间，河面上刮着风，抬头看看天上的月亮。这是什么感觉？说句文艺点儿的话，历史的苍茫感，油然而生。

肉夹馍技术哪家强？潼关水坡巷帮您忙

好多朋友来北京旅游，都愿意去胡同里遛遛，来个胡同游，找找老北京的感觉。潼关城里也有条胡同，在县城南门那边，紧挨着风陵渡，特别有名儿。这条胡同，叫水坡巷。

水坡巷，为什么叫水坡巷呢？据说是因为这条胡同里边有条小河，顺着地势，能一直流到渭河里边。现在您去这条胡同溜达，能看见明朝洪武年间修的城墙，洪武年间修的四合院，还能找着唐朝那会儿挖的水井，井里边装的是唐朝的水。

话说公元 1757 年，乾隆二十二年，乾隆皇上溜达到潼关，走到水坡巷，就喝过这口井里边的水。皇上喝完了水，抹抹嘴，一伸大拇指，还说了句："水坡山泉，有点儿甜！"

溜达累了，您还可以跟水坡巷找个小店，吃两个肉夹馍。

眼下全国各地都能买着肉夹馍，回头您留神观察一下，有的卖肉夹馍的店，人家还得特意强调，我们卖的是正宗的老潼关肉夹馍。那位说了，潼关肉夹馍，跟陕西别的地方的肉夹馍，有什么区别呀？

区别可大了去了。别的不说，从西安到潼关，开车用不了俩钟头，给脚油就到。就这么近的道，潼关和西安，因为谁做的肉夹馍最地道这么点儿事儿，掰扯了可不是一年两年了。

西安肉夹馍，正名儿叫白吉馍夹腊汁肉。馍，用的是发面馍，相当于发面火烧。肉，用的是大锅里头热汤咕嘟着的热肉。潼关肉夹馍呢？馍，是死面馍。肉呢，最正宗的潼关肉夹馍，用的是煮熟了以后凉凉了的肉。

热饼凉肉，这里边的道理，跟老北京的热烙饼卷酱肘子差不多。凉凉了的肉，有肥有瘦，肉皮上还结了层肉冻。刚出锅儿的馍，滚烫，皮是酥的，拿刀切开，腾腾腾，直往外冒热气。凉肉往里头一夹，外头那层冻就化了，肉汤能洇到饼里去。肘子里的肥肉，让热气一噓，半化不化。咔嚓一口咬下去，满嘴流油。

按当地老百姓的说法儿，闹八国联军那年，慈禧太后从北京往西安跑，路过潼关，吃了两个潼关肉夹馍。吃完了干的，还得来碗汤，溜溜缝。慈禧喝的那个汤，也算潼关特色小吃，是拿猪里脊肉切片，加上摊鸡蛋、黄花、木耳、葱丝熬的清汤，原先叫烩里脊。

没想到慈禧喝完了这个汤，也是一抹嘴，打两个饱嗝，一伸大拇指："这汤不错，味道好极啦！都赶上京城的鸭片汤了！"

太后，金口玉言，她说这汤叫鸭片汤，那就得叫鸭片汤。从那以后，潼关烩里脊就正式改名叫鸭片汤了。鸭片汤配肉夹馍，从此成了最地道的潼关吃食。

回头您要是有机会去潼关，别忘了来两个肉夹馍，再来碗鸭片汤。吃饱喝足，去风陵渡遛遛食儿，站在黄河边上，吹吹柳鼻儿。

拉面

临洮拉面变变变，
珍珠河水疙瘩汤

想吃拉面，必须赶早

临洮，在兰州的南边，两个地方隔着大概二百里地。差不多也就是从北京市中心到大兴，我马场的距离。开车的话，给脚油就到。临洮和兰州离得近，好多风俗习惯也差不多。

兰州最有名儿的吃食，那得说兰州拉面。

北京大概是八十年代末那会儿，大街上开始有人卖兰州拉面。我头回吃拉面，是跟老官园市场。早上起来，骑着自行车，车把上架着鸟，车后架子上捎着水葫芦、鸟食罐这些乱七八杂的东西。

到了地方，哥儿几个凑到一块儿，自行车往马路边上一支，屁股往车大梁上一靠，连聊带玩儿。赶上中午饭点儿，懒得回家，花一块钱两块钱，去市场旁边的拉面摊，买碗拉面。坐在马路牙子上，稀里呼噜，那么一吃，也挺滋润。

这话说起来得是十多年以前了，几个朋友去新疆，半道上路过兰州。人都到了兰州了，要是不来碗最地道的拉面尝尝，火车票的钱不就算白花了吗？我们那天就是，中午饭点儿，跟兰州大街上瞎溜达，找拉面馆。

北京卖拉面的地方，买卖字号一般都叫什么什么拉面馆。甭管怎么着，都必须得把"拉面"这俩字跟招牌上写出来。兰州大街上呢，现在的情况我不知道啊，那时候，还真看不见哪个饭馆挂着"拉面"的招牌。

遛了两条街，腿肚子都转筋了。心里一合计，老这么傻遛也不是事儿呀。赶紧找当地人打听打听，问准了地方，直接过去吃就得了。

后来细一打听才知道，敢情当地老百姓管拉面不叫拉面，叫牛肉面。真正的老兰州人，都是早上起来，去牛肉面馆吃拉面，当早点那么吃。意思就跟武汉人早上起来，过早①，吃热干面差不多。

卖拉面的地方，临到中午饭点儿就收摊，不营业了。您要是想吃的话，只能是早上起来，赶早去。

我的拉面，我做主

临洮那边，也讲究早上起来去面馆吃拉面。当地的拉面，比兰州还多了种吃法儿。什么吃法儿呢？干拌。

吃兰州拉面，主要喝的是汤，面条还在其次。大块儿的牛肉、牛骨头，配上白萝卜，搁在锅里，连着咕嘟好几个钟头。熬出来的汤，热气腾腾，盛到碗里，撒一把香菜末、青蒜末，再来勺油泼辣子。一大碗面

---

① 湖北地区对吃早餐的俗称。

条端上桌，一清二白三绿四红五黄，这是兰州拉面最讲究的地方。

临洮那边，有的人吃拉面就愿意捞干的，不喝汤。干拌面，就是把拉面煮熟了以后，从锅里捞出来，盛到碗里。面条浮头撒点儿煮熟了的牛肉粒，牛肉片也可以，然后浇一勺面馆自己配的调味汁，再来点儿香菜、青蒜、油泼辣子，不放汤，就这么拌着吃。

热凉面的吃法儿跟干拌拉面差不多。老临洮人，也是早上起来，赶早，去面馆吃热凉面。

推门进屋，面馆里边架着煮面条的大锅，呼呼呼，直往外冒白气。拉面师傅看见吃主儿进门，先得问一句："吃宽？吃细？要大盘？要小盘？"意思就是问，面条给您抻得粗点儿还是细点儿，您是吃个大份还是小份。

这些事儿掰扯清楚以后，拉面师傅也是按兰州拉面的意思，揪下一块面来，"啪啪啪"几下给它抻成面条，往锅里一扔。眼瞅面条快煮熟了，临从锅里往外捞的时候，师傅还得再问一句："吃热，还是吃凉？"

您要是说，我想吃热的。面条捞出来，就可以直接装碗，再往后的手续，就跟刚才说的干拌拉面差不多。您要是说，我想吃凉的，那还得多道手续。面条捞出来以后，得先过一遍凉水，然后铺在拉面的案子上，摊开了凉凉。

面条凉了以后就坨了。所以刚出锅的面条，摊在案子上凉的时候，还得稍微往上撒点儿菜籽油，给它拌匀实了。这么着，面条凉透了以后，就还是一根一根的。吃到嘴里，那是又滑溜，又筋道。

面条凉凉了以后，盛到碗里，也是浇一大勺卤汁，配上油泼辣子、酱豆腐、香菜、蒜末这些个作料。作料齐了以后，拉面师傅还得问您一句："加肉不加？加肠子不加？卤鸡蛋，要不要？"

您要是说想吃得丰富点儿，这三样东西，都可以单加。加多加少，您自己定，最后单算钱。要是说不加的话，面条拌好了作料，直接吃，也可以。

临洮的热凉面，一种面条有冷热两种吃法儿，所以叫热凉面。热凉面，按老式年间的规矩，也是只能当早点吃。现在就没那么多讲究了，一天三顿，什么时候吃都成。尤其是晚上，天黑了以后。去临洮的狄道老街，守着大排档，点一份热凉面，要几个烤肉串，再来一瓶黄河啤酒。这就是最地道的临洮夜宵。

那位问了，临洮的烤串跟新疆的烤串有什么不一样的地方吗？

我跟您说，真有。咱们之前说过，临洮那边产的花椒，特别有名儿。靠山吃山，靠海吃海，临洮的花椒多，当地老百姓吃饭的时候，花椒下得就特别重。

别的地方的烤串，一般也就是撒点儿盐，撒点儿孜然，再来点儿辣椒面。临洮的烤串，多一道手续，什么手续呢？还得再撒一把花椒面。烤串吃到嘴里是麻辣口儿的，多一股花椒的香味儿。

不光是烤串，临洮人炒菜做饭，包括饭馆里卖的牛肉面、热凉面里加的花椒，多数也都比别的地方多。

南有热干面，北有热凉面

话说到这儿，临洮人怎么就琢磨出来热凉面这种吃食了呢？这事儿真要掰扯起来，根儿还得往好几百年以前捯。

《大宅门》开头有这么个桥段，讲的是白七爷跟着涂二爷他们离开北京，去外地的药材市场买药材。中国历史上有四大药材市场。哪四大药材市场呢？河北安国，河南禹州，安徽亳州，江西樟树。

除了这四大药材市场，临洮也算一个特别有名儿的药材市场，跟那四个市场还不太一样。

您有空可以查查地图，临洮这地方正好是四川、甘肃、青海三省交界。唐朝那会儿有条古道，叫唐蕃古道。唐蕃古道，大概就相当于现在的京藏高速，这头连着大唐的都城长安，那头连着拉萨。临洮呢，不歪不斜，就卡在这条古道的当间儿。

唐朝那会儿，临洮东边都算大唐的地方，归唐朝管。要是过了临洮，再往西走呢，就到了吐蕃了。大唐贞观年间，藏王松赞干布派使者带着聘礼去长安城找唐太宗求亲，这使者半道上就跟临洮歇过脚，打过尖。

这门亲事说成了以后，文成公主带着嫁妆，从长安往拉萨走，半道上，也得路过临洮。

临洮这地方，三省交界，四川的药材、青藏高原的药材，再加上甘肃本地产的药材，都跟当地扎堆。全国各地的药材商，得着信儿以后，就全上临洮淘换好药材来。人气旺了以后，餐饮、服务什么的配套设施也就跟着发展起来了。

做买卖的人，什么时候都得把买卖放在头喽^①，正点儿吃饭的时候少。现在也是这样。中午晚上，赶上饭点儿，您去商场、超市买东西，绝对不可能说，服务员、售货员人手一个饭盒，手里拿着筷子，一边站柜台一边紧着往嘴里扒拉，腮帮子塞得满满的。

看见主顾进门了，这位还挺热情，左手端着饭盒，右手举着筷子，嘴里吧唧着，跟您打招呼："哟嗬，来了您哪！"赶上这位打招呼的劲儿使得再稍微大点儿，弄不好还得喷您一脸碎米饭渣子，来个满天星。这么着的话，对人忒不尊重。传统的老买卖人，宁可饿着，也不能这么干。

做买卖的人，顾不上正点儿吃饭，所以但凡得着机会，就得想方设法地多吃、快吃。

老北京有这么个规矩，吃饭的时候不能端着碗绕世界瞎溜达，一边

---

① 东北话，指最前面。

走，一边吃。哪怕说天热，不愿意跟屋里猫着，就想跟外头吃，那也得找个有阴凉儿的地方，要么蹲着，要么坐着，反正不能走着吃。

武汉那边的风俗习惯不一样。老武汉人，讲究早上起来，出去过早，吃热干面。眼下武汉人吃热干面，用的都是那种跟桶装方便面差不多的纸桶。挺时髦的大姑娘，职业装穿着，小皮包背着，高跟鞋嘎嗒嘎嗒踩着，也是手里端着热干面，一边走一边吸溜。走半道上，碰见熟人，嘴上糊着一圈芝麻酱，还得跟人家打招呼。

武汉那地方守着长江。这种面条，据说最早就是给跑码头、抢时间的生意人预备的。做起来，快，时间短，用不了两分钟就能吃到嘴里。吃的时候呢，碗里没汤，可以一边走一边吃，小跑着吃都成，挺方便，不至于洒汤漏水儿。吃到肚子里的还都是干货，热量高，搪时候。

临洮的热凉面也是这么个道理。倒腾药材的生意人，早上起来，临出门做买卖以前，抓紧时间，吃一份热凉面。兜里要是钱富余呢，还可以多吃点儿肉，捎带手，再喝两口。

吃饱喝足，肚子里塞得满满的，身上暖暖和和，再去市场做买卖。恨不得中午饭就不用吃了，抓紧时间挣钱，有什么话都等晚上收摊了再说。

一碗蒜面，甘肃、河南到底谁山寨谁？

不光临洮人喜欢吃凉面，甘肃好多地方的老百姓，尤其是夏天的时候，都愿意吃口凉面。就拿吃拉面最有名儿的兰州来说，当地人其实也吃凉面。兰州人吃的这个凉面，等于是把老北京打卤面跟岐山臊子面，重新优化组合了一下。

兰州凉面的面条，也是按临洮热凉面的路数来。先拉面，面条下锅煮熟了以后，捞出来过水，拌上油，摊在案板上凉着。面条预备好了以后，再打卤。兰州凉面的卤，里边必须得有豇豆、菜花、胡萝卜、土豆、芹菜、蘑菇切的丁，还得放点儿切碎了的炸豆泡。

热油、葱花炝锅，这几样东西放到锅里炒几下，然后加水，再放点儿酱油、盐什么的，最后勾芡出锅。吃的时候，面条盛到碗里，先浇一勺卤。浇完了卤，还得浇蒜汁、芥末汁、芝麻酱、油泼辣子。这是兰州凉面跟老北京打卤面最不一样的地方。

从临洮往东再走大概二百多里地，有个地方叫秦安。兰州人早上起来吃牛肉拉面，临洮人早上起来吃热凉面，秦安人呢，吃蒜面条。蒜面条，多少有点儿陕西邋邋面的意思，就是吃的时候，得多放蒜泥。这个蒜泥，还不是纯蒜泥，里边必须得加五香粉，再就是加花椒粉。

洋人吃饭，讲究先喝汤，喝完了汤，再吃主菜。秦安人吃蒜面条，玩的也是洋派。吃面条以前，先来一大碗浆水汤，酸甜口儿的，开开胃，然后再吃面条。

秦安人吃的蒜面条，放到岳云鹏他们老家，河南那边，也叫蒜面条，连吃法儿都差不多。那位说了，甘肃人吃蒜面条，河南人也吃蒜面条，俩地方的人，到底谁山寨的谁呢？我跟您说，这事儿还真不好说。

李世民老家在临洮

大概二千五百多年以前，今天河南鹿邑那边，有户姓李的人家，得了个儿子。这儿子吧，挺有个性。怎么个有个性法儿呢？别的小孩儿，刚落草儿的时候，都是红扑扑，嫩了吧唧的，然后越长越老。

这孩子不一样，自来老，生下来就是个小老头儿，满脸褶子，少白头。两只耳朵长得还特别大，大耳垂肩，周围的街坊邻居就给他起了个小名儿，叫老聃，大号呢，叫李耳。"聃"这个字，在古汉语里边的本义就是耳朵大。

您都知道，老子是道家的创始人。民间传说，老子得道以后，不愿意跟中原待着了，就骑着青牛，出函谷关，一直往西走，打算去甘肃那边旅旅游。老子出关，跟甘肃溜达了整整十七年，最后落脚的地方，就在临洮。

现在临洮那儿，还有一座岳麓山。注意，临洮这个岳麓山跟湖南长沙的岳麓山是两回事儿。临洮岳麓山上头，有个飞升崖。按当地老百姓的说法儿，这就是老子最后成仙得道，羽化飞升的地方。

老子飞升以后，跟临洮还留下好多后人。临洮在甘肃的西边，甘肃古时候叫陇，所以老子在临洮留下的后人，就管自己叫陇西李氏。老子羽化成仙以后，隋炀帝开运河那会儿，陇西李氏出了位牛人。哪位牛人呢？就是唐国公李渊。

喜欢听评书的朋友都知道，《大隋唐》里边有个说法儿，叫五道兴唐。贾柳店四十六盟把兄弟，老大魏徵，老三徐茂公，按老百姓的说法儿，上瓦岗山造反以前，都是出家的老道。唐朝的皇上姓李，算是陇西李氏分出来的一支，把老子当成自己的老祖宗，他们家的根儿就在临洮。

文成公主，应名儿也算唐太宗李世民的闺女。她嫁给松赞干布，离开西安以后，特意还在临洮停了几天，给老祖宗烧香磕头，打个招呼，然后才西渡洮河，接茬儿再往拉萨走。

天热了，给龙王爷洗个澡吧

临洮这地方，正好是黄土高原跟青藏高原交界的位置。当地老百姓，汉族的神仙，信，藏族的神仙呢，也信。您要是每年阴历七月十五到十月初一，这么个时间段去临洮，就能赶上过拉扎节。家家户户喝青稞酒，吃秋天新打下来的粮食，还得请法师，按藏族的传统，跳大神。

临洮的神仙多，挺乱乎。明清两朝那会儿，朝廷就给规定了一下，规定各路神仙里边，有八位神仙级别最高，皇上下旨正式认可。这八位神仙，就叫官八神。

临洮的官八神跟中原地区的八仙差不多，拢共八位神仙，有男有女，原先都是凡人，后来得道成仙。就拿官八神里边的金龙爷来说。这位神仙是南宋末年的大忠臣，叫谢绪。南宋让元朝灭了的时候，谢绪跳河殉国。殉国以后，一股英灵不散，在人间飘飘荡荡。

元朝末年，朱元璋起兵反元，吕梁之战，元军在黄河上游，朱元璋在黄河下游。朱元璋打不过元军，眼瞅着要玩儿完。就在这么个裉节儿上，乌云密布，咔啦啦打了几个炸雷，平地起了一场恶风，把元军的人马刮得稀里哗啦。黄河的水也奇迹般地向北倒着流，淹死了很多元军，朱元璋趁机反败为胜，后来就当皇上了。

当皇上以后，朱元璋吃饱了中午饭，食困，躺在龙床上，打算眯一小觉。睡得迷迷糊糊的时候，就梦见谢绪跟他说："小朱啊，黄河边那个事儿，当初可得亏有我啦。你小子，现而今龙袍穿着，龙床睡着，珍珠翡翠白玉汤喝着，也不能忘本，是不是?! 盐打哪儿咸，醋打哪儿酸，有些事儿呢，你心里得有个数。"

谢绪撂下这几句话。朱元璋打了个冷战，从炕上爬起来，浑身上下，冷汗都出透了。缓过神来以后，当场下旨，奉天承运皇帝诏曰，给谢绪涨级别，调工资，换个好工作。换个什么好工作呢? 他既然是水里死的，那就让他管水吧，当龙王爷。

全国各地都有这么个风俗，每年大概正月初一到正月十五这几天，都得把城隍爷、土地爷、龙王爷这些个神仙，从庙里抬出来，跟街上溜达溜达，看看景儿。意思就是说，过年啦，我们热闹，神仙也得跟着热闹热闹。比方说产铁观音特别有名儿的那地方，福建安溪，就是每年正月初七，把龙王爷抬出来，跟大街上遛个弯。

临洮的风俗跟别的地方不一样。人家的规矩，是每年阴历五月初五，端午节那天，把金龙爷，就是叫谢绪的这位神仙，从庙里抬出来，跟洮河里边泡个澡。民间传说，这么着就能保佑当地风调雨顺、五谷丰登。

洮河里流的是"珍珠奶茶"

说起临洮边上的洮河，当地老百姓还有这么个说法儿，说是"玛瑙大，装不下，玛瑙小，收得少"。临洮人说的这个玛瑙，指的是三九天，洮河水里边冻的冰珠子。

眼下好多朋友冬天去东北，尤其是去漠河那边，都愿意玩儿滴水成冰。满满一杯开水，人站在空地上，铆足了劲儿，抡圆了胳膊，往脑瓜顶上一泼，开水当场就能变成冰雾。

临洮人说的"玛瑙"，差不多也是这意思。洮河的源头在高山上头。山高，本来就冷，又是三九天。河水从山上冲下来，激起来的气泡当时就冻成冰珠。冰珠混在河水里边，跟珍珠奶茶里那个珍珠似的，随着河水往下流，也算当地的一景儿，叫洮水流珠。

临洮那边，有这么个传说。说是很久很久以前，当地有个老牧主。老牧主，就相当于中原地区说的老地主，只不过人家家里不种地，养的全是骡马牛羊。养这么多牲口，得有人帮忙看着呀。老牧主就雇了个年轻小伙子当长工，帮着放羊。

这小伙子，您甭看穷，长得挺精神，还挺有才，会唱歌，唱《花儿与少年》。每天放羊的时候，就一边放羊一边唱，走到哪儿唱到哪儿。唱来唱去，就把老牧主他闺女的心眼儿给唱活泛了，俩人偷摸好上了。

这种事儿，您要是听洋人讲故事，大概都是这么个套路：穷小子看上公主啦，想求婚，老国王必定都得跟综艺节目的导演一样，给这哥们儿布置任务，出难题，让他闯关。任务完成以后，再说跟公主结婚的事儿。

老牧主玩的也是这么个套路，跟小伙子说，想娶我闺女，可以，把聘礼拿来，一手交钱，一手交人。

老话讲，一分钱难倒英雄汉，小伙子兜里，镚子儿没有。为这个事儿发愁，着急上火，满嘴起大泡，连牙床子都肿了。急得实在没辙的时候，来了个老神仙，告诉他说："小伙子，甭着急，洮河源头那儿有片树林子，树上长的全是珍珠。你要是有胆儿的话，去这地方，随便跟树上撸一把。别说聘礼了，连你们俩人孩子将来结婚买房的钱，都够啦。"

小伙子听老神仙这么一说，那就甭渗着啦，收拾行李，预备干粮，麻利儿地赶紧去吧。这一走，也不知道走了多远，等最后找着这片树林子的时候，人耗得也快不行了。

小伙子心里一合计，死就死了，我认命，可是好歹也得给家里那口子去个信儿呀，别让人家心里老惦记着。心里这么一合计，临咽气以前，就抱住一棵树，使劲儿摇了几下。树上的珍珠，噼里啪啦，掉在洮河里边，跟着河水一块儿往下流，最后就流到了他们老家。

老牧主的闺女一看，珍珠来了，人没回来，心里也就明白了。明白了归明白了，人都是这样，有时候，明白了也得装糊涂。非得这么着，自己骗着自己玩儿，心里才能有点儿奔头，有点儿亮光。

老牧主的闺女就是这么个心态，明知道小伙子回不来，每天还是站在河边，等着他。天长日久，就变成了洮河边上的一块大石头。

疙瘩汤也能搞预测

临洮的老百姓，管洮河里边的这种冰珠子，叫"麻浮"。当地原先有这么个风俗，每年腊八节这天，半夜的时候，家家户户都得派个代表，端着大碗，抱着罐子，摸黑去洮河里边扝点儿水回家。

河水扝回来，供在院里，不能随便乱动。第二天，天亮了以后，再看碗里边的冰珠子是多是少，个头是大是小，就能预测来年的收成怎么样。当地老百姓从此留下这么个说法儿，玛瑙大，装不下，玛瑙小，收得少。

预测完了收成，这碗河水也不能随随便便就给它倒了，还得掺上面粉，下锅，做一碗临洮版的疙瘩汤，当地叫珍珠面。珍珠面做得了出锅，全家男女老少，每人一碗，热热乎乎一吃。吃了这碗珍珠面，临洮人的年，才算正式开始。

粽子

姓江，名米，
字小枣儿

文怕《文章会》，武怕《大保镖》

粽子这玩意儿，南方人喜欢吃咸口儿的，荤的；北方人呢，就愿意吃口甜的，素的。嘉兴的肉粽，有名儿是有名儿，拿到北方来，咱们实话实说，倒找钱，好多人都不见得愿意吃。江米，黏黏糊糊，配上大肥肉、鸭蛋黄，好家伙，真接受不了。

反过来说，北方的甜口儿素粽子，拿到南方去，南方朋友吃起来，倒是没什么心理障碍，普遍都能接受。所以今儿咱们这趟"云游"，说玄乎点儿，这趟粽子的朝圣之旅，还是得找个南方、北方都能找着共同语言的去处。

具体去什么地方呢？要不这么着吧，您先听段相声。

    甲　哎，要提我师父，可是大大地有名。

乙　哦，您师父是谁啊？

甲　先说他的家乡住处吧，就吓你一溜跟头。

乙　嗐，那值当的吗？您说他是哪儿的人吧。

甲　我老师家住在京西北宣平坡的下坎儿，有个虎岭儿，他老人家就是那个地方的人。

乙　行了行了，就甭"他老人家"了。不虎岭儿吗？我知道那地方，大概有个百十来户人家吧，净是卖粽子的，对吗？

甲　你这话不通情理，不通情理。

乙　怎么不通情理啦？

甲　百十来户都卖粽子，卖给谁去呀？

乙　也是，反正那地方卖粽子的多。

甲　再说了，你听我师父这名姓，他也不像卖粽子的。

乙　哦，他叫什么名字？

甲　姓江。

乙　姓江。

甲　他老人家姓江名米，字小枣儿。

乙　还是粽子啊！江米小枣儿嘛。

喜欢听相声的朋友都知道，相声行里边有个说法儿，文怕《文章会》，武怕《大保镖》，两套活都能使的演员，那就叫文武双全。《文章会》和《大保镖》，打根儿上说，其实是一段活，《文章会》就是《大保镖》里边的一段小过场、小垫话。

大概一百年以前，相声名家张寿臣先生，把这个传统段子重新又给拾掇了一下，文的内容挑出来，归置到一块儿，成了《文章会》；武的内容呢，就成了《大保镖》，也叫《倭瓜镖》。

《大保镖》这段活，好多相声演员都说过。不一样的演员说这段活儿，故事里边说的这位师父，他的家庭住址、工作单位，姓什么、叫什么，也不一样。各种说法儿里边，演员说得最多、观众听得最多的，就是这套话，家住在京西北宣平坡的下坎儿，有个地方叫虎岭儿。

粽子圣地，虎岭儿

好多朋友听完了《大保镖》，就到处打听，到底有没有"虎岭儿"这么个地方。要说起来，全国各地，叫"虎岭儿"的地方其实挺多。这地名的意思也挺好理解，古代的环境保护比现在好，到处都是原始森林，大野地，野生动物多，老虎多。住着老虎的岭，就叫虎岭儿。

最有名儿的，济源那边，有个虎岭村。1978 年的老电影《喋血虎岭镇》，讲的就是发生在这地方的故事。再比方说，广东江门那边有个虎岭村。小村虽说不大，家家户户都有人出国，算是有名儿的华侨村。

河南三门峡那边还有个地名叫东虎岭，产连翘特别有名儿。连翘就是每年春天在公园里边、大街上开黄花的那个，跟迎春花差不多的东西。有朋友问了，连翘和迎春花，长得都差不多，怎么区分呢? 我这儿可以顺便给您科普一下。

连翘和迎春花，都是春天开花，开的还都是黄花。迎春花的花小，您细数一下，每朵花一般有六个花瓣，花枝还是往下垂的，有点儿垂柳的意思。连翘呢，花大，只有四个瓣，花枝是朝上扬着的。

连翘放在中药里边，是一味清热解毒的药材。平常您要是着凉了，伤风感冒，闹嗓子，去医院，大夫就会给您开点儿银翘解毒片。银翘解毒片的这个"翘"字，指的就是连翘。

说来说去，没留神，一竿子支到连翘去了。咱们还是把话头拉回来，接茬儿聊虎岭儿。全国各地，叫虎岭儿的地方挺多，唯独北京周围，方圆一百里地之内，没这么个地名儿。

没这么个地名儿，《大保镖》里边的这段词，它是怎么编出来的呢？这事儿说起来，又是个口音加谐音，外带传来传去，传走褶儿了的事儿。

哪位要是有空，您可以上网查查张寿臣先生留下的《倭瓜镖》老本子，那里边白纸黑字，明明白白告诉您了，"离北京彰仪门一百多里地，涿县北边，小地名叫虎岭儿"。

彰仪门，指的就是北京广安门。广安门为什么又叫彰仪门呢？北京城，往根儿上捯，金朝那会儿，叫金中都。彰仪门，是金中都西边的一座城门。元明清三朝，北京城，拆了盖，盖了拆。这座城门，名儿老改，地方实际没怎么变过。

明朝以后，彰仪门改名儿叫了广宁门。清朝道光皇上登基，道光皇上，大号叫爱新觉罗·旻宁，沾个"宁"字，得避讳。广宁门这才改名儿叫广安门，一直叫到今天。

甭看改了这么多回名儿，北京的老百姓私底下还是习惯管广安门叫彰仪门。这就跟老北京管朝阳门叫齐华门，崇文门叫哈德门，我小时候，家旁边的阜成门又叫"瓶子门（平则门）"一样，就是民间约定俗成，没什么道理可讲。

广安门不是"安检门"

民间有个说法儿，老式年间，北京各大镖局押着镖车进出北京，不能胡溜达，统一都得走彰仪门，就是广安门。

镖车出城的时候，您这一趟镖，跟着的有多少人，张三、李四、王五、赵六，都得登记清楚喽。不光是这样，张三、李四、王五、赵六，身上带的都是什么家伙，刀枪剑戟，斧钺钩叉，鞭锏锤抓，镗棍槊棒，拐子流星，带钩儿的，带尖儿的，带刃儿的，带刺儿的，带峨眉针儿的，带锁链儿的。十八般兵刃，这几位带的具体都是什么，也得清清楚楚，记录在案。

查这么清楚，干什么用呢？为的是回来的时候，方便核查，搞安检。按那时候的规矩，保镖的达官^①送完镖，进城，回单位报到，统一还得再从广安门进来。进城的人数、兵器，必须得跟出城时候记的这张单子，一样一样，都对得上。您不能说出城时候，二十人，每人一把水果刀。进城的时候，改两万了，扛着枪，拉着炮。那不成，把门的兵丁不能往里边放。

那位说了，谦儿哥，您跟这儿聊这么热闹，镖车进出北京城，只能走广安门这说法儿，到底是真的还是假的，靠不靠谱？我跟您说实话，真不大靠谱。

老式年间，镖车具体从哪个城门进出北京城，还是得看人家打哪儿来，奔哪儿去。您不能说镖车要往东边去，也让人家先往西走，绕着半拉北京城，来个环城马拉松，最后出广安门。就说地球是圆的吧，它也没这么个绕法儿。

就拿我和郭老师说的这版《大保镖》来说，那里边说的是东南西北四路镖，南路、北路、西路都有人保，唯独东路镖，没人敢保。郭老师的词，就是这么说的：

　　甲　我们哥儿俩押着这镖车，出了北京齐化门，走八里桥奔通州，由土坝过河，走燕郊、夏垫、丰润、玉田、边山、枣林儿、段甲岭、榛子岭，到榛子岭天黑了，依着我哥哥要打尖住店。

　　乙　那就歇会儿吧。

　　甲　我说："不行。"

　　乙　怎么着？

――――――――

① 该词在本篇中指德高望重的镖师。

甲　"住店更不安全，咱是连夜而行！"

乙　艺高人胆大！

有的演员使这段活儿的时候，说的是走南路镖，词就不一样了。人家说的是，押镖车出彰仪门，下吊桥，走养济院，三义庙，五显财神庙，小井，大井，肥城，卢沟桥，长辛店，良乡，小十三，大十三，洪恩寺，窦店，琉璃河，宣平坡，下坎儿到涿州，天可就黑了。

大保镖，也路怒

走南路镖这套词说的这几个地名儿，您听着是不是觉得挺耳熟？眼下好多朋友进出北京，不坐火车，愿意坐长途汽车。北京西南二环，广安门外，有个六里桥长途汽车站。长途汽车从六里桥出来，先上二环，然后七绕八绕，最后都是奔西南方向，走 107 国道。

哪位手头要是有地图，可以拿出来对对。一百多年以前，保镖的达官押着镖车，出彰仪门，差不多走的也是 107 国道这条线。

眼下大城市的交通不好，人多，车多，走在路上，容易堵车。车一堵，司机的心里边跟着也堵，容易着急上火。平常挺斯文一人，手一摸方向盘，脚一踩油门，动不动就问候别人大爷。这叫路怒症。

107 国道上，有个特别有名儿的堵点儿，全国人民都知道，叫杜家坎儿，这地方后来得了个外号，叫"杜大爷"。一百多年以前，老北京也有这么个说法儿，说是"一进彰仪门，银子碰倒人"。

这句话说的什么意思呢？南方，您都知道，自古就比北方经济发达，要不怎么有个说法儿，叫"苏湖熟，天下足"呢。一百多年以前，进出北京的镖车，多数要么是往南边走，要么就是打南边来的。这个方向的镖车，一般都走永定门，走广安门。

人多，车多，全往广安门这一个地方扎，要是不堵车那才叫新鲜呢。清朝光绪年间，有个叫李虹若的文人，编了套书，叫《朝市丛载》，讲的都是当时北京城的风土人情，乱七八糟，各种新鲜事儿。

《朝市丛载》里边有首竹枝词，讲的就是晚清那会儿广安门堵车的事儿：

拦车遮路走成行，

五六相连一串长。

辱骂街头能忍耐，

彰仪门外狠如狼。

这首竹枝词讲的什么意思呢？之前咱们聊过，过去北京城运各种东西，尤其是从西山往城里运煤，靠的都是骆驼。骆驼走在路上运东西的时候，讲究都是编成驼队，分小组。

按过去的规矩，骆驼分小组，都是单数，要么五头，要么七头，行话叫"一把儿"。您看老舍先生写的《骆驼祥子》里边，祥子跟西山白捡了别人三头骆驼，牵着往回走的时候，碰见个农村老大爷，也是养骆驼的，家里总共有四头。祥子就跟人家说，大爷，您好歹给俩钱儿，把我这三头也留下，凑一把儿吧。

骆驼都是慢性子，脾气最好。所以过去老百姓有个说法儿，说这人孙子，不是个东西，不是东西到什么地步呢，骆驼都能让他给惹急眼了。一把儿骆驼，甭管五头还是七头，拴成串，排着队，迈着方步，跟大街上那么一溜达。连人带车，再来个见缝插针。那家伙，整个就能把路给堵死了，谁都甭惦记过去。

过不去怎么办呢？城墙以里，那时候有看街的兵丁，相当于现在专管治安的。几个兵丁，负责维持一条街面。有这么几个人跟那儿镇着，路上的人心里有火，也得压着。实在搂不住火，最多也就是嘴上来两句，说出来的话，找的全是一七辙、发花辙。出了彰仪门，天高皇上远，没人管，那就该抄家伙动手了。

虎岭儿到了，请看月亮

以前的镖车，走得慢。出了广安门，走到卢沟桥，宛平城，天一擦黑，就得找地方，打尖住店。那位说了，我要是不打尖，不住店，抓紧时间赶夜路呢？弄不好，那就得是，"月黑风高，走到树林茂密的所在，锵啷啷，一棒铜锣焦脆，闪目定睛一看，呜呼呀，原来是有了则（贼）了"。

镖车跟宛平城找个地方，好歹对付一宿。转过天来，鸡鸣五鼓，天刚蒙蒙亮，鬼龇牙的时候，登程上路。出宛平城，走到卢沟桥上，抬头一看，惨白惨白、滚圆滚圆的一个大月亮，跟天上挂着，还没落下来呢。从此留下燕京八景里边的一景，叫卢沟晓月。

过了卢沟桥，镖车接茬儿往前顺着107国道走，天擦黑的时候，照方抓药，还得找地方打尖住店。镖车出广安门，第二宿打尖住店的这个地方，叫胡良村。胡良，虎岭儿，您听着是不是有那么点儿意思了？

现在您开着车，走西南二环，出广安门，上107国道，走到涿州那边，还能找着这个胡良村。那村子还是个大村，分三块，上胡良村，中胡良村，下胡良村。胡良村为什么叫胡良村呢？

这个村子守着条大河，算拒马河的支流，叫胡良河。拒马河上头，有座明朝修的石拱桥，叫永济桥，又叫拒马河桥。这座桥，眼下也算是座网红桥，全国差不多都知道，据说还是天下第一长的石拱桥。

永济桥往北走四里多地，胡良河上头，也有一座明朝留下的石桥，叫胡良桥。跟永济桥一样，胡良桥也是明朝万历年间，万历皇上他妈掏腰包给修起来的。

直到 1987 年，往来北京、保定这两个地方的汽车，走的还是明朝修的胡良桥。1987 年以后，胡良桥改成文物保护单位，汽车不让走了，可是还能走自行车和行人，就这么一直用到今天。

一百多年以前，保镖的达官押着镖车，出广安门，第一宿，住卢沟桥，宛平城。第二宿呢，住的就是胡良村。第三天早上起来，还是天蒙蒙亮，鬼龇牙那会儿，登程上路。

走到胡良桥上，抬头一看，外甥打灯笼——照旧，还是一个又亮又圆的大月亮，跟脑瓜顶上挂着。从此留下涿州八景里边的一景，叫胡良晓月。

虎岭儿的粽子"叼（的哟）"

话说到这儿，有那好较真的朋友就该问了，胡良河为什么叫胡良河呢？胡良河，古时候又叫垣水。清朝康熙年间，有个叫顾祖禹的读书人，编了本书，叫《读史方舆纪要》。按《读史方舆纪要》的说法儿，胡良河在涿州东北二十里，源出房山县大安山东麓，流入州境，又南与挟河合，流入良乡县界，注入琉璃河。

胡良河的"胡良"这俩字，现在写的是胡萝卜的"胡"，良心的"良"。以前的写法儿呢，是"湖梁河"。意思就是告诉您说，胡良河有水，有水就能种地，打粮食，当地产粮食，是个鱼米之乡。

守着河边的地方不光产粮食，还长苇子呢。南方人包粽子，用的是竹叶。眼下北方过端午节，包粽子，用的也是南方运过来的干竹叶，包之前还得先拿水泡半天。为的是让竹叶变得软和点儿，包粽子的时候，好包。

以前不一样，北方包粽子，讲究用当地产的新鲜苇叶，就是苇子上长的叶子。一般小河沟边上长的苇子不成，太小，包不住，必须得去大野地里边，找大沟、大河旁边长的苇子，叶子大，也干净。

那时候农村小孩儿，每年端午节，都有个副业，就是去有水的地方摘苇子叶，行话叫"掰苇叶"。苇叶掰回家，可以自己包粽子吃，连带着还能往外卖。

胡良河本身就是产粮食的地方，河边上又有现成的苇子，随便掰，没限制。当地的农民，赶在端午节这几天，把河边的苇子叶掰下来，家家户户包粽子。包完了粽子，再推着车、担着担，组团进广安门，上北京卖来。从此给大伙留下个"粽子圣地"，京西北宣平坡的下坎儿，有个地方叫虎岭儿。

胡良村的农民，进北京卖粽子，卖的都是哪几种口味儿的粽子呢？主流的就是江米小枣儿、白糖的、馅儿的这三种。馅儿的，指的是豆沙馅的粽子。白糖的呢，意思是说，粽子里边，除了江米，别的什么都不放。纯江米的粽子，吃的时候，蘸白糖。要想再讲究点儿呢，也可以不蘸白糖，蘸糖桂花、桂花卤，吃到嘴里，那是又香又甜。

眼下各路杂粮卖的都比正经粮食贵，普通江米的粽子，两块钱就能买一个，大黄米包的粽子呢，最起码也得要五块钱。以前跟现在正好反着，江米的贵，大黄米的贱。

胡良村的农民进北京卖粽子，除了江米小枣儿、白糖的和馅儿的这三种高档粽子，捎带手，还得卖点儿大黄米粽子。那时候吃黄米粽子的，多数都是社会最底层的穷人，像什么拉车的、赶脚儿的[①]、下苦力的，这类人吃。

胡良村离保定挺近，当地老百姓说话多少都带点儿驴肉火烧味儿，有点儿赵丽蓉老师那意思。挑着扁担，推着小车，进北京城卖粽子，吆

---

① 旧时中国民间职业，这里指赶着牲口供人骑用的人。

喝起来，全是"者个样儿滴"："哎，粽子，筋道叼（的哟），瓷实叼（的哟），江米叼（的哟），黄米叼（的哟）。"

距离产生走褶儿

话说到这儿，爱较真的朋友又该问了，谦儿哥，您跟这儿说了半天，说的可都是虎岭儿。《大保镖》里边，虎岭儿前头，还有个宣平坡呢？宣平坡这地方跟哪儿呢？

这事儿要掰扯起来，比说虎岭儿还容易。回头您可以上网查查资料，眼下胡良村上头那级政府，就叫仙坡镇。仙坡镇原先也是个村，唐朝那会儿就有。村北边有个小土山，小土山上有座庙，所以得了个名儿，叫仙峰坡。

仙峰坡，宣平坡，您跟嘴里叨咕叨咕，是不是有点儿谐音的意思？涿州那边的老百姓，说话本来就有口音，再加上离着北京城一百多里地，传来传去，传走褶儿了，传到说相声的老先生耳朵里，就传出来一个"宣平坡"。

那位说了，北京离着涿州，撑死了，一百多里地，给脚油就到，至于走褶儿成这样吗？这事儿您得说是一百多年以前，晚清那会儿的事儿。

甭说一百多年以前了，三十多年以前，七八十年代那会儿，我们家平常买菜做饭，就去白塔寺附近的自由市场，最远也就是去趟西单菜市场。真要是赶上逢年过节，再就是家里有点儿什么事儿，想花钱买点儿平常吃不着的、档次高的东西，就得去和平里菜市场。那个市场地方大，东西全，也新鲜。

朝阳区和平里，就跟北三环那边。眼下甭说开车了，您就是坐地铁，从白塔寺到和平里，和平里再回白塔寺，一天跑八个来回，都不算什么。

三十多年以前不一样，我记得那会儿，谁家要是有人骑车去和平里菜市场买趟东西，临出门的时候，全家，连老人带孩子，都得送到院门外头来。一边送，嘴里一边还得嘱咐着："路上骑车可留神，慢慢骑，别着急。走半道要是渴了，别舍不得花钱，买瓶汽水喝，打打尖，歇会儿。"

出门买菜的这位，自行车推出门，滑轮上车，嘴里还得应付两句："行啦，行啦，知道啦，赶紧都回去吧。"

这几位呢，哪儿能说让回去就回去呀，且得跟门口站着呢。看着这位的背影，一边看，一边还得招着手。多会儿骑车的这位拐过弯去，再也看不见了，多会儿才算一站。瞧这架势，不知道的还以为是要骑着车上西藏买菜去呢。

从白塔寺去趟和平里都能整出这架势来，北京到涿州隔着一百多里地，对那时候的人来说，是个什么感觉，您可以琢磨琢磨。

老话讲，十里不同风，百里不同俗。喜欢听相声的朋友，老能听见演员跟台上说，民间有种传统的说唱形式，叫什不闲儿、莲花落。什不闲儿、莲花落，全国各地好多地方都有。每个地方的艺人，口音不一样，唱出来的味儿也不一样。

胡良村那边流行的什不闲儿，是拿涿州口音唱的，叫涿州什不闲儿。唱词是这样的：

> 什不闲儿出在凤阳，排天径地走会挑香。
> 原本是妇人学来妇人唱，也不是西皮也不是二黄。
> 流落在北京城装男扮女，
> 一台大戏假扮装，
> 古往今来学演唱，
> 文忠武勇效贤良。
> 讲的是唇齿喉音吐真字，练就了离合悲欢软硬腔。